ライバル同僚の甘くふしだらな溺愛

プロローグ

「別れよう。他に好きな人ができたんだ」

桜の蕾《つぼみ》が膨らみ始めた麗《うら》らかな春の日。

卒業式を終えたばかりの高校の裏庭で、三雲瑠衣《みくもるい》は恋人の川瀬《かわせ》に突然の別れを告げられた。あまりに突然の出来事に頭が回らない瑠衣に、川瀬は流れるように言った。

もう随分と前から瑠衣には飽きていて、ここ数ヶ月は惰性で付き合っていたこと。

そんな時に年上のOLと出会い、親密な関係になったこと。

「これでも気を遣ったんだぜ？　受験前に振って、お前が落ちたら可哀想だから今日まで待ったんだ。でも、無事合格したしもういいよな。今だから言うけど、お前の澄ました態度にはうんざりしてたんだ。お高くとまってて、いつも見下されてるような気がしてた。どうせ俺と付き合ったのだって気まぐれで、そんなに好きだったわけじゃないだろ？」

「ちがっ、そんなこと——」

「確かにお前は完璧だよ。美人で、頭もよくて、運動もできる。学校一モテる女を彼女にできて、俺も嬉しかった。でもそんなの初めだけだ。全然甘えてこないし、可愛げがないんだよ、お前」

「っ……！」

「大学も違うしこの先会うこともないだろ。じゃあな、それなりに楽しかったよ」

最後にそう言い残して、川瀬はその場に立ち尽くす瑠衣を置いて去っていった。

——その後のことはほとんど覚えていない。

気づけば瑠衣の足は図書室に向かっていた。

読書が趣味の瑠衣にとって、図書室は教室以上に落ち着く場所だ。少しカビ臭くて湿ったような独特の匂い。本のページをめくる音やカリカリとペンを走らせる音。それらは不思議と心地よくて、暇さえあれば図書室を訪れていた。

卒業式の日の図書室は当然のようにしんと静まり返っていた。開け放たれた窓から吹き込む風でゆらゆらと揺れるカーテンに吸い寄せられるように、瑠衣は窓辺へと足を向けた。図書室からは裏庭が見える。もちろん、先ほど瑠衣が振られたばかりの桜の木も。

（……私、振られたんだ）

付き合って二年。瑠衣の青春は常に川瀬と共にあった。だからこそ、川瀬の主張はあまりに突然で、一方的で、瑠衣はなんの反応もできなかった。しかしこうして一人になってようやく実感する。

川瀬の気持ちが自分から離れていたことに、瑠衣は全く気づいていなかった。

内部進学する川瀬と違い、外部進学の瑠衣は三年生になって受験勉強が忙しくなった。必然的に川瀬と過ごす時間は減っていたが、時々はデートをしていたし、変わらず上手くいっていると思っていた。でも、それは瑠衣だけだったらしい。

瑠衣が受験勉強に励《はげ》んでいる間、川瀬は他の女と関係を深めていた。

「……馬鹿みたい」

澄ましてるとか、見下してるとか、そんなことなかったのに。

瑠衣は甘えていたつもりでも、川瀬はそんな風には思っていなかったのだ。

目頭《めがしら》が熱い。気づけば瑠衣は泣いていた。

自分が怒っているのか、悲しんでいるのかもわからないのに、涙は止めどなく溢《あふ》れて頬を濡らしていく。喉からは声にならない嗚咽《おえつ》が漏れて息苦しい。

何も知らなかった。気づかなかった。そんな自分が愚《おろ》かしくて、情けなくてたまらなかった。

「三雲さん?」

感情のまま涙を流していた瑠衣は、弾かれたように後ろを向く。

「山田《やまだ》……?」

ドアの前に立っておどおどと答えたのは、図書委員の山田だった。

もじゃもじゃの癖のある黒髪をした猫背の彼は、戸惑いながらもゆっくりと瑠衣の方に近づいてくる。分厚い眼鏡をかけた目元は、長い前髪に隠れてほとんど見えない。しかしその視線が泣いている自分に向けられているのは明らかで、瑠衣はさっと視線を逸らした。

「なんで、ここに」

「最後に司書の先生に挨拶《あいさつ》をしようと思って……」

「……先生ならいないよ。職員室に行ってみたら?」

言外に一人にしてほしいと伝えるが、山田が動く気配はない。

「何？」

「泣いてる三雲さんを放っておくなんてできないよ」

「っ……山田には関係ないでしょ？」

嫌な言い方をしている自覚はあった。瑠衣の失恋と山田はなんの関係もないのに、ただ居合わせただけで「どこかに行け」なんて最低だと思う。

それがわかっていても、感情を抑えることができない。だからこそ山田には早く立ち去ってほしかった。彼は、瑠衣にとって唯一の男友達だったから。

一部の生徒から「ヲタク」「キモ眼鏡」「ガリ勉野郎」と酷いあだ名をつけられていたのは知っていたが、山田はとても読書家で、しかも瑠衣と本の好みが似ていた。

クラスも違うし共通の友人もいない。自己紹介の時に苗字しか教えてくれなかったから、いまだに下の名前も知らない。それでも、本について語る時の彼は普段とは別人のように饒舌《じょうぜつ》になるのを知っていた。

いつからか、瑠衣と山田は放課後に顔を合わせて本の貸し借りをする仲になっていた。

学校では何かと目立つ自分に対して、なんの興味も示さない山田の存在は新鮮で、そんな彼と過ごす時間は不思議と嫌いじゃなかった。

「……嫌な言い方をしてごめんね」

顔を逸らしたまま瑠衣は謝罪する。

「私、振られたの。ずっと、うんざりしてたんだって。見下してるとか、お高くとまってるとか……そんなつもり、全然なかったのに」

「三雲さん……」

「……何がいけなかったのかな」

考えても答えはわからない。急にこんなことを聞かされた山田も困るに決まっている。

「……ごめん、最後なのに変なこと言っちゃって」

「最後じゃない。最後になんてしたくない」

はっきりとした声にはっと顔を上げて――驚いた。いつもは俯《うつむ》いて小さな声で話す彼が、初めて瑠衣を正面から見ていたのだ。

「山田？」

「三雲さん……、僕と付き合おう」

「え……？」

「僕と付き合ってほしい」

――聞き間違いではなかった。

それを理解した瞬間、真っ先に感じたのは戸惑いだった。

「……何言ってるの？　付き合うって、私たちは友達でしょ？」

山田なりに慰《なぐさ》めてくれようとしているのだろうか。だがその考えはすぐに否定される。

「慰《なぐさ》めたくて言ってるんじゃない。それに僕は、三雲さんを友達だと思ったことは一度もない」

友達ではない。明確な否定に、ひゅっと喉の奥が鳴る。

「好きなんだ。初めて会った時からずっと、君のことが好きだった」

瑠衣はそれに反応できなかった。

――知らない。

こんな風に瑠衣を熱っぽく見つめて感情を露《あら》わにする山田なんて知らない。力強い声色も、凛《りん》と伸びた背筋も、全てが別人のようだった。何よりも友達ではないと否定されたことが苦しくて、辛かった。

「やめて！」

感情のままに瑠衣は叫ぶ。直後にはっと我に返るも、遅かった。

山田が唇をきゅっと引き結んでいる。その姿からは彼が傷ついたのが十分伝わってきた。

――最悪だ。

言い表しようのない罪悪感が襲ってきて、瑠衣はその場から逃げ出した。

「三雲さん！」

すぐに後ろから呼び止める声がしたけれど、足を止めない。図書室を出た瑠衣は階段を駆け下り、校舎を後にした。そのまままっすぐ家に帰って、自室の扉を閉めるなりベッドに突っ伏して声を殺して泣いた。

「ごめ……ごめんなさい……」

最後に見た山田の傷ついた顔が頭から離れない。

十八歳の春。

瑠衣は彼氏と友人を一度に失ったのだった。

1

都内の夜景を一望できる某ラグジュアリーホテル。

そのレストランの一室で一組の男女が向かい合っていた。

一目で質のよさがわかるスーツを着た男の手の中で、ダイヤモンドのリングが眩《まばゆ》いばかりの煌《きら》めきを放っている。まるでドラマのワンシーンを切り取ったようなこの状況で、男から発せられる次の言葉は容易に想像できた。

もしもここにいるのが恋人同士なら、女は期待で胸を高鳴らせて男の言葉を待つのだろう。

でも、瑠衣は違った。

(お願いだから、その指輪をしまって……!)

なぜなら瑠衣と目の前の男は恋人ではない。仕事の付き合いで何度か顔を合わせただけで、友人ですらないのだから。

瑠衣は現在、株式会社日本マイアフーズ東京支社営業部に所属している。

アメリカに本社を置くマイアフーズは創業百年を超える世界的食品メーカーで、食料品や飲料品、菓子などの製造販売を行っている。現在入社七年目の瑠衣の業務は営業で、取引先であるスーパーやドラッグストア、コンビニや百貨店に自社製品を売り込むのが主な仕事である。

具体的な業務としては、取引先のバイヤーと商談を行ったり、仕入れ後の商品の販売案の企画や提案などがあるが、目の前の男と出会ったのもそんな時だった。

取引先の役員かつ跡取り息子である男は、仕事で訪問していた瑠衣を偶然見かけたらしい。

自分の何を気に入ったのか、会社を来訪するたびに顔を見せては食事に誘ってきた。瑠衣は丁重に断り続けていたのだが、面倒なことにどこかからそれが上司の耳に入ってしまった。

『別に食事くらいいいじゃないか。接待だと思えばいいし、これも仕事のうちだ』

上司は、そう苦言を呈《てい》してきたのだ。

勝手なことを言う上司に苛立ちはしたものの、一度食事に行って相手の気が済むのならその方がいいかもしれないと考え直した。だから、瑠衣は上司も同席することを条件に食事を了承したのだが、いざレストランを訪れてみると、待っていたのは男だけだったのだ。

はめられたと気づいた時には後の祭り。しがないＯＬの自分が、取引先の御曹司を一人残して帰る選択肢はありえなかった。故《ゆえ》に瑠衣は、丁重に相手をしてつつがなく食事会を終えようと考えていたのだけれど――

「三雲瑠衣さん！」

「は、はい！」

それは、叶わない願いだったらしい。

「初めて会った瞬間からあなたに惹かれていました。俺と一緒になってくれれば、一生生活には苦労させません。もちろん仕事は辞めていい。だから、俺と結婚を前提に付き合ってください！」

男は瞳を輝かせて笑顔で言い切った。指輪に負けないくらいのキラキラスマイルからは、イエス以外の言葉はありえないと思っているのがひしひしと伝わってくる。

そんな相手を前に言えるわけがなかった。

私たちは知り合ってまだ二ヶ月ですよ、とか。

付き合う前に指輪って、それはもうプロポーズですよ、とか。

なぜ仕事を辞める前提になっているのか、とか。

言いたいことはたくさんあるが、正直に伝える勇気は瑠衣にはない。

男の会社と瑠衣の会社の付き合いは深く、今後も関わっていくことがわかっている。

故《ゆえ》に瑠衣は、山のような突っ込みを腹の中にしまい男と向き合った。

「ごめんなさい。あなたとお付き合いすることはできません。——山田さん」

謝罪しながらも頭をよぎったのは、かつて自分が振った男のことだった。

◇

「——それで、振られて泣き出した御曹司を必死に慰《なぐさ》めたのか？　振ったお前が？」

「……そうよ」

会社のラウンジで休憩を取っていた瑠衣は、ため息混じりに頷く。すると、隣で缶コーヒー片手に立っていた男はぶはっと噴き出し、堪《こら》えきれないように肩を震わせ始めた。

「笑いごとじゃないんだけど」

横目でじろりと睨《にら》むと、男は「いや、だって」と笑いを噛み殺す。

「笑うなとか無理だろ。想像しただけで面白すぎる」

目尻に涙を浮かべて笑う男の名前は、同期の神宮寺竜樹《じんぐうじたつき》。

瑠衣と同じ東京支社営業部に所属する彼は、「ああ可笑《おか》しい」と引き攣《つ》った声で小さく呟く。

「その後は、秘書に山田さんを引き渡して一人で帰宅した、と」

「……だからそうだってば。本当に大変だったのよ。山田さんを迎えに来た秘書の方には白い目で見られるし、今回のことが原因で山田商事の担当も外されるし」

「しかもその後任者が俺だもんな」

「そうよ。それが一番面白くないの」

よく言えばライバル、悪く言えば目の上のたんこぶ。瑠衣にとって神宮寺はそんな存在だった。

入社年数こそ同じ二人だが、その経歴はまるで違う。瑠衣は、都内の大学を卒業後、新卒で日本マイアフーズに入社して以来、今日までずっと東京支社営業部に所属している。

対する神宮寺はアメリカの大学を卒業後、そのまま現地採用で本社に入社。その後、素晴らしい営業成績を連発して何度も社長賞を受賞するなど目覚ましい活躍をしてきた。

そんな彼は、二年前、本社から東京支社営業部に異動してくるなりあっという間にトップの営業成績を叩き出したのだ。

ちなみにそれまで東京支社でトップをひた走っていたのは瑠衣である。しかし今では「営業部のエースは神宮寺」というのが部内の共通認識で、瑠衣はずっと二番手か三番手に甘んじていた。

それでも、「いつか神宮寺を越えてやる！」の一心で仕事に励《はげ》んでいたのに、今回、大口取引先である山田商事の担当者を彼に譲ることになってしまったのだ。

そんなの落ち込むなという方が無理な話だ。

「ま、そのうちいいことあるさ」

中身がなさすぎる慰《なぐさ》めの言葉に、瑠衣はじろりと神宮寺を睨《にら》む。

「山田商事と取引するために私がどれだけ必死に営業をかけてきたかは知ってるでしょ。神宮寺が担当になった途端に売り上げ激減、なんてことになったら許さないから」

「むしろ三雲が担当してた時より売り上げを増やしてやるから、楽しみに待っとけよ。数字を見て悔しがるお前の姿を見るのが今から楽しみだわ」

「言ったわね？　大口を叩いて売り上げが下がったら笑うから」

わかりやすい挑発にあえて乗っかる。だが、神宮寺は余裕綽々《しゃくしゃく》な様子でふんと鼻で笑った。

「そんなことにはならないから安心しろ。でも、どうして山田さんを振ったんだ？　山田商事の次期社長夫人なんてなりたいと思ってもなれるもんじゃない。その立場を狙ってる女なんて山のようにいるだろうに」

関東を中心にドラッグストアを展開する山田商事は、国内でも名の知れた大手企業だ。その御曹司の求婚を断るなんて、と当然といえば当然の質問をされた瑠衣は、うんざりして顔をしかめた。

「部長と同じことを言うのね」

「部長？」

瑠衣と山田商事の御曹司を二人きりにするよう仕組んだ部長は、それを謝罪するどころか交際を断った瑠衣を遠回しに責めてきた。

「『取引を打ち切られなくてよかった』『せっかくの玉《たま》の輿《こし》だったのにもったいない』って、ネチネチネチネチ。だいたい、仕事を辞める前提で話す人と結婚なんてしないわ」

瑠衣は今の仕事が好きだ。もちろん楽しいことばかりではないし、時に苦しいことや辛いこともある。それでも売り上げという目に見える形で成果がわかるのは楽しいし、自分の考えた販売企画が実現して売り場に反映されるのを見るのは素直に嬉しい。

加えて営業職の給与には、基本給の他に営業成績手当が付与される。

トップをひた走る神宮寺には及ばないものの、瑠衣の年収は同年代女子の平均より高い。

自分の好きな仕事をして、生活するのに十分な収入も得られる。それらを捨てて顔見知り程度の男――しかも「山田」だ――と結婚するなんて選択肢は、瑠衣にはなかった。

「玉《たま》の輿《こし》には乗りたい人が乗ればいい。でも私は興味ないわ。社長夫人にならなくても、自分で食べる分くらいは自分で稼《かせ》ぐもの」

可愛げの欠片《かけら》もない自覚は十分あったが、神宮寺も瑠衣にそんなものは期待していないだろう。

そう思っていたのに、彼の反応は違った。彼は、まるで眩《まぶ》しい存在を見つめるような眼差しを瑠衣に向けてきたのだ。

「いいな。お前のそういうとこ、すげー好き。惚れるわ」

「は……？」

好き。惚れる。その言葉にドキッとしたのは一瞬だった。

「男らしくてかっこいい」

即座にオチをつける男に、瑠衣は、はあと深いため息をつく。

「突っ込むのも面倒だけど一応言っておくわ。私、女だから。あと、神宮寺に惚れられても全然嬉しくない」

「馬鹿だな。俺がかなりモテるの知らないのか？」

「自惚《うぬぼ》れもほどほどにね」

「見る目がないな、事実だっての」

ああ言えばこう言う。本当に口の減らない男だ。しかし悔しいことに、神宮寺の言葉は本当だった。

百八十センチを超える長身。きりりとした眉毛と切れ長の涼やかな目。

すっと通った鼻筋に形のよい唇。それらは完璧な配置をしていて、「イケメン」「美形」という言葉はこの男のためにあるのではと思うほど整っている。

長年海外で暮らしていたため英語はネイティブレベルだし、さりげなくレディーファーストだったりする。エレベーターでは扉を押さえて女性を先に乗せたり、女性の重い荷物を持ってあげたりといったことを、とてもスマートに行う。その上、人当たりが抜群にいい。基本的には笑顔で時々冗談を言いつつも、決める時にはきちんと決めるのだ。

顔がよくて、仕事もできて、その上人もよくて面白い。当然モテないはずがなく、神宮寺は間違いなく社内で最も人気のある男なのは間違いない。

女性関係もかなり華やからしく、噂では「来る者拒《こば》まず去る者追わず」「彼女は取っ替え引っ替え」と聞いたことがある。つい先日も秘書課の女性と別れて取引先の社長令嬢に乗り換えた、なんて話を聞いたばかりだ。その真偽のほどは定かではないが、神宮寺は女性社員はもちろん男性社員からの人気も高いのは周知の事実である。

そんな男をライバル視している女なんて、社内中探しても瑠衣くらいのものだろう。

女性から黄色い声を浴びるのが常の神宮寺にとっても、瑠衣の存在は面白いのか、彼は何かと瑠衣に突っかかってはその反応を見て楽しんでいる節がある。今だって、山田商事の担当を外されたショックでラウンジに来ていた瑠衣をわざわざ探しに来たのだ。

（ほんと、腹が立つ）

それなのに嫌いになれないのは、彼が嫌味なだけの男ではないと知っているからだろう。

「とにかく、山田商事については心配するな。これまでのお前の努力を無駄にはしないよ」

意地悪くからかってきたかと思えば、こうして欲しかった言葉をくれる。

そんな男だからこそ、瑠衣は負けたくないと思うのだ。

「……そうなることを祈ってるわ」

「あっ！　神宮寺さん、こんなところにいたんですね！」

その時、ラウンジに甲高い声が響き渡る。談笑していた二人のもとにやってきたのは、同じ営業部に所属する営業事務職の原田理保《はらだりほ》だ。二十四歳の彼女は瑠衣より頭一つ分は背が低い。小柄な体やくりくりのぱっちりした瞳は「可愛い」の一言に尽きる。

柔らかそうな白いシフォンシャツと明るい茶色のスカートを着た彼女は、きつい顔立ちの瑠衣とは正反対の、守ってあげたくなるような雰囲気を持っていた。

「探しましたよお」

原田は甘えるような声で神宮寺に話しかける。

「原田さん、どうかしたの？」

「先ほど神宮寺さん宛にお電話がありました。山田商事の担当者さんからで、できるだけ早く連絡がほしいそうです」

「わかった。すぐに戻るよ」

「あっ、缶は私が捨てておきます！」

「そう？　なら頼むよ、ありがとう。――じゃあな、三雲」

神宮寺は原田に缶を渡すと足早に去っていく。その後ろ姿が見えなくなるなり、原田は乱暴な手つきで空《あ》き缶をゴミ箱に投げ捨てた。次いで瑠衣の方を見ると、不機嫌そうに眉間に皺《しわ》を寄せる。

先ほどまでのご機嫌な様子はどこへやら、瑠衣を見る視線はとても鋭い。

「三雲さん。こんなところで仕事をさぼって、神宮寺さんと何を話してたんですか？」

問い詰めるような口調に、たまらずため息が漏れた。

原田が神宮寺を狙っているのは社内でも周知の事実だ。今はまだ片思いの段階らしいが、ことあるごとに神宮寺にアピールしているのを瑠衣もよく目にしている。

そんな彼女にとって彼と同期の瑠衣は目障《めざわ》りな存在らしい。

神宮寺の目を盗んでは、こうして絡んでくるのだ。

——そんなことをする暇があれば仕事をしてよ。

そんな本音をぐっと堪《こら》えて、瑠衣は原田に向き合って淡々と答えた。

「仕事の話をしていただけよ。それに少し休憩していただけでさぼっていたわけじゃないわ」

「……本当ですか？」

「本当よ」

疑うような視線さえ煩《わずら》わしくて、瑠衣は淡々と答える。指導するべき後輩にこんな感情を持つのは褒《ほ》められたことではない。それはわかっているが、業務外のことで一方的な嫉妬をぶつけられるなんてたまったものではない。

「ならいいですけど。私が神宮寺さんを好きなのは知ってますよね。邪魔だけはしないでくださいよ」

言うだけ言って気が済んだのか、原田はくるりと背中を向けて去っていく。

彼女の子供っぽい牽制《けんせい》に、瑠衣は何も答えなかった。

学生の恋愛ではあるまいし、とても職場でするような話ではない。しかも当の本人は神宮寺に片思いしているだけで恋人ですらないのだ。反応するのも馬鹿らしい。

「はあ……」

疲れる。それが率直な感想だった。

自分が一部の女性社員から煙《けむ》たがられている自覚はあった。

男女平等が謳《うた》われて久しいが、この会社の営業職はいまだ男性社員の比率が高い。そんな中、女ながらに営業の最前線に立つ瑠衣の存在は周囲から「お高くとまってる」ように見えるらしい。

勝気そうな外見や、常に化粧や髪、ネイルに気を抜かないところも面白くないと陰口を叩かれているのを聞いたこともある。加えて、人気者の神宮寺と同期で気安い間柄というのがさらに女性社員の嫉妬を買っていた。

とはいえ、ほとんどの女性社員はそれを表立って口にしたりしないし、瑠衣も仕事に支障がない分には構わないと思っていた。

それ以外の社員とはほどよい関係が築けているし、信頼する同僚も上司もいる。

だが唯一の例外が原田理保なのだ。彼女は昨年、経理部から営業部に異動してきた。

営業事務の彼女は瑠衣の後輩という扱いで、仕事上でもよく関わる。それなのに神宮寺と話すたびに噛みつかれていて、やりにくいことこの上ない。

(会社は学校じゃないのよ。惚れた腫《は》れたはよそでやってよ)

本人の前で言ったことはないものの、何度そう口に出かかったことか。

営業事務としての原田はけして無能ではない。瑠衣と違って愛嬌《あいきょう》のあるところは彼女の長所だと思うし、細やかで丁寧な仕事をするところも評価できる。感情が表に出やすいところはどうかと思うものの、基本的に彼女は優秀なのだ。

瑠衣に対する態度は褒《ほ》められたものではないが、頼んだ仕事はきちんとこなしてくれていた。

だがひとたび神宮寺が絡むと、それらが帳消しになるくらい面倒になるのだ。

——好きだから。

ただ、それだけの理由で。

だがあいにく、瑠衣はその感情が理解できなかった。

最初の失恋から約十年。この間、それなりに恋愛はしてきたつもりだ。しかしその中で、瑠衣の中に生まれた恋愛観は、愛とか恋とかめんどくさい、というなんとも冷めたものだった。

高校の時に初めてできた彼氏との恋は、卒業式の日、相手の浮気という形で桜以上に見事に散った。浮気相手は年上のＯＬ。今の自分なら「男子高校生に手を出すようなＯＬは、ろくでもないからやめておけ」くらい言えるが、当時は初心《うぶ》な女子高生。傷ついて終わってしまった。

次に付き合ったのは大学生の時で、同じサークルの先輩だった。

最初の彼氏に『可愛げがない』と言われた苦い経験から、先輩には素直に甘えてみた。すると今度は『思っていたのと違う。もっと大人っぽいと思っていた』と振られてしまった。ならばと次にできた彼氏には、極力甘えず冷静に接したところ、またもや『もっと甘えてほしかった』と言われる始末。

甘えてもだめ。クールでもだめ。

（じゃあどうしろって言うのよ……）

勝手に期待して、勝手に落胆して、自分の理想を一方的に押し付けられても困る。

結果、瑠衣は決めた。

男に振り回されず、他人に何を言われてもぶれない。自立した人間になろう、と。

その後、社会人になってからも異性から声をかけられることはしばしばあった。

その中で気が合いそうな人と付き合ってみることもあれば、熱心なアプローチに根負けして交際に至ったこともある。だが、誰に対しても瑠衣は本気になれなかった。

もちろん、人から好意を向けられるのは素直に嬉しい。けれど、相手に「好きだ」と言われれば、自分も同じだけの気持ちを返さなければならない。恋人という関係は一方の好意だけでは成り立たないのだから当然だ。でも、瑠衣にはそれが難しかった。

経緯はどうであれ付き合うと決めた時点で、相手に対してそれなりの好意はある。

しかし相手の男性が自分に向けるほどの情熱を、瑠衣はどうしても持つことができなかった。

『いつか自分のことを好きになってくれれば、今はそれでいい』

初めはそう言っていた相手も、最後には『自分ばかりが好きでいるのに疲れた』と言って去っていく。そんなことを繰り返すうちに、いつしか瑠衣は恋愛すること自体を諦めた。

相手に対して申し訳なくなるのも、好意の見返りを求められることにも疲れてしまったのだ。

恋愛をするたびに心をすり減らすくらいなら、初めからしなければいい。

ひとたびそう割り切ると、自分でも拍子抜けするくらい気持ちが楽になった。

そうして恋愛から遠ざかること数年。気づけば二十九歳になっていた。

現在は独身生活を謳歌《おうか》中だ。

アラサーという言葉を気にしていた時期もあった。しかし三十路《みそじ》まで残り一年を切った今となっては、そんなものはただの記号だと思っている。

二十代から三十代になっても、きっと自分の日常は変わらない。

毎日くたくたになるまで働いて、休みの日は趣味や美容など好きなことをして過ごす。

稼《かせ》いだお金は全て自分のために使って、そのためにまた稼《かせ》いでを繰り返すのだ。

そうした時間を過ごすうちに、いつの間にか三十代、四十代を迎えているのだろう。

漠然と描いた青写真の中で、瑠衣は一人だ。恋人なんてもう何年もいないし、この先できる予定もない。そんな毎日を不満に思ったことはないし、むしろ生活は充実していると思う。

……それでもふとした時、とても寂しくなる瞬間がある。

たとえば、友人に恋人ができた時、あるいは結婚した時。

もしくは、同世代の女性に子供が生まれた時。

愛する恋人、伴侶、あるいは家族を手にした女性の姿はとても綺麗だと瑠衣は思う。

顔やスタイルのように上辺の美しさとは違う、体の内側から滲《にじ》み出る美しさだ。そしてそれは、自分がけして持ち得ないものでもある。

自ら恋愛を遠ざけておいて、羨《うらや》ましがるなんて都合のいい話だと思う。

さりとて瑠衣も一人の女だ。人肌が恋しくなる時もあるし、人並みに性欲もある。

自分のことだけを考えるなら、相手の気持ちなんて無視して「恋人」の立場を利用すればいい。

けれど瑠衣は、相手を利用する度胸もずるさも持てなかった。

相手も自分も傷つかず、それでいて寂しさも解消できる方法はないか。

思いついたのは、セフレを作ることだったが、これはすぐに諦めた。

――互いに本気にならずに割り切った付き合いができる存在。

そんな都合のいい相手、いるわけがないのだから。

2

十月初旬。

山田商事の担当を外されてから一ヶ月経った金曜日の夜。

仕事終わりの瑠衣は、行きつけの居酒屋にいた。

いつもは一人でふらりと訪れてカウンター席で静かに飲んでいるのだが、今日は違った。

瑠衣が座ったのは四人がけのテーブル席。暖簾《のれん》を下げれば半個室になるそこは、複数人で落ち着いて飲むにはぴったりの席だ。そんな中、瑠衣の対面には、今日も今日とて憎らしいほど顔の整った男が座っている。その表情がいつもの二割増しで輝いているのは見間違いではないだろう。

「それじゃ、乾杯するか」

運ばれてきたビールジョッキを片手に神宮寺はニヤリと笑う。対してカシスオレンジの入ったグラスを持った瑠衣は、むっと顔をしかめた。

「ちなみに何に対して乾杯するの？」

「それはもちろん、上半期最優秀営業成績を記録した俺のために」

神宮寺はにっこりと満面の笑みを浮かべる。まさか断らないよな、と言外に細められた眼差しに、瑠衣は仕方なく「乾杯」とグラスを合わせた。

「そうふてくされた顔をするなよ。お前だって全国十六位だろ？　十分すごいよ」

「全国一位の人に言われてもね」

「まーたそういう可愛くないこと言って。いいじゃん、俺はむしろお前が羨《うらや》ましいよ」

「一位が十六位の何が羨《うらや》ましいのよ」

「ん？　伸び代があるところ？」

「……一応聞いておくけど、それって嫌味？　それとも慰《なぐさ》め？」

「どっちだと思う？」

「前者」

「正解！」

「……あんたって本当にいい性格してるわよね」

「だろ？　俺もそう思う。三雲に褒《ほ》められるのは嬉しいな」

「別に褒《ほ》めてないんだけど」

「照れんなって」

何を言っても暖簾《のれん》に腕押し、糠《ぬか》に釘《くぎ》。相手にするだけ無駄だと瑠衣はため息をつく。

(ああもう、悔しい)

つい先日、上半期の個人営業成績が発表された。全国各支社の営業職が評価対象で、上位三十名が十一月に行われる表彰式で優秀成績者として表彰される。

前回十八位だった瑠衣は、今回は十六位。十分立派な成績だと思うが、十位以内を目指していただけに悔しい気持ちはあった。下半期こそはと思うものの、大口取引先の山田商事の担当から外された以上、次回は表彰対象の三十位に入るのすら難しいかもしれない。

対して目の前のいけすかない男は堂々の全国一位。

これが他の人なら素直に祝えただろうに、神宮寺だと悔しさしか浮かばない。しかし悲しいかな、その悔しさを発散する相手も神宮寺しかいないのだった。

東京支社で表彰されたのは瑠衣と神宮寺の二人だけ。それなのに「神宮寺に負けて悔しい」なんて他の社員に愚痴を言ったら、それこそ何を言われるかわからない。

結局瑠衣は、からかわれるのを覚悟して祝勝会——ただし神宮寺の——をしている。

(どこまで完璧なのよ、この男は)

瑠衣はグラスの縁に口をつけてゆっくりと飲む。その間にも神宮寺はジョッキを傾けてあっという間にビールを飲み干し、次を注文していた。相変わらずいい飲みっぷりだ。

目の前の綺麗な顔立ちには、ビールよりもむしろワインやシャンパンの方が似合いそうなのに、この男が好んで飲むのはもっぱらビールや日本酒、焼酎などだ。一部の女子社員からはそのギャップがたまらないと評判らしいが、あいにく瑠衣は全く興味がない。

「三雲は今日もカシオレか」

「欲しいの？　あげないわよ」

そう言うと、即座に「そんな甘いもんいらねえよ」と苦笑混じりに返ってくる。

「そうじゃなくて。お前が頼むのって、いつも甘い酒ばっかだと思って」

「しょうがないでしょ？　お酒は好きだけど、体質的にすぐ酔っ払っちゃうんだもの」

自分が酒に弱いと知ったのは二十歳《はたち》の時。大学のゼミの飲み会で、気になる酒を片っ端から飲んだ瑠衣は、見事に潰れてしまった。それ以降、瑠衣は自分にあるルールを課した。

人目のある場所で飲む際は、アルコール度数の低いものを三杯まで。

このルールのおかげで、社会人になってから酒の席で失敗したことは一度もない。度数の高い酒を飲んでみたいとは思うものの、醜態《しゅうたい》を晒《さら》すくらいなら我慢した方がいい。

「意外だよな。いかにも酒に強そうな見た目のくせに、女子っぽい酒しか飲まないんだから。最初は狙ってやってるのかと思った」

「別に狙ってないわよ。それに私がお酒でか弱いアピールをしたってしょうがないもの」

ああいうのは可愛らしい女性がするから効果があるのであって、見た目も中身もキツい自分がやったところで意味がないのだ。だが意外にも神宮寺はそれを否定した。

「そんなことないだろ。むしろ三雲みたいなのがやるから意味があるんじゃないのか？　なんつーの、ギャップ萌えってやつ？」

「萌えって、親父臭いわよ」

「うっせ！　――まあ、俺は三雲のそういうところ、素直にすごいと思うよ」

「そういうところって？」

「三雲の外見ならいくらでも女を武器にできるだろ？　でもお前はそうしない。むしろ俺や他の営業に負けてたまるかって泥臭く働いてる。そういうところ、尊敬する」

――まさかそんなことを言われるなんて。

かあっと顔が熱くなる。

瑠衣にとっての神宮寺は、いけすかない男であると同時に目標でもある。けれど神宮寺は瑠衣のことなど眼中にないと思っていた。

何かと軽口を叩いたりからかってきたりするのは、身のほど知らずにも神宮寺をライバル視する瑠衣を物珍しく思っているからだ、と。

そんな相手に「尊敬する」と言われて、嬉しくないわけがなかった。けれど、それを素直に伝えられない瑠衣にできたのは、顔を赤くしてはくはくと口を動かすことだけだった。

もちろんそれを見逃す神宮寺ではない。

「なんだよ、急に黙り込んで。もしかして照れてんの？」

悪戯《いたずら》っぽく唇の端を上げる男に、瑠衣は「まさか！」と慌てて否定する。

「神宮寺が急に変なことを言うから、驚いただけで……」

「声が震えてる。顔も真っ赤だ」

「からかわないで！　酔っ払い！」

「いや、全然酔ってねえから」

「私が酔ってるって言ったら酔ってるの」

「無茶苦茶理論すぎんだろ、どこの暴君だよ」

「うるさい。……もう」

なんだろう。理由はわからないがとてつもなく恥ずかしい。

動揺を鎮《しず》めるために、瑠衣は目の前の酒の入ったグラスを手に取った。氷で冷えた液体が喉を通る感覚が気持ちよくて、半分ほど残っていたカシスオレンジを一気に飲み干す。空《から》になったグラスを卓に置くと、呆気に取られたようにあんぐりと口を開ける神宮寺と目が合った。

「お前、酒に弱いんだろ？　一気飲みなんてして大丈夫かよ」

「一杯目だから大丈夫。それより神宮寺が今飲んでるのって、梅酒？」

「ああ。梅酒のロック」

話題を逸らす目的半分、興味半分で聞くと、神宮寺は頷いてグラスを掲《かか》げる。

グラスに半分ほど注《つ》がれた液体は琥珀《こはく》色で、なんとも美しい。

「……綺麗ね。ロックってことは度数が高いのよね？」

「少なくともカシオレよりは強いな。俺のでよければ少しだけ飲んでみるか？」

「いいの？」

「三雲が気にならないなら、俺は別に」

あいにく間接キスで騒ぐほど純粋でもなければ若くもない。彼の言葉に甘えて一口飲んでみれば、想像していたよりずっと飲みやすかった。

「……美味《おい》しい」

「気に入ったなら頼めよ。一杯くらいなら大丈夫だろ。飲みきれなかったら俺が飲んでやるから」

「じゃあ、そうしようかな」

度数が高い分、今日は次の一杯でやめておけば問題ないだろう。瑠衣が頷くと神宮寺はさっと店員を呼んでオーダーする。瑠衣相手にもレディーファーストを徹底するなんて、相変わらず隙のない男だ。ほどなく届いた酒はやはり美味《おい》しくて、とても飲みやすい。

「今まで水割りかソーダ割りしか飲んだことなかったけど、ロックもいいわね」

「気に入ったなら気にせず飲めよ。もし酔っ払ってもちゃんと介抱してやるから安心しろ」

「神宮寺が私を介抱するの？」

「なんだよ、送り狼になるとでも言いたいのか？」

「まさか」

おどけるように肩をすくめる男の言葉を瑠衣は一蹴《いっしゅう》する。

「私に興味なんてないくせに、そんなことになるわけないでしょ」

「………」

てっきりすぐに同意されると思ったのに、意外にも神宮寺は何も言わなかった。それどころか、何が気に入らなかったのか、眉間《みけん》に皺《しわ》を寄せて睨《にら》むような視線を向けてくる。

「な、何よ」

冗談に冗談で返して何がいけないのか。

神宮寺が瑠衣を異性と思っていないのは身をもって知っている。普段の態度を見ていればそれは明らかだ。軽口を叩き合う程度には親しいが、二人の間に甘い空気が流れたことは一度もない。だからこそ瑠衣もこうして気がねなくサシ飲みができる。

この関係が瑠衣にとってはちょうどいいのだ。

神宮寺は違ったのだろうか。

「言いたいことがあるならはっきり言って」

「別に。なんでもねえよ」

「どう見てもなんでもないって顔じゃないでしょうが」

あいにく気になったことはとことん追及するたちだ。

それも相手がライバル視している男ならなおさらだ。しかし神宮寺は、「本当になんでもねえよ」と面倒くさそうに手をひらひら振って話を終わらせようとする。

「相変わらず鈍い奴だと思っただけだよ。変わらねえな、そういうとこ」

「なぁに昔からの知り合いみたいなこと言ってんのよ。同期って言っても初めて会ったのは二年前じゃない」

「ま、それもそうだ」

「それに、私別に鈍くないから」

「はいはい、それでいいよ」

これでこの話は終わりだとでも言うように神宮寺は肩をすくめる。なんとなく話を逸らされた気持ちになりながら、瑠衣はグラスの縁に口をつけた。

（やっぱり、美味《おい》しい）

神宮寺に勧められて注文した梅酒は、当然ながら割って飲むよりずっと強く梅の味を感じる。梅とアルコールの混じった芳醇《ほうじゅん》な香りもまた心地よくて、瑠衣のグラスはあっという間に空《から》になっていた。

（……また注文しようかな）

今日はこれで終わりにしようと思っていたが、思いの外《ほか》飲みやすいし、もう一杯くらいなら飲んでも大丈夫な気がする。悩む瑠衣の前で、神宮寺はブランデーを注文する。

「ねえ、それで何杯目？　もうかなり飲んでるわよね、大丈夫なの？」

「問題ない。俺、ザルだから」

酒の席で失敗したことはないと断言する男に少しだけ嫉妬する。

酒が好きなのに体質のせいで自由に飲めない瑠衣とは正反対だ。

見た目も仕事ぶりも完璧な上、人たらしで自然と周囲を笑顔にしてしまう。

「――ほんと、嫌味な男よね」

妬《ねた》み半分、おふざけ半分で呟いた声は神宮寺には届かなかったらしい。

「何か言ったか？」

目を瞬《またた》かせる彼に「なんでもない」と首を横に振ると、瑠衣はその手元に視線を向けた。

先ほどの梅酒も美味《おい》しかったし、彼の選んだ酒に興味がある。ブランデーは梅酒以上に度数が高いのは知っているが、もしかしたら意外と飲めたりしないだろうか。

「それが気になっただけ。ねえ、味見してみてもいい？」

「いいけど……その前に一つ聞いていいか」

「何？」

「お前、会社の他の奴と飲みに行った時もそうなのか？」

俗に言う「一口ちょうだい」をやっているのか、と聞いているのだろう。瑠衣はすぐに「まさか」と否定する。

「普段は人の物を欲しがったりしないわ。こんなこと頼むのは相手が神宮寺だからよ」

友人相手にもめったにしない。すると神宮寺は、唖然としたように目を大きく見開く。

「は……？」

その表情を不思議に思いつつも、瑠衣は彼のグラスを取る。そして梅酒と同じ感覚で一口飲み――すぐに後悔した。

喉が焼けるように熱い。かあっと一気に顔が火照《ほて》るのを感じた。生まれて初めて感じる強烈なアルコールに瑠衣は慌ててグラスを卓に置く。同時に唇の端に残っていた液体がつうっと肌を伝うのがわかって、慌ててそれをぺろりと舐《な》めた。

ちろりと覗いた舌を見て、神宮寺が息を呑む。

「おまっ……！」

「え、何？」

「今のは……ああもう！　なんでもねえよ、ほらもう返せ！」

固まっていた神宮寺は、我に返ったように瑠衣の前からグラスを奪い取る。その素早さに呆気に取られる瑠衣に彼は言った。

「三雲にブランデーは十年早い」

「み、みたいね？」

あまりの勢いに素直に同意する。神宮寺は苛立った様子でグラスを呷《あお》ると、深く大きなため息をついた。

「……頭痛え」

「だからさっき『大丈夫？』って聞いたのに」

「酒のせいじゃないっての」

よくわからないが、今はこれ以上刺激しない方がよさそうだ。常日頃から余裕な態度を崩さない男だが、密かにストレスを溜めていたのかもしれない。トップにはトップなりの苦労があるんだな、と同情しつつ水を飲む。そんな瑠衣を、神宮寺が胡乱《うろん》げに見つめてきた。

「今何か変なこと考えただろ」

「まさか。神宮寺も人知れず苦労してるのねって思っただけよ」

「……誰が原因だと思ってんだよ、ったく」

まるで瑠衣のせいだとでも言いたげな物言いだが、聞こえないふりをした。

「今日はもう酒は終わりにしておけ。じゃないと俺の心臓がもたないから」

それがどう関係しているのか、さっぱりわからない。先ほどはザルと言っていたが、案外もう酔っているのかもしれない。そんなことを思いながら、瑠衣はきっぱり「嫌よ」と答えた。

「あと一杯飲んだら終わりにするわ」

「お前な……。いいか、俺は忠告したからな」

「はいはい。もう、神宮寺、ちょっとうるさい」

面倒くさそうに言うと、諦めたように「もう知らねえ」と嘆息されたのだった。


その後も二人だけの飲み会は続いた。

軽口を叩きながら神宮寺と過ごす時間が瑠衣はけして嫌いではない。もちろん二人の間に色っぽい雰囲気は皆無《かいむ》で、会話のほとんどが仕事についてだ。さすがはエリート社員、しかも話題が豊富で話し上手とくれば楽しくないはずがなかった。

神宮寺と一緒にいるのは、楽だ。

調子がよくて何かとからかってくる性格はムカつくが、それでもこうして仕事について語り合う時間はとても充実していて居心地がいい。

改めてそれを自覚した瑠衣の脳裏に、ふとあることが思い浮かぶ。

『互いに本気にならずに割り切った付き合いができる存在』

神宮寺は、瑠衣が思い描くセフレの条件にぴたりと合致《がっち》していた。

(――いや、ないわ)

瑠衣はその考えを即座に否定する。

仮に瑠衣がそれを望んだとしても、神宮寺に一蹴《いっしゅう》されて終わりだろう。

「どうした、急に黙り込んで」

物思いに耽《ふけ》っていたからか、それともいつも以上に酔っていたからか。瑠衣は考えるより先に口を開いていた。

「え？　ああ、セフレが欲しいと思って」

「ぶはっ……！　は……セフレ……？」

突然むせ始めた神宮寺の反応にはっと我に返るが、もう遅い。反射的に答えた言葉を彼ははっきり聞き取っていた。もしも素面《しらふ》であったなら、なんとしてでもごまかしていただろう。

けれど酔いの回った頭では無理だった。

(……別にいいか)

セフレを望んでいることだけなら、話しても問題ないだろう。それを知ったところで周囲に吹《ふい》聴《ちょう》するような男ではないはずだ。

――そう思ってしまうくらいには、自分は酔っていたのだと思う。

それは神宮寺の目にも明らかだったらしい。しばらく咳き込んでいた神宮寺は、なんとか呼吸を整えると改めて瑠衣を見やる。その顔には驚愕《きょうがく》の色が浮かんでいた。

「……酔いすぎじゃね？」

「神宮寺にこんなこと話すんだから、そうかもしれないわね」

素直に肯定すると、神宮寺はますます困惑したように眉根を寄せる。

「発言がぶっ飛びすぎてどこから突っ込んでいいのか……。というか、俺はてっきり三雲は男嫌いなのかと思ってた。だから誰とも付き合わないのかと……」

「まさか。男嫌いならこうして二人で飲みに来たりしないわよ」

「……相手が俺だから平気なだけじゃなくて？」

「神宮寺の目に私がどう見えてるかわからないけど、私はどこにでもいるただの独身女よ。性欲だってあるし、ふとした瞬間に寂しくなることもあるわ」

神宮寺は息を呑んだ。その姿を見て改めて自身の酔いを自覚する。

目の前にいる男は、普段の自分なら絶対に弱みを見せたくない相手だ。そんな男相手にこうも内心を曝《さら》け出しているのだから。

「それならどうして彼氏じゃなくてセフレなんだ？」

至極《しごく》真っ当な質問。それに対する答えは決まっていた。

「恋人関係になったら必然的に見返りが発生するでしょ？　それが嫌なの。どうしたって私は、相手と同じだけの気持ちを返せない。それなら、初めから恋愛感情がない割り切った関係の方がいい」

勝手に理想を抱かれ、失望されるのはもうこりごりだ。

「……それは経験談？　忘れられない男がいるとか？」

神宮寺は言葉を選びながらも質問を重ねる。まさか神宮寺が興味を示すとは思わなかった。それに驚きながらも瑠衣は否定の意味を込めて首を横に振る。

「そんな立派な理由じゃないわ。ただ恋愛に対して興味が持てないだけ。冷めてるのよ」

「だからセフレが欲しい、と」

「そういうこと」

頷くと、神宮寺はどこか疲れたようにため息をつく。

「……驚きすぎて、正直何を言ったらいいのかわからない」

「神宮寺とこういう話をするのは初めてだものね。いつもは仕事のことばかりだし」

「俺は三雲がそういう話を望んでないと思ってたからな。プライベートについてずかずか聞かれるのは嫌いだろ？　特に恋愛については」

さらりと言われた言葉は、正解だった。

「……意外。私のことよく見てるのね」

「意外じゃねえよ。お前のことを俺はずっと見てた」

「え……？」

それはどういう意味――喉元まで出かけたその問いは、瑠衣を見据える神宮寺の視線にかき消された。痛いほどの強い眼差しが、瑠衣を射抜く。

「セフレが欲しいなら俺にしておけよ」

酔いが見せた幻聴か、それともたちの悪い冗談か。本気でそう思うくらい、信じられない言葉だった。

「何、馬鹿なことを言って……わかった、やっぱり神宮寺も酔ってるんでしょ？　そうじゃなきゃあんたがそんなこと言うわけないもの」

「茶化すな、俺は本気だ」

「っ……！」

ひゅっと喉の奥が鳴る。ドクン、ドクンと心臓が一気に鼓動を速めて、体中に血液を送り出しているのを感じる。

「俺じゃだめな理由でもあるのか？」

「そういうわけじゃ……」

「ならいいだろ」

話は決まりだとばかりに言い切る彼の姿に、瑠衣は混乱する。一瞬、神宮寺がセフレだったらと想像したのは事実だが、本当に実現すると思ったわけではない。

意味がわからない。それでも一つだけわかるのは、このまま流されてはいけないということだった。何か——何か、言わなければ。そう思って浮かんだのは、彼に彼女がいるという噂だった。

「だめよ」

「どうして？」

「恋人がいる人とはありえない。私がこの世で一番許せないのは浮気なの」

高校生の頃、瑠衣は彼氏に浮気されて振られた。今さら川瀬に未練なんて一ミクロンも存在しないが、あれ以来自分の中で浮気と不倫だけはありえない。

浮気は絶対悪。それは唯一揺るがない瑠衣の恋愛観だ。

だがそれに対して神宮寺は「恋人なんていない」と明言する。

「どこで聞いた噂か知らないけど、そもそも恋人がいたら他の女とサシ飲みしたりしねえよ」

「じゃあ、恋人を取っ替え引っ替えしてるっていうのは……？」

「それも嘘。俺がそうしているのを三雲は見たことあるのか？」

「ないけど……」

「なら、それが答えだろ。派手に遊んでそうとか、陰で色々言われてるのは知ってる。あえて否定しなかったのは、それで何か害があるわけじゃなかったからだ。でも、お前にそう思われるのだけは放っておけない」

——どうして。

なぜ、瑠衣だけは例外なのか。聞きたいのに、聞けない。

声を発することができないほど、神宮寺の眼差しや声色が熱すぎたから。

「三雲」

「あ……」

「お前が割り切った関係を望むなら、俺はそれでも構わない」

だから、と、神宮寺は言った。

「俺を選べよ」

「っ……！」

顔が熱い。ドクンドクンと耳元で鼓動が聞こえると錯覚するほど、心臓が痛いくらいに高鳴っているのがわかる。

(知らない)

こんな神宮寺、私は知らない。

二人きりで飲みに行こうと、気軽に軽口を叩き合おうと、今日までの彼は瑠衣にとってただの同僚にすぎなかった。でも今は違う。直視するのがためらわれるほどに、目の前に座る彼はどうしようもなく「男」だ。

「それで、答えは？」

艶《つや》めいた声で問われた瑠衣は、咄嗟《とっさ》に席を立とうとする。

「待てよ」

「あっ……！」

だがそれより早く対面から伸びた手に腕を掴《つか》まれる。

「返事、聞かせろ」

手首は軽く掴《つか》まれただけで、振り払おうと思えばすぐに解けただろう。しかしなぜかそれができない。自分を見つめるまっすぐな瞳に囚《とら》われてしまう。

「返事って、そんな急に言われても……」

決められない、と消え入りそうな声で答えれば、神宮寺は「それもそうか」と小さく頷く。しかし、ほっとしたのは一瞬で、彼は瑠衣の手を掴《つか》んだまま続けた。

「相性を確かめる前に決めるわけにはいかないもんな」

「相性って、まさか――」

セフレから連想される答えは一つしかない。

「体に決まってるだろ？」

神宮寺は艶《あで》やかに笑《え》んだ。


その後、二人がタクシーで向かったのは居酒屋からほど近いビジネスホテル。

こういったシチュエーションは初めてではないのか、神宮寺は慣れた様子でホテルの空《あ》きを確認し、チェックインの手続きをする。その間も彼はしっかり瑠衣と手を繋いでいた。

指を絡めたそれは恋人繋ぎで、神宮寺の「逃がさない」という意思を伝えてくるようだ。

彼の手は客室に向かうエレベーターに乗った後も離れることはなかった。

神宮寺と手を繋いだのはこれが初めてだ。それなのに、二人してホテルにいる。

自分で決めたことなのに、この状況はひどく現実味がない。心臓は今にも破裂しそうなくらいに激しく騒いでいる。それが酔いのせいだけではないのは明らかだった。

そんな瑠衣とは対照的に神宮寺は至って冷静な態度で無言を貫いている。だがその視線は瑠衣に注《そそ》がれたままだ。熱を宿した強い視線に心臓の音はいっそう大きくなり、胸が痛いほどだった。

「何か言ってよ」

沈黙に耐えきれずに小さくこぼす。

「……私だけが緊張してるみたい」

拗《す》ねるような声に神宮寺が目を見張るのと、エレベーターが目的の階に到着するのは同時だった。

神宮寺は瑠衣の手を引いて客室に向かうと、カードキーをかざしてロックを解除する。そうして共に部屋の中へ入った、次の瞬間。

「んっ……！」

神宮寺は瑠衣の背中をドアに押し付けると、有無《うむ》を言わさず唇を重ねてきた。

「待っ、神宮――ぁ、ん……」

静止の言葉は、ぬるりと口内に滑り込んできた舌によって封じられてしまう。

あまりに唐突なキス。瑠衣は反射的に舌を引っ込めようとするが、容易《たやす》く絡め取られる。

なんとか身を捩《よじ》ろうとしても、腰に回された手がそれを阻《はば》む。さらにはもう片方の手で後頭部を支えられて、瑠衣にできたのは口の中を蹂躙《じゅうりん》してくる舌を受け入れることだけだった。

「俺だって緊張してるよ」

「な、に……？」

「こんな風にがっつくくらい、余裕がない」

「ふぁ、っ……」

熱い舌が歯列をなぞり、舌裏をぺろりと舐《な》められる。かと思えば唇をやんわりと食《は》まれて、吸われて――

唇が触れ合うだけのキスではない。貪《むさぼ》り尽くすような口付けだった。

（なんで、こんな――）

激しすぎるキスに翻弄《ほんろう》されながらうっすら瞼《まぶた》を開けた瑠衣は――驚いた。

神宮寺はまっすぐ瑠衣を見下ろしていたのだ。その眼差しの強さに目を奪われていると、腰に添えられていた手でつうっと背中を撫でられた。

「あっ……！」

甘い痺《しび》れが背筋を駆け抜ける。体から力が抜けてその場に座り込みそうになる瑠衣を、すかさず神宮寺が抱き留めた。次いで感じたのは浮遊感。気づけば瑠衣は彼に横抱きにされていた。

突然のお姫様抱っこにぎょっとする。彼は危なげない足取りでベッドに向かうと、瑠衣の体をそっとそこに横たえた。そのまま瑠衣の額にちゅっと触れるだけのキスをして、離れていく。

「シャワーを浴びてくる。逃げるなら今のうちだ」

「え……？」

「考え直すならこれが最後のチャンスだ。戻ってきたら、その時はもう遠慮しない。――覚悟しておけよ」

神宮寺はニヤリと笑い、バスルームへ消えていった。

その後ろ姿が見えなくなるなり、瑠衣は枕に顔を埋《うず》めて大きく息を吐く。

「何よ、あれ……」

貫くような熱い眼差しも、余裕がない様子で夢中でキスする姿も、全てが初めて見る彼だった。普段の飄々《ひょうひょう》としている神宮寺とは違う、男としての顔。このままここに留まれば、さらに違う彼の姿を見ることになるかもしれない。

――本当に、この選択は正しいのだろうか。

酒の勢いに流されているだけではないのか。後で後悔しないか。

居酒屋からビジネスホテルまで向かうタクシーの車中はもちろん、今なお瑠衣は自問自答を繰り返している。もしここで帰ったとしても彼はきっと何も言わない。今日の出来事は酔っ払いの冗談として片付けられ、二人の関係は何も変わらない。

それを望むなら、彼の言う通り引き返すタイミングは今しかない。

……でも。

(逃げたくない)

もちろん、不安や困惑もある。素面《しらふ》ならばこんなことにはなっていないという自覚もある。この状況を理屈で説明することはとてもできそうになかった。それでも、と瑠衣は思う。

(神宮寺がどんなセックスをするのか、知りたい)

その結果、この二年間で築いた関係が変わったとしても。

ほどなくしてバスルームのドアが開く。気配を察した瑠衣は何気なくそちらに目をやって、はっと息を呑んだ。

「逃げなかったんだな」

嬉しそうに頬を綻《ほころ》ばせる男の髪はしっとりと濡れていた。いつもは丁寧にセットされている髪を無造作にかき上げ、バスローブを纏《まと》う姿は男の色気に満ちている。

「三雲?」

「あっ……なんでもない、私も入ってくる」

見惚れていたのを気づかれたくなくて、瑠衣はバスルームに駆け込んだ。

バスタブには湯が張られていたが、今はとてものんびり湯船に浸《つ》かる気分になれない。

熱いシャワーを浴びながら、思考は自然と「これから先」のことを想像してしまう。

ボディーソープをつけた手のひらで体を洗いつつ、自分の裸を確認する。

日々のジム通いのおかげで、それなりに引き締まった体をしていると思う。神宮寺の女性の好みなんて知らないが、見た途端に引かれることはないはずだ。

——神宮寺はどんな風にこの体に触れるのだろう。

まるで予想がつかない。だが彼の指が自分の肌を滑る様《さま》を想像しただけで、かあっと頬が火照《ほて》るのがわかった。体の奥が疼《うず》くような感覚なんて何年ぶりだろう。少し想像しただけでこんな風になるなんて、自分で思っていた以上に欲求不満だったらしい。

(……やだ、もう)

シャワーだけでのぼせそうだ。瑠衣は早々に上がりバスローブを羽織る。簡単に髪を乾かし肌を整えてからバスルームを出ると、ベッドに腰掛けた神宮寺に迎えられた。

「早かったな」

神宮寺はすうっと目を細めると、瑠衣をじっと見据えた。頭のてっぺんからつま先まで舐《な》め回すような視線が突き刺さる。彼は指一本すら触れていないのに、まるで視線で犯されていると錯覚するほど、その眼差しは熱を帯びていた。

じりじりと肌が焼けるような感覚に、無意識にごくんと喉が鳴る。

「――瑠衣」

「っ……！」

「おいで」

神宮寺は両手を広げて瑠衣をベッドに誘った。

――本当にずるい男だ。

この場面で、初めて名前で呼ぶなんて。

神宮寺は自分の容姿や声が、他人の目にどう映るかしっかり自覚している。

瑠衣を呼ぶ声はとろけるように甘い。今初めて瑠衣は、彼に黄色い声を上げる女性社員の気持ちが理解できた。その証拠に、男の放つ色気に吸い寄せられずにはいられない。

瑠衣はゆっくりとベッドに向かう。

この時なぜか瑠衣の頭に浮かんだのは、恋人はいないと言った神宮寺の顔。しかしそれは、「セフレがいない」とはならない。むしろ彼の余裕のある態度は過去の経験豊富さを物語っているように感じた。神宮寺にとっては、こんなことは珍しくないのだろうか。

――私もその中の一人になるの？

その可能性に気づいた途端、負けず嫌いの性格が顔を覗かせた。

何がそんなにも嫌なのか自分自身にもわからない。ただ、このまま神宮寺に全ての主導権を渡したくはなかった。たとえ、彼との間に圧倒的な経験の差があったとしても。

「三雲？」

目の前で突然動きを止めた瑠衣に、神宮寺が眉根を寄せる。そんな彼に瑠衣は言った。

「……今さら隠してもばればれだと思うから言うけど、私の男性経験は多くない。だから、セフレを持つとしたら神宮寺だけよ。他の人とも同時に……なんて器用なことはできないから。でも、神宮寺は？」

「何を――」

「さっき恋人はいないって言ったけど、セフレは？　もしもいるなら、私は――んっ⁉」

それ以上言葉にすることを神宮寺は許さなかった。

唇を重ねたまま、神宮寺は瑠衣の腕を引いて自らの太ももの上に座らせる。そうして左手で瑠衣の腰を自分に引き寄せ、右手を瑠衣の後頭部に置いた。瑠衣は上向きにさせられたまま、熱い舌に翻弄《ほんろう》される。何度も角度を変えて、舌を絡め合う。

息つく間もない激しいキスが終わる頃には、瑠衣の息はすっかり上がっていた。

「ん、ふぁ……」

つうっと透明な唾液の糸が二人の間を結ぶ。

「いるわけないだろ」

「え……？」

貪《むさぼ》るようなキスにぼうっとする瑠衣に神宮寺は言った。

「恋人もセフレもいない。過去に浮気や二股をかけたことも一度もない。俺が興味あるのも、抱きたいと思うのも三雲だけだ。俺は、お前が欲しい」

ストレートすぎる告白に胸が跳ねた。

欲しい。その言葉は、好きだとか愛してるよりもずっと瑠衣の胸に響いた。

「わかったか？」

「う、うん」

「なら、もういいな」

「あっ……！」

直後、視界が反転した。神宮寺に押し倒されたのだ。彼はそのまま瑠衣に跨《また》がってくる。

見上げる瑠衣の眼前で彼は自らのバスローブの紐《ひも》を引き抜き、ベッドの外に放り投げた。

（すごい……）

逞《たくま》しい腕、厚い胸板、六つに割れた腹筋。

スーツ越しでも均整の取れた体つきをしているのは明らかだったが、想像以上に引き締まった体に目を奪われずにはいられない。次いで下へと視線を移した瑠衣はひゅっと息を呑む。

バスローブを脱ぎ捨てた神宮寺が身につけているのは、下着だけ。

そしてそこは布越しでもはっきりとわかるほど大きく盛り上がっていた。

「あ……」

神宮寺が興奮している——

その事実に瑠衣は思わず視線を逸らした。初めて見るわけでも、恥ずかしがるような年でもないのに、直視できない。するとクスッと笑う声が降ってくる。

「何、その反応。可愛すぎだろ」

からかうような口調でそう言うなり、神宮寺は瑠衣の首筋に顔を埋《うず》めてきた。

直後、ちくっとわずかな痛みを感じる。キスマークをつけられたのだと思った時には遅かった。

彼は鎖骨の下の辺りに唇を押し付けて、甘噛みしてきたのだ。

「そこはだめ、見えちゃうから……！」

「見せつければいい。そうすれば邪魔な虫も減るだろ」

「虫？　何言って……んっ！」

「鈍すぎるのも考えものだな。——文句なら後でいくらでも聞く。今は、黙れ」

黙れ、なんて。普段そんなことを言われたら即座に噛みついただろうが、今は無理だった。

鎖骨や胸の間に痕《あと》を刻まれるたびに、もどかしいような甘い痺《しび》れが体を駆け抜けていく。瑠衣のはだけた胸元にキスをしながら、神宮寺の両手はバスローブの上からやんわりと胸を揉みしだく。

「ん、あ……」

突然のキスとは裏腹に焦《じ》らすような手つき。優しくももどかしい刺激に自然と声が漏れてしまう。

くすぐったいだけとは違う、体の中心が疼《うず》くような感覚。

素肌に直接触れたわけでもない、前戯にも満たない戯《たわむ》れのような触れ合い。それなのにこんなにも感じてしまうのは初めてで、瑠衣は甘い刺激に耐えるようにきゅっと瞼《まぶた》を閉じる。

最後に男と付き合ったのは入社一年目の時。その彼氏とも仕事が忙しくてろくにデートもしないまま半年足らずで別れてしまった。何度か体を重ねたものの、教科書的なセックスだったことしか覚えていない。

「全然違う……」

思わず口から漏れた言葉に、神宮寺はぴたりと動きを止めた。

(何……?)

瑠衣がうっすらと瞼《まぶた》を開けると、神宮寺にじっと見下ろされていた。

「神宮寺……?」

怒ってはいなさそうだが、機嫌がよくも見えない。

「今、誰と比べた?」

「あ……」

その問いに瑠衣は自分の失言を悟る。先ほどの言葉がマナー違反なのは明らかだ。マイナスな意味でないとはいえ、神宮寺を前に過去を思い出して比べるなんて失礼すぎる。

「待って、今のは――」

「『違う』って。前の男?」

図星を指されて言葉に詰まる。神宮寺はすっと目を細めると「へえ」と唇の端を上げた。

「面白いな」

その割には全然面白そうな顔をしていない。笑顔なのに、瑠衣を見下ろす瞳はギラギラと輝いている。凶暴さを感じるその眼差しに、肉食獣に狙われているような心地になる。

「あの、神宮寺」

「ん？」

「面白いって、何が……？」

嫌な予感がしつつも一応聞いてみると、彼はニヤリと笑った。

「この状況で煽《あお》ってくるなんてさすがだと思ってな。これから俺に抱かれようってのに前の男と比べるなんて、すごい度胸だな」

「待って、さっきのはそういう意味で言ったんじゃなくて！」

「俺に触れられながら前の男を思い出して、比べたのは事実だろ」

「そ、そうだけど……」

「そんなに怯《おび》えなくても酷いことなんてしねえよ。——ただ、それならそれでやりようがある」

ほんの一瞬思い出しただけで、けして比較しようなんて思ってない。だが瑠衣が誤解を解こうとするより早く、神宮寺の指先がバスローブの上から乳首をきゅっと摘んだ。

「あっ……！」

突然のダイレクトな刺激に思わず声を上げてしまう。

なんで急に――

大きな両手で乳房を揉みしだきながら、指先で乳首の先端をコリコリと弄《もてあそ》んだり、ピンと摘んだりされる。そのたびに甘い嬌声《きょうせい》を上げる瑠衣を、神宮寺は燃えるような眼差しで見下ろしてきた。

「今夜、お前の記憶を全て塗り替える」

「な、に……？」

「前の男のことなんて思い出せないくらい、俺で気持ちよくするよ」

しっかり見ておけ、と甘やかな声で命じられる。

「今、お前に触れてるのは俺だ」

神宮寺は瑠衣のバスローブの紐《ひも》を一気に引き抜いてベッドの外に放り投げた。

露《あら》わになった上半身が神宮寺の眼前に晒《さら》される。素肌に空気が触れる感覚が心許《こころもと》なくて両手で胸を隠そうとするが、その手をすぐに掴《つか》まれた。

「隠すな」

「っ……！」

「こんなに綺麗なんだ。よく見せて」

「あっ……！」

神宮寺は瑠衣の胸の頂《いただき》をぱくんと口に含んだ。

温かな舌がざらりと乳首を舐《な》める。ぷっくりと立ち上がった先端を舌でこねくり回し、ちゅうっと吸い付く。その間も、もう片方の胸は神宮寺の手によって攻め立てられていた。

大きな手のひらで掴《つか》んでもなお余る豊かな双丘。仰向けになっても形を崩さないそれは、神宮寺の手によっていかようにも形を変える。

「ほんっとにエロい体だな」

からかうような口調にかあっと頬に朱が滲《にじ》む。だが神宮寺の言葉は止まらない。

「腰は細いくせに胸と尻はデカくて、柔らかい。気づいてたか？　お前が体のラインの出る服を着てくると、会社の男連中はみんな見惚れてる。もちろん、俺も」

「そんなわけ――」

「やっぱり気づいてなかったか。でも、それでいいよ。そいつらがどれだけお前の服の下を見たいと思っても絶対に叶わない。この先、お前の裸を見られるのは俺だけなんだから」

その言い方ではまるで他の男性社員に嫉妬しているようだ。

「摘んじゃいや……！」

「『いい』だろ？　こんなに乳首を立たせてるくせに」

神宮寺の指先が乳首の先端をピンと弾く。

「あんっ、意地悪……！」

「事実だろ？」

ニヤリと笑うその顔は悪戯《いたずら》っ子のようなのに、していることは全然可愛くない。

神宮寺は片方の胸を口と舌で攻めながらもう片方の胸を手で弄《もてあそ》ぶ。膨らみを下からすくい上げたかと思えばやんわりと緩急《かんきゅう》をつけて揉みしだき、先端を親指でコリコリと攻め立てる。

「あ、ああんっ……」

たび重なる愛撫《あいぶ》に瑠衣の口から猫のような嬌声《きょうせい》が漏れた。

いやらしい声を神宮寺に聞かれていると思うと恥ずかしくて、咄嗟《とっさ》に両手で自分の口を覆《おお》う。

「あっ……！」

直後、その行動を咎《とが》めるように乳首の先端をカリッと噛まれた。甘い痛みに反射的にそちらを見れば、自分の胸に顔を埋《うず》めた神宮寺が見上げている。

「声、我慢するな」

「なんで……」

「俺で感じてる証拠だろ？　聞きたいに決まってる」

ちらりと覗いた赤い舌が自分の胸を舐《な》める。信じられないほどにいやらしい光景だった。

普段は瑠衣をからかうその口がぷっくりとした自分の胸を舐《な》めている。たまらなく恥ずかしいのに目が逸らせない。それは多分、「俺を見ろ」——その命令に逆らえないから。

絶え間ない胸への愛撫《あいぶ》にお腹の奥がきゅっと切なくなる。同時にむず痒《がゆ》い感覚と熱さに襲われた。

(あ、やだ……)

唯一身につけた下着の中が熱を帯びる。確かめずともわかった。そこは既に十分濡れている。

それを隠したくて、瑠衣は太ももの内側にきゅっと力を入れた。その途端、胸への愛撫《あいぶ》が止まる。

視線を向ければ、乳首を舌で弄《もてあそ》びながら妖《あや》しく笑う神宮寺と目が合った。

「っ……！」

胸に触れていた手が離れる。それはゆっくりと体を下りていった。

胸の下、くびれた腰——まるで焦《じ》らすように彼の手のひらが瑠衣の素肌を滑っていく。それが太ももの付け根に到達したのを感じて、瑠衣は咄嗟《とっさ》にきつく足を閉じようとするが、叶わなかった。神宮寺の指が、下着の隙間からするりと中に入り込む。

「待っ、ああっ……！」

「すげえ、もうこんなに濡れてる」

「言わないでっ……！」

恥ずかしさと気まずさから反論すると、すかさず「なんで」と愉快そうな声が返ってくる。

「こんなにエロいお前が見られて、俺は嬉しいよ」

恥ずかしげもなく言い切る神宮寺は、愛液を纏《まと》わせた指をゆっくりと動かし始めた。

濡れた割れ目を上下に擦られると、それだけで達してしまいそうになる。堪《こら》えるようにクッと唇を引き結ぼうとしても、刺激が強すぎてそれもできない。結果的に口からは喘《あえ》ぎ声が絶えず溢《あふ》れて、それに呼応するようにくちゅくちゅと愛液が泡立つ音が部屋に響いた。

それは当然割れ目に触れるだけでは終わらない。

「指、入れるぞ」

「あ……」

つぷん、と人差し指が入ってくる。それはゆっくりと膣の中を進んでいった。瑠衣の体は無意識にその指をきゅうっと締め付けてしまう。あまりに久しぶりの感覚すぎて、反射的に唇を引き結ぶと、彼の指の動きが止まった。

「痛いか？」

「……大丈夫」

「我慢するなよ。無理やりなんてしないから、だめそうならすぐに言え」

その声はいたわりに満ちていて、だからこそ困惑する。

——神宮寺とセックスする。

そう決めたのは自分だが、いざ始めてみれば思っていたのとはまるで違った。

恋愛感情の伴わないセックスはもっと味気ないものだと思っていた。

突っ込んで、あるいは達して終わり……とまではいかないが、もっと淡々としたものを想像していた。でも蓋《ふた》を開けてみれば、神宮寺はひたすらに甘く瑠衣を愛撫《あいぶ》してくる。

口では意地悪なことを言うくせに、触れる指先はとても優しいのだ。

今だって感じているのは瑠衣だけで、神宮寺は息一つ乱していない。しかし先ほどからちらちらと視界に映る彼の昂《たかぶ》りは、治まるどころかむしろ大きくなっているように見える。

(神宮寺だって辛いはずなのに)

自分が達することよりも瑠衣のことを優先してくれている。

その事実になぜか胸が疼《うず》いた。それに呼応するようにきゅっと彼の指を締め付ける。

「きつっ……それにすごく熱い」

「あっ！」

膣内をほぐすように動きを止めていた指が、ゆっくりとスピードを上げ始める。

膣壁を擦るように動いたかと思えば、中でくいと折り曲げられた。

緩急《かんきゅう》をつけたその動きに瑠衣はただ喘《あえ》ぐことしかできない。

そうする間にも神宮寺の唇は瑠衣の胸を愛撫《あいぶ》する。乳首の先端を食《は》みながら、指は滴《したた》る蜜と共に中を攻め立てた。そしていつしかそれは二本に増やされていた。

「っ、だめっ、ああっ……！」

最奥《さいおう》を突いたかと思えば一気に引き抜かれる。それがある一点を突いた、その時だった。

信じられないほどの強烈な快楽が背筋を駆け抜けた。目の前が真っ白になって初めて、瑠衣は自分が達したのだとわかる。瑠衣ははあはあと息を乱したまま四肢をベッドに投げ出した。

——すごく気持ちよかった。

だがその余韻に浸《ひた》る間もなく、神宮寺は両手で瑠衣の足を掴《つか》むとぐっと上に引き上げた。

「きゃっ、何!?」

「これで終わりなんて言ってないだろ？」

唖然とする瑠衣の足からするりと下着が引き抜かれる。神宮寺はそれを後ろに放り投げると、露《あら》わになった瑠衣の秘部を見下ろした。

「やっ、何してるの!?」

自らの愛液でびしょびしょに濡れた秘部が神宮寺の眼前に晒《さら》されている。

自分でもはっきり見たことのない場所を神宮寺に見られていると自覚した途端、羞恥心《しゅうちしん》でかあっと頬が熱くなる。慌てて身を捩《よじ》ろうとするが、足を掴《つか》まれているから叶わない。むしろ隠したがる瑠衣とは反対に、神宮寺は瑠衣の足を大きく開いて、そこに舌を這《は》わせてきた。

「待って、そんなとこっ……ああ、んっ……！」

抵抗も虚《むな》しく、神宮寺はそこに顔を埋《うず》めて、じゅるっと滴《したた》る愛液を吸ったり、舌で割れ目をぺろりと舐《な》めたりした。

「あっ……汚いからぁ……！」

「お前に汚いところなんてねえよ」

「何、馬鹿なこと言って……！」

「いいから黙って感じてろ」

熱い舌が割れ目を舐《な》める。指とはまた違う感覚がたまらなくもどかしくて、気持ちいい。

信じられないほど神宮寺の舌遣いは巧みだった。ライバル視している男に一方的にされるがままなのに、それが悔しいのか嬉しいのかすら今の瑠衣にはわからない。

押し寄せる快楽の波に呑まれまいと必死に耐える。だがそんなことも神宮寺にはお見通しだったのだろう。彼は喘《あえ》ぎ声を必死に堪《こら》えようとする瑠衣を窘《たしな》めるように、じゅるっと愛液をすすり、陰核を舐《な》め上げる。

「あっ、だめっ……！」

舐《な》められて、吸われて、頭がおかしくなりそうだった。

やんわりと陰核を食《は》まれた瞬間――

「いく、いくっ……！」

瑠衣は、二度目の絶頂に達したのだった。

「あ……はあ……」

今度こそ瑠衣は四肢をベッドに投げ出した。立て続けに達するなんて初めてのことで、心も体もついていかない。そんな瑠衣を見下ろしながら、神宮寺は身につけていた下着を脱ぐと手早く避妊具を身につけた。そのまま力の入らない瑠衣の両足を再度持ち上げる。

「待って、今はまだ――ああっ！」

指を動かすのもだるいのに、と言いかけた声は嬌声《きょうせい》に変わった。

熱いものが濡れそぼる密口に押し当てられたのだ。けれどそれは中に入ることなく、愛液を纏《まと》うようにその場で上下するだけだ。だが、達したばかりの瑠衣には十分すぎる刺激だった。

「んっ、それやだぁ……」

「本当に？」

素股をしながら神宮寺は妖《あや》しく問いかける。

「俺は今すぐ挿《い》れたい。でもお前が嫌なら、我慢する」

「がまん……？」

「どうする？」

「ああっ！」

どうする、と聞きながらも神宮寺は先端をほんの少しだけつぷん、と挿《い》れた。だが浅い部分を擦るだけで、それ以上進めようとはしない。

「するか、しないか。お前が決めろ」

「っ……！」

ここまできてイエス以外の答えなんてありえない。そんなことは神宮寺もわかっているはずなのに、この男はどうしても瑠衣に言わせなければ気が済まないらしい。

決定権を瑠衣に委《ゆだ》ねているようで、実際は彼が握っているのだ。

「ドＳ……！」

「何を今さら。知らなかったのか？」

「知るわけないでしょ、そんなの！」

この期《ご》に及んで言い合いなんて、自分たちらしいと言えばらしいが、瑠衣は全然楽しくない。だが神宮寺は違ったようで、実に楽しそうにニヤリと笑う。

「ま、焦《じ》らされて喜んでるお前はドＭっぽいし、ちょうどいいだろ」

「私は喜んでなんか——あんっ！」

言い切るよりも早く、昂《たかぶ》りが少しだけ中に入ってくる。甘すぎる刺激に瑠衣の背中がしなり、ぷるんと揺れる胸の先端を熱い舌がぺろりと舐《な》めた。胸と秘部の両方を攻められた瑠衣は、陥落した。

「て……」

「ん？」

震える声で言えば、神宮寺はわざとらしく目を細める。

（この男はっ……！）

絶対に聞こえているくせに、後で覚えておきなさいよ。

そう心に決めて、瑠衣は全ての恥を投げ捨てた。

「挿《い》れてって言ったの、ばかっ！」

瑠衣は神宮寺を見上げて懇願する。生理的に滲《にじ》んだ涙で目は潤《うる》んでいるし、絶対に顔は赤くなっているだろうし最悪だ。きっと神宮寺にも馬鹿にされる。

そう思っていたのに、彼の反応は違った。神宮寺の顔に浮かんでいた笑顔が一瞬で消える。代わりに唖然としたように目を見開き、何かを堪《こら》えるように眉根を寄せたのだ。

「お前……それわざとか？」

「何がよ！」

意味がわからない。言えと言ったから言ったのに、なぜ挿《い》れないのか。

半ばやけになって言い返せば、神宮寺は「ああもう」と苛立ったようにため息をつく。そして、熱い眼差しで瑠衣を見下ろした。

「――お前がやばいくらいにエロくて可愛いって話だよ」

「何言って……ああっ！」

その直後。ずぐん、と熱い昂《たかぶ》りが膣の中に入ってくるのがわかった。

神宮寺はゆっくりと腰を沈めていく。引っかかったのは入り口の最初の部分だけで、十分すぎるほど蜜を溢《あふ》れさせるそこは問題なく全てを受け入れた。

「きつっ……これだけ濡れてれば大丈夫だと思うけど、痛かったらすぐに言えよ」

うん、と小さく頷けば神宮寺は腰を動かし始めた。

最奥《さいおう》まで突き刺したものをギリギリまで引き抜いて、また挿入する――

まるで中の感覚を楽しむようなゆっくりとした律動だった。それはたまらなく気持ちいいのに、同じくらいもどかしくて、瑠衣はたまらず両手で彼の背中にギュッと抱きつく。

こんなことを自分から言うのは恥ずかしい。でも、挿《い》れてと懇願した今なら言える。

「……もっと」

神宮寺の耳元で瑠衣は消え入りそうな声で言った。

「もっと、激しくして」

「っ……！」

直後、神宮寺の動きが変わった。

「あっ……ああっ……！」

それまでの緩やかな動きが嘘のように彼は一気にストロークを速める。

パンパンと肌と肌がぶつかり合う音と愛液が擦れる音が響いては消えていく。だがそれを聞いて恥ずかしく思う余裕は既になかった。気づけば瑠衣もまた自ら腰を揺らしていた。

それに興奮したように、神宮寺はいっそう激しく瑠衣を攻め立ててくる。

ギラギラと燃えるような欲を宿した瞳で見下ろし、汗を散らす。

一心に腰を打ちつける神宮寺に先ほどまでの余裕は微塵《みじん》もない。ただひたすらに瑠衣を求め、攻め立てる姿になぜか胸が疼《うず》いた――ときめいたのだ。

完全無欠のエリート社員の姿は今やどこにもない。神宮寺のそんな姿が見られたことが嬉しくて、瑠衣は喘《あえ》ぎながら彼の頬に両手を添えていた。

「神宮寺……キス、して……？」

なぜかはわからない。ただ、そうしたいと思った。

「っ――！」

直後、噛みつくような口付けをされる。

「ん、ふぁ……」

神宮寺は瑠衣を抱きしめながら正常位から対面座位へと姿勢を変える。そのまま瑠衣をキツく抱きしめ、食べるようなキスをしながらもガンガンと腰を打ちつけた。

密着したせいで瑠衣の豊かな胸はぐにゃりと形を変える。それは新たな興奮材料となって、神宮寺はいっそう激しく腰を揺らした。

「瑠衣っ……！」

口付けを交わしながら、神宮寺は何度も瑠衣の名前を呼んだ。それと共に互いの吐息、シーツの掠れる音、愛液の混じり合う音が部屋に響く。だがそれらはもはや瑠衣の耳には聞こえなかった。

今この瞬間、瑠衣は五感の全てで目の前の男だけを感じていた。

肌をぴったりと密着させて、嵐のような激しいキスをしながら繋がり合う。

「あっ、ああ――っ！」

「……っ……！」

溶け合うような感覚と共に、二人は同時に達した。体を強く抱きしめられながら、最奥《さいおう》に薄い膜越しに熱いものを吐き出されるのを感じる。心地よい温もりと共に瑠衣の意識は沈んでいった。

ゆっくりと瞼《まぶた》を開けると、真っ先に飛び込んできたのは見覚えのない天井《てんじょう》だった。

瑠衣は気怠《けだる》い体を起こして、辺りを見渡す。薄いカーテン越しに見える朝焼けの空をぼうっと見つめていると、不意に背後から声をかけられた。

「おはよう」

瑠衣は弾かれたように振り返る。部屋のドアの前にはスーツを着た神宮寺が立っていた。買い物に出ていたのかその手にはレジ袋が握られている。

「コンビニで朝飯買ってきた。食べるだろ？」

「う、うん」

戸惑いつつも答えると、なぜか神宮寺の視線はじっと瑠衣に――正確にはその体に注《そそ》がれている。それに気づいた瑠衣ははっとした。起きたばかりで頭が働いていなかったが、自分が何も着ていないことにようやく気づいたのだ。

「っ……み、見ないで！」

慌ててシーツを手繰《たぐ》り寄せて体に巻きつける。神宮寺はそんな瑠衣の前を通り過ぎ、レジ袋をテーブルに置くと「何を今さら」と肩をすくめた。

「昨日散々見たのに」

「そっ……れは、そうかもしれないけど！」

寝起き早々耳まで真っ赤に染める瑠衣とは対照的に、神宮寺の様子は至って普段通りだ。彼がレジ袋から食べ物を出す様子をなんとも悔しい気持ちで見ていると、彼は「ほら」とレジ袋を目の前に置く。

「何？」

「シャワーを浴びるかと思って、下着とか化粧水とか適当に買ってきた」

「神宮寺が？」

女性ものの下着をコンビニで買った？

信じられずにぽかんと見つめれば、彼はなんでもないように頷いた。

その後、瑠衣は促《うなが》されるまま着替えと替えの下着を手にバスルームに向かう。

熱いくらいのシャワーを浴びると、ふわふわしていた思考がようやく晴れる。そうなれば当然思い出すのは昨夜の熱いひと時だった。

手のひらで泡立てたボディーソープで体を洗う。二の腕の内側や腹部、太ももの内側――数えるのが難しいほど刻まれたそれはまごうことなき昨夜の名残《なごり》だ。

赤く咲いた痣《あざ》をつうっと指先で触れる。

ここに、神宮寺が触れた。

それだけで体の奥が疼《うず》くような気がして、瑠衣は急いで体中の泡を流した。

（何よ、これ……）

かなり久しぶりだったとはいえ、過去に男と体を重ねたことはある。それなのに、一夜明けても体の疼《うず》きが治まらないなんて初めてのことだった。それだけではない。

『もっと、激しくして』

『神宮寺……キス、して……？』

あんな風に自ら相手を強く求めたこともなかった。まるで自分が自分でなくなってしまうような、体の内側から彼の色に塗り替えられていくような激しくて甘いセックスだった——

「三雲？」

「っ……な、何？」

突然ドアの外から呼びかけられて、瑠衣は慌ててシャワーを止める。

「遅いからのぼせてるのかと思って。大丈夫か？」

「だ、大丈夫。ゆっくりしてるだけだから、気にしないで」

上ずった声で答えると「ならいいけど」と足音が遠ざかっていく。それにほっとしつつ、瑠衣は手早く身支度を整えた。神宮寺の用意した下着を着る時だけはどうしても羞恥心《しゅうちしん》を感じてしまったが、これればかりは仕方ない。

「……お待たせ」

昨夜と同じ服を着て部屋に戻ると、神宮寺はスマホを片手に缶コーヒーを飲んでいた。

その対面に座り、彼に勧められるままサンドイッチを一つ食べる。他にもおにぎりやサラダなど色々買ってくれたようだが、緊張と戸惑いのせいで喉を通りそうになかった。

形だけの朝食を終えた後は、ペットボトルのミルクティーを飲む。それは瑠衣が好んで飲むメーカーのもので、会社のラウンジでもよく購入しているものだ。それを神宮寺が選んだと思うとどうにもくすぐったい。こういうさりげない気遣いが彼のモテる所以《ゆえん》なのだろう。

「昨日はどうだった？　ちなみに俺は最高に気持ちよかった」

「っ⁉」

ペットボトルの縁に唇をつけていた瑠衣はぎょっとする。危ない。あと数秒遅ければ間違いなく噴き出していた。

「急に何言って――」

「必要なことだろ？　俺だけが気持ちよくても意味がない。お前の感想を聞いておかないと」

「それは、そうだけど」

神宮寺の言うことはもっともだ、と思った直後、彼の表情を見てはっとする。瑠衣の反応を楽しむような笑顔には覚えがあった。

（本当にこの男は……）

冷静に考えれば、神宮寺は瑠衣がどう感じたかなんてわかるはずだ。それなのにあえて瑠衣に言わせようとするあたり、本当にドSだと思う。こうなると素直に答えるのが悔しくなってくる。

「……神宮寺がこんなにねちっこいなんて知らなかったわ」

素直に「気持ちいい」とは言わない。だがその答えさえ神宮寺にとっては予想通りだったのか、彼は気分を害した様子もなくニヤリと笑う。

「でも、悪くなかっただろ？」

悪いどころか気持ちよさしかなかった。頭が真っ白になるような感覚も、わけがわからなくなるほど強烈な快楽も全てが初めてだった。だがそれをストレートに伝えたらまたからかわれるか、調子に乗るのが目に見えている。だから――

「まあ、ね」

精一杯強がると、神宮寺は楽しげに肩を揺らした。

「なら、俺が相手でもいいな」

「……神宮寺がいいなら」

瑠衣の答えに神宮寺は頷くと、改めて瑠衣と向き合った。

「そうとなれば、改めて条件を確認しておきたい」

「条件？」

「ああ。確か三雲が相手に求める条件は、『恋人がいないこと』と『体だけの割り切った関係』だったよな」

「ええ」

「他に何かあるか？　思いつくなら言ってほしい」

この問いかけに瑠衣はしばし黙り込む。セフレが欲しいと望んだのは瑠衣だが、実際にできるとは思っていなかっただけに、改めて条件を言われるとすぐには浮かんでこなかった。恋愛感情がないのは大前提。それ以外に相手に求めるもの――

思いついたのは、一つだった。

「『好きな人、あるいは恋人ができた段階で関係は解消する』」

セフレの定義はさまざまだ。中には、パートナーがいながら他の異性と体を重ねることを指す場合もあるが、瑠衣には無理だ。セフレを望みながら矛盾しているようだが、その価値観が揺るがない以上この条件は必要だった。そしてこの条件を神宮寺は「わかった」と二つ返事で受け入れる。あまりにあっさりした様子に驚いていると、神宮寺は続けて言った。

「俺からも付け足したい」

神宮寺が提案したのは、『セフレ関係でいる間は他の異性と関係を持たない』というものだった。瑠衣は悩む間もなく受け入れる。元より瑠衣はそのつもりだったし、性病などの観点から見てもその方が安心できる。

「決まりだな」

神宮寺は満足そうに頷くと立ち上がる。そして瑠衣の前に立つと静かに手を差し出した。

セフレ契約成立に握手なんておかしいな、と思いつつ瑠衣がその手を取った、その時。

「きゃっ！」

ぐっと手を引かれ、気づけば瑠衣の体は逞《たくま》しい彼の胸元に抱き寄せられていた。

「ちょっ、神宮寺!?」

「『瑠衣』」

「っ……！」

ぎょっとする瑠衣の耳元で神宮寺が囁《ささや》く。

たった一言、名前を呼んだだけ。だが低く艶《つや》のある声は昨夜の情事を思い出させるには十分だった。耳まで真っ赤に染めて体を強張《こわば》らせる瑠衣を抱きしめ、神宮寺は言った。

「俺を選んだこと後悔はさせない。これから嫌というほど愛してやるよ」

――お前の体を。

そう言って神宮寺は瑠衣の額にキスをした。

3

週明けの月曜日、午前八時半。

「おはよう、三雲さん」

「おはようございます」

瑠衣は先輩社員や同僚に笑顔で挨拶《あいさつ》を返して自分の席に着く。

この会社はフレックスタイム制を導入しており、十時から十五時までのコアタイムさえ守れば出退勤の時間は本人の裁量に任されている。

営業職の瑠衣は取引先の時間帯に合わせてこの時間帯に出勤するように心がけているが、十時に合わせて出勤する社員も多く、営業部のフロアに人はまばらだった。

パソコンを起動した後は、メールチェックをして手早く返信していく。次いで今週のスケジュールを組み立て、必要があれば取引先にアポイントメントの依頼をする。

体に染みついたそれらをこなすうちに、瑠衣は段々と自分の思考が晴れていくのを感じた。

この土日は、ふとした瞬間に神宮寺との熱いひと時を思い出しては身悶《みもだ》える、なんてことを繰り返していたからだろうか。会社で自然と仕事モードに切り替わった自分に心の中で安堵する。

ちらりと視線を上げると神宮寺の後ろ姿が目に入る。

彼は瑠衣が出勤したことに気づいた様子もなく、取引先の電話対応をしながらパソコン画面と睨《にら》めっこをしていた。スーツを纏《まと》った逞《たくま》しい背中に一瞬、彼に抱かれた夜を思い出しそうになり、瑠衣は小さく息をつく。

周囲に神宮寺との関係を明かすつもりはもちろんない。

これまでもそうであったように、瑠衣にとっての神宮寺は同期でライバルだ。そこにセフレという関係が加わっただけで基本的には何も変わらない。

「おはようございまーす！」

原田理保が出勤してきたのは九時半を回った頃だった。周囲に愛想よく挨拶《あいさつ》をしながらこちらに向かってくる彼女はとても可愛らしい。艶《つや》のある茶色の髪をふんわりと巻いて流行《はや》りの服を着た姿は、清楚《せいそ》という言葉がぴったりだ。だがその笑顔は瑠衣のもとに来るなりさあっと消える。

「おはよう、原田さん」

「……おはようございます」

原田はぶすっとした顔で答えると、瑠衣の対面にある自分の席に座る。

その表情もピリピリした態度も瑠衣だけに向けられてるのは明らかだ。

一応、瑠衣の方が先輩で職位も上だ。そして営業事務の彼女の仕事は、営業の瑠衣をサポートすることでもある。それにもかかわらず機嫌の悪さを隠そうともしない態度には、怒りを通り越してもはや呆れてしまう。だがそれを顔に出すことはせず、瑠衣はにこりと原田に微笑みかけた。

「私の今週の予定はクラウドに上げてあるから目を通しておいてね。開拓中の会社でいいお返事をいただけそうな会社が何社かあるの。資料集めや見積書の作成とか、色々お願いするかもしれないから、その時は改めて伝えるわ。今週もよろしくね」

それに対して原田は「はい」とぶっきらぼうに答えるだけだ。

(相変わらずね)

週明け早々反抗的な後輩の態度に内心苦笑しつつも、瑠衣は視線をパソコンへ戻した。

原田が瑠衣の下についた当初は、その反抗的な態度に苛立つことも腹を立てることも多々あった。

それとなく指摘したこともあるが、原田は「仕事はきちんとこなしているのに何が問題ですか」と言い返してくる始末。今となっては彼女に注意する労力さえ惜しい。

原田の言う通り、やるべき仕事さえきちんとこなしてくれれば構わないと思っていた。

(指導する立場としては失格かもしれないけど……)

そんなに瑠衣が嫌いなら異動願いでも配置換えでも申請すればいいのに、そうしたという話は聞いたことがない。後輩を突き放すようで多少申し訳ない気持ちも感じるが、原田とて嫌いな先輩と必要以上に関わりたいとは思わないだろう。

「あ……」

不意に神宮寺が振り返る。彼は瑠衣を見るなりふわりと笑った。

からかうのでも馬鹿にするのでもない。ごく自然に向けられた微笑みはあまりに優しくて、たまらず瑠衣は頭を下げてパソコンの画面で顔を隠す。

(何よ、あれ)

改めて神宮寺の方に視線を向けると、彼は既にこちらを見ていなかった。

念のため自分の後ろを確認するが、壁があるだけで誰もいない。

――たまたま、だろうか。

その割には瑠衣に向かって笑いかけたような……そう思ったところではっとする。

偶然だろうがわざとだろうが、神宮寺と目が合った、ただそれだけではないか。わざわざ気にかける方がおかしい。

どうやら自覚していた以上に金曜の夜の出来事が尾を引いていたらしい。

異性と体を重ねたのが久しぶりとはいえ、これでは色ボケしているようだ。

(気を引き締めないと)

瑠衣は仕事を再開しようとディスプレイに視線を向けて気づいた。社内チャットの新着メッセージが届いている。見れば送信者は神宮寺で、文章を確認した瑠衣は今度こそ両手で顔を覆《おお》った。

『今日も可愛いな』

ご丁寧に「可愛い」の後にキラキラマークの絵文字までついている。

（何考えてるのよ……）

マウスを強く握り動揺を抑える。力を入れすぎたのか、手元でみしっと軋《きし》む音がしたが仕方ない。デスクに突っ伏さなかっただけマシだろう。

もはやどこから突っ込めばいいのかわからなくて、瑠衣は『仕事中』とだけ返信した。もちろん白文《はくぶん》だ。直後、視線の先で神宮寺が噴き出したのがわかった。

「ぶはっ！」

「神宮寺？　どうした、急に」

「いや、なんでもない。ちょっと思い出し笑い」

「変な奴」

隣の同僚に訝《いぶか》しがられながらも神宮寺は笑いを堪《こら》えている。

次いで彼は何を思ったのか、引き出しからスマホを取り出して操作し始めた。まさかと思ってデスクの端に置いたスマホを手に取ると、案の定神宮寺からメッセージが届いていた。

『ほんとぶれないな、お前。照れるか驚くかするかと思ったのに』

――やっぱり。

先ほどの笑顔もチャットも瑠衣をからかいたかっただけのようだ。しかしこの文面を見る限り、瑠衣の動揺ぶりには気づかれていないようでひとまずほっとする。よかった。今ほどこの座席であることを感謝したことはない。とにかくこれ以上相手にする必要はないだろう。

『そういう可愛い反応を私に期待しないで』

瑠衣は手早く返信する。

正直なんと返ってくるか気になったものの、神宮寺の方は意地でも見ない。

朝からこれ以上彼のおもちゃになるのはごめんだ。そうして仕事を再開させた瑠衣だが、ふとあることに気づく。神宮寺にからかわれたからか、先ほどまでの苛立ちがすっと消えていたのだ。

おかげでこの後は仕事に集中できそうだ。

心の中で少しだけ神宮寺に感謝しつつ、瑠衣は気分を入れ替え仕事をし始めたのだった。


神宮寺と初めて体を重ねた翌週の金曜日。

会社からほど近い店で、営業部の懇親会が開かれていた。

人事異動は主に上半期、下半期で行われる。この十月、瑠衣の所属する東京支社営業部にも経理部から宮崎《みやざき》という女性社員が異動してきたばかりだ。今日は宮崎を歓迎するための集まりだが、懇親会とは名ばかりで実際はただの飲み会にすぎない。

そして今宵《こよい》の主役は宮崎――ではなく、あの男。

「神宮寺さん！　営業成績全国一位、おめでとうございますっ！　二期連続一位なんて本当にすごいです、尊敬しちゃいます！」

部屋に響き渡る甲高い声は原田理保のもの。そんな彼女の隣に座って涼しい顔をしているのは神宮寺である。彼の周りには他にも数人の女性社員が群がっており、我先にと言わんばかりに神宮寺に話しかけている。懸命にサラダを取り分けたり、飲み物のおかわりを気にしたり、つまみを小皿に取り分けたり、とそれぞれが積極的にアピールしている姿はなかなかすごい。

その中で頭一つ分リードしているのはやはり原田だった。神宮寺の隣をしっかりキープし、さりげなく彼の腕に手を触れている。まるでひっつき虫のようだ。

「神宮寺さんって、彼女とかいるんですかあ？」

「残念ながらいないね」

「じゃあ私、立候補しちゃおうかな」

「原田さんなら俺よりもっといい男がいくらでもいるって」

「もーう、そう言ってはぐらかすんだからあ！」

ここは合コン会場かと錯覚するようなやりとりも、相手が原田であれば見慣れた光景なのか驚く人は誰もいない。もちろん瑠衣もその一人だ。

――彼女はいなくてもセフレはいるくせに。

そんな彼らを遠目に見ながら瑠衣はレモンサワーをごくんと飲む。

神宮寺が女性に囲まれているなんていつものことだ。だから今さら特に何か感じるわけでもないのに、今日はなぜか自然とそちらに目がいってしまう。その時ふと神宮寺がこちらを見た。視線が重なった瞬間、瑠衣は反射的に顔を背《そむ》けてしまった。

しまった。今のはさすがにあからさますぎたかもしれない。

瑠衣は小さく呼吸を整えて再び神宮寺の方を見るが、彼は既にこちらを見てはいなかった。

肩透かしを食らいつつも視線を少しずらした瑠衣は、あることに気づく。本来今日の主役であるはずの宮崎が一人ちょこんと居心地が悪そうにしていた。瑠衣はレモンサワーの入ったグラスを片手に立ち上がり、彼女のもとへ向かう。

「宮崎さん、隣に座ってもいい？」

「あっ、はい！　もちろんです！」

「ありがとう。どう、飲んでる？」

「ええと……実は私、お酒が飲めなくて。これもウーロン茶なんです。すみません……」

宮崎は申し訳なさそうに肩を落とす。意外な答えに瑠衣は目を瞬《またた》かせる。

「どうして謝るの？　飲み会だからってお酒を飲まなきゃいけないなんてルールはないわ。でも、今のは私の聞き方が悪かったわ、ごめんね」

「いえっ！」

恐縮する姿に内心苦笑する。もしかしなくともこれは――

(怖がられてる……わよね)

黒髪ボブに眼鏡をかけた宮崎は素朴な可愛らしさがある女性だ。そんな彼女からすれば、百七十センチ近い身長に茶色の巻き髪、きつい顔立ちの瑠衣は威圧感があるのかもしれない。しかし悲しいかなこんな反応には慣れている。だからこそこれ以上怖がられたくなくて、少しでも彼女の緊張が和《やわ》らぐように瑠衣は柔らかく微笑んだ。

「そんなに怯《おび》えなくても、取って食べたりしないから大丈夫よ」

「そんなつもりは……！」

あわあわと首を横に振る姿は、宮崎には悪いが小動物のように可愛い。瑠衣は内心微笑ましく思いながら「冗談よ」と苦笑した。

「営業部には慣れた？」

「それが、なかなか……。周りの皆さんにもご迷惑をおかけしてばかりで……」

宮崎はしゅんと肩を落とす。彼女とこんな風にじっくり話すのは初めてだが、どうやら彼女は随分と自己評価が低いらしい。そんな風に思わなくていいのに、と瑠衣は思った。

「迷惑なんてかかってないわ。むしろ私は宮崎さんの丁寧な仕事ぶりに助けられているのに」

「え……？」

「宮崎さん、何度か私宛の電話を受けてくれたことがあるでしょ？　その時の引き継ぎメモがすごくわかりやすいと思ったの。内容は簡潔にまとまってるし、字もすごく綺麗だから。それに電話の応対もとても丁寧だし、私も見習わなきゃと思ったくらいだもの」

瑠衣が宮崎に感じたことをお世辞抜きで伝える。

「異動してきたばかりで大変だと思うけど、もし何かわからないことや気になることがあればいつでも聞いてね。私に答えられることならなんでも答えるから」

困っている時には力になる。そう伝えると、宮崎は信じられないようにぽかんと呆《ほう》けたような顔で瑠衣を見返した。

「宮崎さん？」

声をかけると、はっと我に返ったように宮崎はピンと背筋を伸ばす。

「すみません！　聞いていたのと違うから、驚いて——あ……」

宮崎は「しまった」という顔をする。その視線が一瞬向いた先にいたのは原田だった。

（ああ、そういうこと）

宮崎と原田は同期だと聞いている。ならばおおよそ見当がつく。原田から瑠衣の悪口ないし愚痴でも聞いていたのだろう。しかし今それを確認したところで宮崎を困らせるだけだ。故《ゆえ》に瑠衣は何も気づいていない風ににこりと笑い、手に持ったグラスの縁に口をつける。だが宮崎は気まずそうに身を小さくすると、「あの」と意を決したように切り出した。

「理保のことなんですけど……」

「原田さん？」

「はい。その……理保は、困ったところもあるけど、本当は優しい子なんです」

優しい？　原田が？

その感情が無意識に表情に出ていたのだろう。訝《いぶか》しむ瑠衣に宮崎はビクッと肩をすくめる。

「ごめんなさい。意外だと思っただけで怒ってるわけじゃないわ。——続けて」

「は、はい。私と理保は同期で、元々同じ経理部に所属していたんです。でも新入社員の時、私がある先輩社員にパワハラを受けてしまって……」

「パワハラ？」

「はい。私の挨拶《あいさつ》に舌打ちをしたり、ことあるごとに嫌味を言われたり、怒鳴られたり……。もちろん私にも非はあったと思います。仕事は遅いし、気が小さくておどおどしているのが気に食わないと面と向かって言われたこともありましたから」

「そんなことないわ。酷いのはその先輩社員よ。それにどんな理由があっても怒鳴るなんてありえないわ」

きっぱり言い切ると宮崎はふわりと笑う。

「ありがとうございます。理保も、そう言って私の代わりに怒ってくれました」

「原田さんが？」

「はい」

しかし、原田の場合はさらに過激だったらしい。思い悩む宮崎の代わりに先輩社員に抗議したというのだ。それも大勢の他の社員がいる前で。新入社員が先輩社員に食ってかかるなんて前代未聞で、その結果原田は営業部に異動。パワハラを行った社員も地方の支社へ配属となり、事態は表向き収束したのだとか。

「もちろん、普段の理保の三雲さんに対する態度はよくないと思います。でも理保にもいいところがあると知ってほしくて……」

話を聞き終えた瑠衣はちらりと原田の方を見る。彼女は依然神宮寺にべったりだ。

(あの子が宮崎さんを庇《かば》った？)

後輩の意外な一面に驚いていると、宮崎は「すみません！」と頭を下げる。

「余計なことだとわかっていてもお話ししました。……ごめんなさい」

謝罪する宮崎に瑠衣ははっと我に返る。

「そんなことないわ！」

話してくれてありがとう、と礼を言うと宮崎はほっとしたように表情を和《やわ》らげる。部長が話しかけてきたのはそんな時だった。

「だめだよ、三雲さん」

部長は瑠衣と宮崎の対面に座ると、ビールグラスを片手に顔をしかめる。その顔は既に真っ赤でかなり酔っているのが一目でわかった。

「宮崎さんが怖がってるじゃないか。飲みの席での説教はよくないな」

怖がらせる？　説教？

言いがかりも甚《はなは》だしい。宮崎もそう思ったのか「説教なんてされてません！」と慌てて否定するが部長は聞く耳を持たなかった。それどころか、遠回しに瑠衣の言動がきついとか、もっと柔らかさが必要だとか、説教を始めたのである。酔っ払い相手に怒ったところで疲れるだけだとわかっているが、さすがにこれにはムッとした。

「お言葉ですが――」

「部長」

瑠衣が口を開くのと同時に声が聞こえる。いつの間にこちらに来ていたのか、神宮寺が部長の隣に座っていた。

「だいぶ飲まれましたね、顔が真っ赤ですよ」

「ああ、神宮寺君か」

お気に入りの部下の登場に部長の表情がすぐに和《やわ》らぐ。それに神宮寺は笑顔で頷いた。

「今タクシーが到着したそうです」

「タクシー？」

赤ら顔で不思議がる部長に神宮寺は「先ほど部長に呼ぶように指示されたので」と笑顔で答える。これに部長は「そうだったか？」と言いつつも、特に疑問を抱いた様子もなく席を立った。神宮寺はふらつく足取りの上司を支えながらちらりと瑠衣に視線を向ける。

「三雲、悪いけど部長の荷物を持ってきて。自分の荷物もな」

「え、ええ」

なぜ自分が、と思いつつも瑠衣は言われた通り部長と自分の荷物を持ってその後ろに続く。そうして部長をタクシーに乗せて見送りを終えた時だった。

「あんなのただの酔っ払いの戯言《ざれごと》だ」

不意に神宮寺は言った。

「残念なことに部長には男尊女卑なきらいがあるからな。女が目立つのが面白くないんだよ。それだけ三雲が優秀だってことだ」

「神宮寺……」

「ま、お前からしたらいい迷惑だろうけどな。とにかく気にすんなよ」

「聞いてたの？」

離れたところで女性に囲まれていたのに、神宮寺は当然だと言わんばかりに頷く。

「三雲、この後予定は？」

「帰るだけだけど……」

おそらく二次会もあるだろうが参加するつもりはない。そう伝えると神宮寺は「俺も」と頷いた。

「なら飲み直そうぜ。俺も自分の荷物を取ってくる」

「飲み直すって……まだ飲み会は途中なのに抜けるの？」

しかも、二人で？　突然の展開に戸惑う瑠衣に神宮寺はなんの問題もないように肩をすくめる。

「部長も帰ったし、そろそろお開きになる。一人や二人抜けたところで誰も気にしねえよ。お前のことは適当に先に帰ったことにしておくから……そうだな、駅前にコンビニがあるからそこで待っててて。俺もすぐに行くから」

「待っ——もう！」

瑠衣の静止を待たずに神宮寺は店の中に戻っていったのだった。


突然決まった二人きりの二次会。今ならこのまま一人で帰ることもできる。でも、瑠衣はそれを選ばなかった。理由は自分でもわからないけれど、もう少しだけ神宮寺と一緒にいたかったのだ。

それからコンビニで待つこと十分ほど、神宮寺がやってくる。

「悪い、遅くなった」

「平気よ。そっちは大丈夫だったの？」

「ああ。ただ、帰ろうとしたら原田さんに見つかって絡まれた。なんとか隙を見て抜け出してきたところ」

原田のことだ。きっとベタベタと腕に絡みついて必死に引き止めようとしたのだろう。その姿が容易に想像できてなんだか胸がもやもやする。

「二次会に行かなくていいの？」

――原田さんと一緒にいなくていいの？

暗にそんな意味を込めて聞くと、神宮寺は「いいよ」とあっさり答える。

「それよりも三雲と飲んでる方がずっと楽しいからな」

悩むまでもないと言わんばかりの態度に、ほっとする自分がいるのが不思議だった。

「ほら、適当に何か買ってこうぜ。待たせたお詫びにここは奢《おご》るから」

「いいの？」

「ああ、酒でもデザートでもなんでも好きなものカゴに入れろ」

「それじゃあ、遠慮なく」

その後、酒とつまみを適当に買い込んだ二人は、通りでタクシーを拾って乗り込んだ。ここからは瑠衣の家の方が近いこともあり、行き先は自然と決まった。

コンビニで品物を選んでいる時は「あれがいい、これがいい」と話が尽きなかったのに、いざ車に乗ると途端に沈黙が満ちた。気まずさとは違う、どこか張り詰めたような雰囲気。

それは、初めて神宮寺と夜を共にしたあの時と似ていた。

そう感じるのは、彼の指が瑠衣の指に絡んでいるからだろうか。

ほどなくしてタクシーは瑠衣の自宅マンションへ到着する。運転手に料金を告げられ、自然と二人の手は離れた。瑠衣が支払う間もなく神宮寺は支払いを済ませてしまい、彼に続いて車を降りる。

「へえ、綺麗なところに住んでるんだな」

「築年数はそれなりだけど、家賃も良心的で気に入ってるの。こっちよ」

瑠衣の部屋は、五階建てのマンションの二階の角部屋である。エントランス横の郵便受けで郵便物を回収して部屋に向かい、鍵を開ける。

「どうぞ」

「おじゃまします」

ドアを開けると意外にも神宮寺は丁寧に挨拶《あいさつ》をして、上がる時にも靴を揃えていた。

普段の瑠衣に対する雑な言動を思うと意外だが、この男にはそういうところもある。

食事の所作はとても綺麗だし、立ち姿はいつだってモデル雑誌の表紙のように背筋が伸びていた。

瑠衣は会社で、この男が背中を丸めて椅子に座っているところを一度も見たことがない。

「……ほんと、隙のない男」

「何か言ったか？」

「えっ……ううん、なんでもないわ」

瑠衣は適当に笑ってごまかすと、洗面所に彼を案内した。

玄関を開けて最初にあるのが短い廊下。向かって右側のドアがトイレで、左側が洗面脱衣所とバスルーム。廊下奥のドアの先にあるのがリビングダイニングで、その隣に六畳ほどの部屋が一つ。この1LDKの部屋が、新卒以来住んでいる瑠衣の城だ。

「グラスとかつまみの準備をしてくるわ。ソファにでも座って寛《くつろ》いでいて」

「手伝おうか？」

「買ってきたものを盛り付けるだけだから大丈夫」

ソファに座る神宮寺を横目に先ほど回収した郵便物に目を通す。DMが何通かとハガキが一枚。なんとはなしにハガキに目を向けた瑠衣は、ぴたりと動きを止めた。

その一瞬の間を、神宮寺は見逃さなかった。

「どうした？」

「……ううん、なんでもない。高校の同窓会の案内ハガキが来てたから、懐《なつ》かしいと思っただけ」

――大丈夫。普通に答えられた……はずだ。

同窓会の文字を見た瞬間頭に浮かんだのは、桜の木の下で惨《みじ》めに振られた自分と、図書室で最後に見た山田の傷ついた顔だった。十年以上前の苦い記憶。それを振り払うように瑠衣は神宮寺に背中を向けて、カップボードにハガキを置く。

「へえ。同窓会はいつ？」

「ええと……来年の一月二十日。第三土曜日ね」

「行くのか？」

「今見たばかりだからまだ決めてないけど、多分欠席すると思うわ」

「会いたい人とかいないの？」

「それは――」

適当に流せばよかったのに、答えに詰まってしまった。

「その反応はいるんだな。元彼とか？」

半分正解で半分間違い。会いたい人。その言葉に思い浮かんだのは、元彼ではなくたった一人の男友達だったから。しかしそれをあえて話そうとは思わない。むしろやけに突っかかってくる神宮寺が少しだけ癇《かん》に障《さわ》った。

「……神宮寺には関係ないでしょ」

この話はこれで終わり。瑠衣はそのつもりで冷蔵庫のドアを開ける。そしてコンビニの袋の中身をしまおうとした、その時だった。突然長い腕が横から伸びてきてドアが閉められる。驚いた瑠衣が振り返ろうとすると、それよりも早く背後から強く抱きしめられた。

「ちょっ、神宮――あっ！」

何するの、と言いかけた言葉は甘い吐息に変わった。ブラウスの裾《すそ》から入り込んだ神宮寺の手がブラジャーをずらして乳首をきゅっと摘んだのだ。次いで首筋にちくんと小さな痛みが走る。

「あっ……！」

キスマークをつけられたであろう場所を神宮寺は舌でぺろりと舐《な》めた。

無論、その間も彼の攻めは続いていた。

神宮寺は片手で瑠衣の胸をいじりながら、空《あ》いたもう片方の手で器用にブラウスのボタンを外していく。気づいた時には瑠衣の上半身は大きくはだけていた。床に落ちたブラウスとブラジャー。それを拾いたくても、絶え間なく続く愛撫《あいぶ》に身動きが取れない。

「なんで、急に……！」

瑠衣は両手を冷蔵庫につきながら震える声で問う。帰宅してからのやりとりを必死に思い返すが、どう考えても酒を飲む流れであって、こうなる気配はどこにもなかった、それなのに――

「いっ……、あ、下はだめっ……！」

神宮寺は答える代わりとでもいうように肩をかぷりと噛んで、つうっと舐《な》めた。その間も片手は瑠衣のスカートの裾《すそ》を捲《まく》り上げ、自然と突き出す形になった尻を撫で始める。

「くすぐった……んんっ！」

「声、出して」

どこでスイッチが入ったのか答えぬまま、神宮寺は瑠衣の耳元で囁《ささや》く。色気に満ちた声。何よりも甘さを孕《はら》んだ熱い吐息に耳朶《じだ》が震えて、瑠衣はきゅっと瞼《まぶた》を閉じる。けれど視界が閉ざされたことで体はいっそう敏感に刺激を拾ってしまう。

「あ、んっ……」

腰を突き出す瑠衣の胸を大きな手のひらが弄《もてあそ》ぶ。既にピンク色の先端はぷっくりと屹立《きつりつ》し、まるで触れられるのを待っているようだ。神宮寺は先端を摘んだかと思えば、やんわりと撫でてくる。もう片方の手は、いつの間にか臀部《でんぶ》へ移動していた。

ストッキングは、指の侵入を阻むにはあまりに頼りなかった。

瑠衣はきゅっと太ももに力を入れて閉じようとするが、その途端に首筋を食《は》まれて体から力が抜けてしまう。もはや瑠衣は彼にされるがままだ。

形のよい指が下着の上をストッキング越しに何度も往復する。既にそこはしっとりと濡れていた。その自覚があるからこそ、恥ずかしくてたまらない。

「すげえ濡れてる」

「こんなことされれば、誰だって……！」

瑠衣は言い返そうとするが、神宮寺の指が直接下着の中に入り込んで息を呑む。

「待って……そこは――ああっ！」

つぷん、と秘部の割れ目に指を一本挿入すると、ゆっくりと抽送《ちゅうそう》を開始した。

「あっ、んんっ、はっ……」

くちゅくちゅといやらしい音と喘《あえ》ぎ声が耳に届いて、それがたまらなく恥ずかしかった。キッチンで性行為に及んでいるという淫《みだ》らさ。体の中に埋め込まれた彼の指の感覚に頭がくらくらする。

秘部を攻めながら、もう片方の手は瑠衣の胸に触れたままだ。下からやんわりとすくい上げられて、先端を指でこねられる。その間も彼は飽きることなく瑠衣の首筋、そして背中に痕《あと》を刻んでいく。

「ど、して……」

こんなつもりじゃなかった、といえば嘘になる。

瑠衣の家で飲むと決まった時、その先にセックスがある予感はしていた。けれどまさかこんなに突然始まるとは思わなかった。でも、戸惑っている理由はそれだけではない。

「この体勢は、いや……」

神宮寺の動きがぴたりと止まる。瑠衣は両手を冷蔵庫についたまま、顔だけをなんとか彼に向けて懇願した。

「するなら、顔を見たいの」

顔が見えないまま最後までするのは嫌だ。理由なんて自分でもわからない。でも、体を重ねるのならば神宮寺の顔が見たい。この際、場所なんてもうどこでもいい。ただ、正面から彼の顔を見て、熱を感じたい。

「キス、したいの」

「っ……！」

直後、神宮寺が息を呑んだのがわかった。彼は唐突に瑠衣の中から指を引き抜くと、次いで半裸の瑠衣をふわりと横抱きにする。

「神宮寺……？」

瑠衣の目に映ったのは、何かを必死に堪《こら》えるように苦しげに歪《ゆが》んだ顔。ギラギラと欲の宿った眼差しを瑠衣に向けたまま彼は口を開く。

「――寝室は？」

「あ……そこの、リビングの隣の部屋……」

答えると、神宮寺の視線が奥へと向けられる。

彼は「あそこか」と迷いのない足取りで歩き始めると寝室へ続くドアを開けた。そのままシングルサイズのベッドにそっと瑠衣を横たえる。そして彼は瑠衣の上に跨《またが》りネクタイをひゅっと引き抜いた。そのままスーツ、シャツと脱いでいく。露《あら》わになった上半身はやはり彫刻のように整っていて、どうしたって見惚れずにはいられなかった。

「本当はシャワーを浴びた方がいいんだろうけど、ごめん。今は、先にお前を抱きたい」

「っ……！」

「だめか？」

ここで「だめ」と答えれば、彼は退くのだろうか。何事もなかったかのように服を着て、酒を飲み交わすつもりなのだろうか。そう想像した時、真っ先に思ったのは「ずるい」ということ。

——私の体に火を灯したのは、神宮寺なのに。

「……だめじゃない」

そう。だめなんかじゃない。むしろ、今の自分は——

「……きて」

こんなにも、彼を求めているのだから。

「んっ……あっ……！」

答えた直後、瑠衣に訪れたのは嵐のように激しいキスだった。神宮寺は真上から瑠衣の口を塞ぐと、奥にある舌を容赦なく絡め取った。

舌裏を舐《な》めたそれは次いで瑠衣の歯列をなぞり、唇を食《は》む。呼吸もままならないほどの激しい口付けを、瑠衣は両手を彼の首に回すことで必死に耐えた。瑠衣はきゅっと瞼《まぶた》を閉じて無我夢中でキスに応《こた》える。その間にもベルトが外れる音や、ズボンを脱ぐような音が聞こえてきた。

――食べられているようだ。

あまりに激しすぎるキスに頭の中がぼうっとしていく。でもそれが不思議と心地よかった。少なくとも先ほどのように背後から攻められるよりも、こうして顔を見て、正面から熱を感じている方がずっと近くに神宮寺の存在を感じる。求められているとわかる。

「んっ、ふぁ……」

「口の中、熱いな」

「神宮寺も、でしょ……？」

キスを交わしながら息も絶え絶えに答えれば、神宮寺は「そうだな」とふっと頬を和《やわ》らげる。

思いがけず見せた優しい表情に見惚れたのは一瞬だった。直後、秘部に押し当てられた昂《たかぶ》りに瑠衣ははっとする。

「待って、まだ……！」

首を横に振って止める。すると神宮寺はグッと昂《たかぶ》りを押し付けたまま、瑠衣の耳横に顔を埋《うず》めて囁《ささや》いた。

「今すぐお前の中に入りたい。感じたいんだ」

「っ……！」

甘すぎる声色に、背筋がぞくっとした。

「瑠衣」

このタイミングで名前を呼ぶなんて。そんな風に言われたら断れるはずがないのに。

それでも素直に「いいわよ」と言えるだけの素直さは瑠衣にはなかった。

だから、せめてもの答えの代わりにこくんと小さく頷いた、次の瞬間。

指とは比べ物にならないほどの熱い塊《かたまり》が瑠衣の中に押し込まれる。

「——っ、ああ……！」

直後、頭の中で何かが爆《は》ぜるような感覚に襲われた。目の前が真っ白になって、息をするのも忘れそうになる。達したのだとわかったのは、彼の抽送《ちゅうそう》が始まってからだった。

「待って、いった……いったからぁ……！」

「ああ。イク時のお前、最高に可愛かった」

「そういうことじゃっ……んんっ、あっ……」

ふるふると首を振るが、神宮寺は構わず律動を続ける。

内壁に擦り付けるように動いたかと思えば、一気に引き抜いて再び奥を貫く。

緩急《かんきゅう》ある動きによって押し寄せてくる快楽の波に、瑠衣はシーツを手繰《たぐ》り寄せることで必死に耐えた。そうでもしなければ自分がどうにかなってしまいそうだと思うほどに強烈な快感だった。だが視界を閉ざすことを、神宮寺は許さなかった。

「瑠衣」

「な、に……」

「目を開けて」

とろけるように柔らかな声に促《うなが》されるまま、瞼《まぶた》を開ける。

真っ先に視界に映ったのは、肌が焼けそうなほど熱い眼差しだった。

「俺を見ろ」

「あ……」

「今、お前を抱いてるのは元彼じゃない」

彼は何を言っているのだろう。そんなこと一瞬だって考えたことはないのに。だから瑠衣は素直にそれを伝えようとしたのだが、神宮寺に最奥《さいおう》まで貫かれる。

「――俺だ」

「ああっ……！」

強すぎる快楽に瑠衣は再び達した。体の中で熱いものがドクンドクンと波打っているのを感じる。薄い膜越しに放たれた彼の熱を感じながら、瑠衣の意識はゆっくりと溶けていった。


瑠衣が目覚めた時、既に神宮寺の姿はなかった。

ベッドサイドの時計は午前十一時を指している。

昨夜は十時過ぎに帰宅した後、雪崩《なだ》れ込むようにベッドに向かったから、十二時間近く眠っていたことになる。神宮寺が寝ていたであろう場所にそっと触れれば、シーツは既に温もりを失ってた。

彼のバッグや脱ぎ捨てたスーツもどこにもないから、きっと帰ったのだろう。

その答えはスマホの中にあった。

気怠《けだる》い体を起こして立ち上がった瑠衣は、リビングに置いたままのバッグからスマホを取り出す。

通知アプリの一番上にあったのは神宮寺からのメッセージ。

時間は三時間以上前で、そこには先に帰ることと、昨日コンビニで買った酒類は冷蔵庫に入れておいたから、好きに飲んでくれと書いてある。冷蔵庫を開けると、昨夜床に放っておいたままの酒やつまみ類が綺麗に収納されていた。

「こんなに一人で飲めないわよ……」

一緒に飲もうと思っていたものが手付かずで並んでいる光景に自然とため息が漏れる。

昨夜の自分たちは、まさに「セフレ」そのものだった。

ろくな言葉も交わさずにキッチンで求め合い、雪崩《なだ》れ込むようにベッドで体を重ねた。

自ら望んだ関係である以上、それ自体に何かを言うつもりはない。最初こそ驚きはしたものの、火が灯ってからは瑠衣も神宮寺を欲したのだから。それでも違和感は拭えなかった。

(なんで、あんな急に……)

これだけ酒を買い込んだのだから、神宮寺も家に入っていきなりするつもりはなかったはずだ。

実際、部屋に入った時の彼は落ち着いていたし、ソファで寛《くつろ》いでいるようにも見えた。

それなのに、どうして——

一夜明けた今も、きっかけがどこにあったのかわからない。

理由なんて特にないのかもしれない。ただ気分が変わったから抱いた、それだけでもなんらおかしくはない。頭ではそう理解していても胸の靄《もや》が消えないのは、昨夜の彼の言葉が耳から離れなかったから。

『俺を見ろ』

『今、お前を抱いてるのは元彼じゃない。――俺だ』

何かと自分と元彼を比較するように彼は言った。まるで、元彼の存在に嫉妬するように。

「……ばかみたい」

嫉妬なんて、二人の関係には一番縁遠い感情だ。

一瞬でもそんなことを考えてしまう程度には、まだ目が覚めていないらしい。せっかくの週末なのにこんな気分のままではもったいない。シャワーを浴びてさっぱりすれば馬鹿なことも考えなくなるだろう。しかしそう思えたのも洗面所の鏡で自分の顔を確認するまでの間だった。

「うわあ……」

最悪、と自然と独り言が漏れる。

真っ黒な目元によれたファンデーション。かさかさの肌。化粧を落とさずに寝てしまった成れの果てが映っていたからだ。こんな寝顔を神宮寺に見られたのかと思うと、気分は浮上するどころかいっそう沈んだのだった。

その週末、瑠衣は徹底的に自分を磨き上げた。

美容院にエステサロン、ネイルにマッサージ。それ以外にもお気に入りの店で新作の服を何着も購入した。同世代に比べてそれなりに稼《かせ》いでいる方だが、一度でこんなにも美容にお金を費やすなんて初めてだ。

おかげで髪も肌もこれ以上なくピカピカになった瑠衣は、週明けにはすっきりした気分で出勤することができた。もちろん今日も身だしなみには十分気を配っている。

背中まで伸びた茶色の髪は丁寧に巻いて、メイクも普段の倍の時間をかけてきた。

服は購入したばかりのネイビーのブラウスとベージュのスカート。アクセサリーから靴までトータルで考えたコーディネートは我ながら隙がなく完璧だと思う。

こんなにも気合を入れているのは、特別な会議があるわけでも、仕事終わりに合コンがあるわけでもない。全て自分のためだ。

神宮寺に対して隙を見せたくないと思った。そこに「綺麗な自分を見せたい」なんて可愛らしい思考は微塵《みじん》もない。むしろ「舐《な》められてたまるか」という気持ちの方が強かった。

瑠衣にとってメイクやネイルは、自分を鼓舞《こぶ》するための手段であり鎧《よろい》である。

仕事で嫌なことや凹《へこ》むことがあった時、鏡に映る自分が綺麗であれば「もっと頑張ろう」と思える。キーボードを叩く指先が整っていれば自然と気分も上がる。

営業職として走り続けてきた七年間、そうやって自分を奮《ふる》い立たせてきた。

恋人を作る気もできる予定もない以上、自分の機嫌は自分で取るしかないのだ。

「原田さん、おはよう」

「……………」

出社してきた原田に挨拶《あいさつ》をするが、彼女はふんと顔を逸らしたまま無言で席に着く。彼女はそのままパソコンを起動すると、荒々しい指先でキーボードを動かし始めた。

その姿に瑠衣は呆気に取られる。自分に対する無愛想かつ不機嫌な態度はもはや見慣れていたが、こうもはっきりと無視されるのは初めてだったからだ。

(聞こえなかった、とか?)

その可能性も考えて今一度「原田さん」と呼んでみる。すると彼女は億劫《おっくう》そうに瑠衣をじろっと睨《にら》んだ。

「なんですか?」

「え、っと……おはよう」

再び挨拶《あいさつ》をすれば、彼女は面倒くさそうに「おはよーございます」と吐き捨てると、続けて言った。

「三雲さん、今日すごく綺麗な格好してますね。髪もとても似合ってます」

「……ありがとう」

まさか原田に褒《ほ》められるなんて、と面食らったのは一瞬だった。

「それ、誰に見せるためですか?」

「誰って、自分が着たいから着てるだけだけど」

「本当にそれだけですか?」

「何が言いたいの？」

探るような視線に瑠衣は眉根を寄せる。仕事中に不毛な会話をするつもりはない。だが原田は臆した様子もなく瑠衣と真っ向から向き合った。

「……またそうやってごまかすんですね」

「何を言って――」

「ならもういいです」

原田は一方的に話を終わらせた。だが言われたこちらは不完全燃焼もいいところだ。勝手に喧嘩を売られて勝手に終わりにされてはたまったものではない。こちらから話題を掘り返す必要はないだろうが、それにしたって釈然《しゃくぜん》としない。

（なんなのよ、もう）

もやもやと苛立ちで眉間に皺《しわ》が寄りかけたのと、ディスプレイにメッセージが届いたのは同時だった。眉根を寄せたまま確認すると、差出人は神宮寺で「五分後に給湯室。先に行ってる」とだけ書かれている。顔を上げればフロアを出ていく神宮寺の後ろ姿が見えた。

不審に思いながらもきっちり五分後に瑠衣は席を立つ。その際ちらりと原田の方を見るが、彼女はパソコンに視線を向けていてこちらを見る様子はなかった。

その後、瑠衣は給湯室に向かった。

きちんと休憩を取る時は別のフロアのラウンジを利用するが、ほんの少し息抜きをしたい時は給湯室を利用することが多い。給湯室はシンクと戸棚、小さなテーブルがあるだけの六畳ほどの小さな部屋で、普段は社員が自分でお茶やコーヒーを入れる時に使っている。

若手の女性社員――たとえば原田あたりとか――がしばしばたむろしていることもあり、一部の男性社員からは「女子部屋」なんて呼ばれている。

「よお」

ドアを開けるとシンクに寄りかかる神宮寺がいた。彼は瑠衣を見るなり手に持っていた紙コップを「ほら」と差し出してくる。

「疲れた顔をしてる誰かさんのために淹《い》れておいた」

「カフェラテ？」

「ああ。好きだろ？」

「……ありがとう」

素直に受け取った瑠衣は、礼を言って一口飲む。

「このために呼び出したの？」

「まあな。その顔の原因は俺かと思ったら申し訳なくてさ」

「……なんで神宮寺が原因になるの？」

目を瞬《またた》かせる瑠衣に神宮寺もまた「違うのか？」と不思議そうな顔をする。

「金曜日、無理をさせたから。それが原因かと思って」

「っ……!?」

どうしてそうなるのか。不意打ちすぎる言葉に危うくカフェラテを噴き出しそうになる。

「違うのか？」

「違うわよ！」

間髪《かんはつ》を容《い》れず否定する。すると神宮寺は「なんだ」と小さく肩をすくめた。

「それじゃ、その暗い表情の理由は？」

「それは……」

喉元まで出かかった言葉を瑠衣は寸でのところで呑み込んだ。

「……なんでもないわ」

原田の態度が原因だとは言えなかった。彼女が神宮寺を狙っているのは周知の事実。それなのにこんなことを言ったら告げ口しているようでなんだか居心地が悪い。

それにこれはあくまで瑠衣と彼女の問題だ。何よりも原田は瑠衣以外の社員に対しては——特に神宮寺には——すこぶる愛想がいいのだ。現状を話したところで信じてもらえるとは思えない。だから瑠衣は「なんでもない」と言ったのだが、これに神宮寺は「頑固な奴」と小さく苦笑する。

「言いたくないなら無理に聞き出すつもりはないけど、あまり無理すんなよ」

神宮寺は空《から》になった紙コップをゴミ箱に捨てると、瑠衣の頭をポンポンと優しく撫でる。

「話くらいならいつでも聞くから。会社でも飲みでも、ベッドの中でもな」

「……馬鹿」

夜を匂わせる言葉に内心ドキッとしながらも軽くあしらえば、神宮寺はクスリと笑う。

「それにしても、随分と気合が入った格好をしてるな。爪も新しくなってるし」

基本的に男性は女性の爪に興味がないと思っていただけに、これには少しだけ驚いた。

「……よく気づいたわね」

「普通気づくだろ。相手がお前ならなおさらだよ」

それはどういう意味か、とはなぜか聞けなかった。神宮寺はからかうように目を細める。

「でも、なんでまた今日はそんなに綺麗にしてるんだ？　てっきり合コンにでも行くのかと思った」

そんなことありえないと言わんばかりの物言いに、瑠衣の中に悪戯心《いたずらごころ》が生まれる。

「その通りよ。実は今日、合コンの予定があるの」

もちろん冗談だ。忙しい週明けの月曜に合コンに行く余裕なんてない。第一、恋人がいらないから神宮寺というセフレを作ったのに、合コンに行くなんてそれこそ本末転倒である。そんなのは神宮寺もわかっているはずだ。だからきっと適当に笑い飛ばされると、そう思っていたのだが。

「……は？」

神宮寺の纏《まと》う雰囲気が一変する。先ほどまでの笑顔が一瞬で険しい顔つきに変わった。

「どういうことだよ」

「え、どういうって――」

「合コン？　何時から、どこで、誰と」

飲み終えた紙コップを握り潰した神宮寺が、瑠衣との間を詰めてくる。突然縮まった距離感と、怒りさえ感じる神宮寺の様子に瑠衣は慌てて「冗談よ！」とネタバラシをした。

「嘘よ！」

「本当に？」

「本当に！」

「約束をもう忘れたわけじゃないよな」

——セフレ関係でいる間は他の異性と関係は持たない。

「それを覚えてるなら新しい男を探す必要なんてないはずだ」

「わかってる、そんなつもりないから……！　合コンの予定なんてないし、ネイルを変えたのもただの気分転換！」

そもそもその気分転換の原因は神宮寺だとはさすがに言えない。瑠衣が合コンに行くだけでどうしてこんなに怒るのかは謎だが、今はとにかく彼の誤解を解く方が先だ。だから慌てて「冗談だから」と再度念を押すと、神宮寺は笑顔を浮かべて「ならいい」とにこりと笑う。

「じゃ、俺は行くから」

途端に機嫌を直した神宮寺は、給湯室を出ていこうとする。

「神宮寺！」

その背中を反射的に呼び止めていた。そして振り返った彼をまっすぐ見据える。

「えっと……これ、ありがとう」

神宮寺は「どういたしまして」とにこりと笑って出ていった。

（何よ、あれ……）

金曜日も、今日も神宮寺がおかしい。元彼や合コンに過剰に反応するなんてそれこそ嫉妬する恋人のようだ。でもその可能性はゼロだとわかっている。

「……わけがわからないわ」

この土日でせっかく気分を切り替えたのに混乱させないでほしい。でも、ここに来るまで感じていた原田に対するもやもやが消えている。それが神宮寺のおかげなのは間違いなかった。

一人になった瑠衣は残りのカフェラテを一口飲む。

インスタントのそれは甘さ控えめで、普段から瑠衣が好んで飲んでいるものだ。だがそれを神宮寺に言ったことは一度もない。それにもかかわらず彼はこれを用意してくれていた。その優しさと心配りが今は素直に嬉しい。

「……なんでこんなに優しいのよ」

ベッドの中でならわかる。でも、それ以外で彼が瑠衣に優しくするメリットなんてないはずなのに。

同期だから？　それとも、もっと別の——？

（なんて、ね）

深く考えても仕方ない。瑠衣は大きく伸びをすると、神宮寺に続いて給湯室を後にする。

不思議と気分は晴れていた。

翌週の月曜日。夕方に瑠衣が帰社すると、営業事務の宮崎に「三雲さん！」と声をかけられた。

「今、タテノの関口《せきぐち》様から三雲さん宛にお電話が入っています。外線二番です」

「わかったわ、ありがとう」

タテノは瑠衣が新入社員の頃から担当している、取引先の一つだ。バイヤーの関口は息子が瑠衣と同年代らしく、口癖のように「瑠衣ちゃんみたいな娘が欲しかったわ」と言って可愛がってくれている。

プライベートでも食事や飲みに行く仲で、仕事の電話のついでに誘われることも珍しくない。

(月曜のこの時間に電話なら、飲みじゃなくてご飯の方かしら?)

この間美味《おい》しいイタリアンの店を見つけたし、たまには瑠衣の方から声をかけてみようか。

そんなことを思いながらも瑠衣は受話器を取り、保留を解除する。

「お待たせいたしました、三雲で――」

『瑠衣ちゃん、ちょっとどういうこと!?』

電話に出た途端返ってきたのは、瑠衣の言葉を遮《さえぎ》るような大きな声だった。

いつもは雑談から始まる関口の怒りも露《あら》わな声に、瑠衣は一瞬反応が遅れてしまう。だがそれは、次いで発せられた言葉で驚きに変わった。

『この間の商談で話した見積書、いつになったら送ってくれるの? 約束では金曜日中にという話だったはずよね』

「えっ!?」

先日、瑠衣は新製品の売り込みのために関口を訪ねた。反応は中々の好感触で、見積書の作成を原田に依頼していた。原田は億劫《おっくう》がりながらも作成してくれて、瑠衣も中身を確認した。何も問題なかったので、関口宛に送信するように指示したのは記憶に新しい。

——それなのにまだ届いていない？

『今日も昼過ぎに電話したのに折り返しの連絡もないし、どういうことなの？』

昼過ぎといえば外回りに出ていた時間帯だ。しかし、そんな連絡は受けていない。

「お電話をくださったのですか？」

『そうよ。原田さんという子に瑠衣ちゃんに電話するように言ってほしいと伝えたのに』

瑠衣は唖然とするが、そんなの相手側には関係ない。

「申し訳ありません！　確認してすぐに折り返しご連絡いたします！」

受話器を持ったまま深く頭を下げて謝罪する。それに対して関口は『頼んだわよ』とため息混じりに答えた。その後、電話が切れたことを確認した瑠衣はすぐに受話器を置く。

（どういうこと？）

原田に確認したくても、彼女は既に帰宅している。

とにかくすぐに確かめなければ——そうパソコンを立ち上げて、唖然とした。

確認したはずの見積書データがどこにも見当たらない。あるのは以前の契約に用いたものばかりだった。メール送信を忘れていただけなら今すぐ対応できたが、それ自体がないとなると作り直さなければならない。瑠衣はすぐに関口に電話をかけると改めて謝罪して、すぐに見積書を作成して送ることを申し伝えた。

『これから作成するって、もう午後五時よ？　私、六時には退社予定なのに……』

「五時半までにメールでお送りします。ご迷惑をおかけして本当に申し訳ありません！」

受話器を強く握ったまま平身低頭謝罪する。その必死な様子は電話越しにも伝わったのだろう。

関口はいくらか語気を和《やわ》らげて『わかったわ』と謝罪を受け入れてくれた。

『待ってるからお願いね。あと、瑠衣ちゃん』

「はい」

『「親しき仲にも礼儀あり」よ。あなたのことは好きだし今後もお付き合いしたいと思っているけど、だからといって適当な仕事をしてもらっては困るわ』

「……はい。このたびは本当に申し訳ございません。それでは、作成次第すぐにご連絡いたします」

『待ってるわ』

電話が切れるなり、瑠衣は脱力した。

「……最悪だわ」

親しき仲にも礼儀あり。最後に言われた関口の言葉は心にグサリと刺さった。

見積書の期限を破った挙句、確認の電話に折り返しもしない。相手の信頼を損ねるには十分すぎる不手際だ。そんなつもりはなくても、「親しいのだから少しくらい適当でもいい」と瑠衣が考えていると捉《とら》えられても仕方なかった。

「原田さんも何してるのよ……」

彼女と働くようになって一年経つが、こんなミスは初めてだ。瑠衣に対する態度はお世辞にも褒《ほ》められたものではないが、その仕事ぶりは正確で信頼していた。だからこそ驚かずにはいられない。瑠衣は完成したデータを確かに確認しているのだ。だがそれ自体ないとなると、意図的に削除したのではないかと思ってしまう。

——わざと、だろうか。

（……まさかね）

一瞬頭に浮かんだ考えをすぐに否定した。いくらなんでもさすがにそれはないだろう。

これまでなかっただけで、原田だってミスすることはある。それに、瑠衣が一言「送った？」と声かけすれば防ぐことができたミスだ。ならば今回の一件は、それを怠《おこた》った瑠衣の責任だろう。とにかく今は早く見積書を作らなければ。

「あの、三雲さん」

パソコンと向き合おうとしたその時、声をかけられる。先ほど電話を引き継いでくれた宮崎だ。

「宮崎さん、さっきは電話を受けてくれてありがとう。何？」

「私にお手伝いできることはありますか？」

「え？」

「お電話を聞いていて、大変そうだと思って……。理保——原田さんがデータを送っていなかったんですよね。見積書の作成なら私にもできますし、何かあれば言ってください」

思いもよらぬ加勢に瑠衣は目を瞬《またた》かせた後、首を横に振った。

「宮崎さんはもう退勤時間でしょ？　私のことは気にしないで」

「でも――」

「本当に大丈夫よ」

見積書の作成自体はそう時間のかかる作業ではないし、正直自分でやった方が早い。

でも、宮崎の気遣いは素直に嬉しかった。急なトラブルにささくれ立っていた心が少しだけ落ち着きを取り戻す。

「心配してくれてありがとう。今度一緒にランチに行きましょうね」

にこりと微笑みかけると、宮崎は逡巡《しゅんじゅん》した後帰っていった。その後ろ姿を見送った瑠衣は早速作業に取り掛かる。急いで見積書を作成した後は部長の承認をもらい、見積書データを関口へ送信した。そして電話でメールしたことを伝えて改めて謝罪し、事なきを得ることができたのだった。


翌日。瑠衣がいつもと同じ時間に出勤すると、原田の姿はまだなかった。

確認したところ今日は午後から出勤予定らしい。昨日の一件について朝一で話そうと思っていただけにこれには拍子抜けした。まあ、考える時間ができたと思えばいいだろう。

感情的にならずに冷静に事情を聞く。それさえ気をつければ大丈夫なはずだ。

原田のことはいったん頭の隅に置いて朝のルーティーンをこなしていく。

その後は昨日の謝罪のために関口を訪ねた。

昨日の一件については「次は気をつけてね」と念を押されたものの、最後は「またご飯に行きましょう」と言ってもらえた時には心底ほっとした。そして再び会社に戻り、午後の商談の資料作成やいくつかの会議に参加しているうちに時間はあっという間に午後一時を回っていた。

（お昼、食べ損ねちゃったな）

商談の前にどこかで適当に食べてこようか。

そんなことを考えながら外回りの準備をしていた時だった。

「お疲れさまでーす」

フロアに響く軽やかな声に瑠衣は顔を上げる。原田だ。彼女はいつも通りにこやかに周囲に挨拶《あいさつ》をしてこちらに向かってくる。

「原田さん、ちょっといいかしら」

「なんですか？」

瑠衣が話しかけた途端に原田は顔をしかめた。挨拶《あいさつ》も返さず、面倒くさそうな様子を隠そうともしない。普段なら「いつものことだ」と流せただろうが、昨日の今日ではそうはいかなかった。一言物言いたくなる気持ちがグッと込み上げてくる。だが寸でのところでなんとか呑み込んだ。

――いけない。

昨日の一件は自分にも責任がある。そう受け止めたばかりではないか。

（落ち着いて、冷静に）

感情的になっていいことは何もない。瑠衣は穏やかな口調を心がけながら昨日の一件を伝える。

「昨日の日中、私宛に関口さんから電話があったそうだけど、どうして伝えてくれなかったの？」

「あっ、忘れてました」

なんだそんなことか、とでも言いたげに原田は爪をいじりながら気怠《けだる》げに答える。その態度に瑠衣の眉はピクリと動いた。

「……そう。見積書もお送りしていなかったようだけど。データ自体も消えているし、それについては？」

「送ったつもりでいました。データは間違えて消しちゃったんだと思います」

原田は電話があったことも、メールを送ることも、全て「忘れた」からしていなかった。データもうっかり消してしまっただけだと言う。原田に悪びれる様子はなく、それがどうしたと言わんばかりの態度だ。少しでも反省の色があればまだ可愛げもあるが、原田からは最初から最後まで「すみません」の一言もない。その態度がひどく癇《かん》に障《さわ》った。

――仕事を舐《な》めんじゃないわよ。

一度は抑え込んだ苛々が再び顔を覗かせそうになる。

「……私も送ったか確認すればよかったわね」

瑠衣はそれを気合で我慢すると、努めて穏やかな口調で話を続けた。頬が引き攣《つ》っている自覚はあるが、笑っているだけ上出来だと思いたい。

「原田さんも、次はこういうことがないように気をつけてね。何かわからないことや聞きたいことがあれば、いつでも言ってくれて構わないから」

「はーい」

語尾を伸ばすな、語尾を！

原田は最初から最後まで怠《だる》そうな態度を貫き、瑠衣の方を見もしなかった。

「話が終わりならもういいですか？」

「っ……ええ」

本当にこの子はなんなのだろう。ここまでくると胃が痛くなってくる。

(やけ酒したい気分だわ)

今夜あたり一人で飲みに行こうか。

……いや、やめておこう。

仕事の成功を祝って飲む酒は格別に美味《おい》しいが、やけ酒が楽しいのは飲んでいる時だけで、酔いが覚めた時は最悪な気分になるのは過去に経験済みだ。この苛々は仕事の原動力に変えよう。そうすれば一石二鳥だと無理やり自分を納得させて、瑠衣は午後の準備を再開する。

午後の予定は、商談が一件と現場の市場調査の予定が数件入っている。

なかなかハードなスケジュールだが、今の瑠衣には忙しいくらいがちょうどいい。

「あっ！」

その時、不意に原田が声を上げた。釣られて瑠衣も顔を上げると原田はぱあっと輝くような笑顔を浮かべている。その視線は瑠衣の後ろへと注《そそ》がれていた。まさか――

「お疲れさまです、神宮寺さん！」

予想は当たった。ぱっと瑠衣が振り返ると、笑顔の神宮寺が立っていたのだ。

「神宮寺さんも午後出勤だったんですね。私もなんです」

「そうなんだ」

甘えた声の原田に神宮寺は笑顔で応《こた》える。だがその視線はすぐに瑠衣へと向けられた。

「三雲、午後の予定は？」

なぜこのタイミングで瑠衣に話を振るのか。わざとか、たまたまか。どちらにせよ前の席から感じる視線が痛すぎてとても原田の方を向くことができない。仕方なく瑠衣は神宮寺だけを見て「これから外回りよ」と答える。

「昼飯は？」

「まだよ。外回りに行く前に適当に済ませようと思ってたから」

「俺も。どうせなら一緒に食べに行こうぜ」

まさかの昼食の誘いに、ますます原田の方を見られなくなる。とはいえここで断るのも不自然だ。

「……いいけど」

「決まりな。ちなみにそれ、商談で使う新製品か？」

頷くと、神宮寺は瑠衣のデスク上に置いていた紙袋をひょいと手に取り、「結構重いな」と目を瞬《またた》かせた。

「……何してるの？」

「何って、途中まで持つよ。ほら行くぞ」

自分で持つから大丈夫、と言う間もなく神宮寺は歩き出す。戸惑いながら瑠衣もそれに続こうとするが、それを引き止めたのは原田だった。

「私も神宮寺さんと一緒にランチに行きたいです！」

これにぴたりと足を止めた神宮寺は、にこりと笑った。

「お、いいね。じゃあ今度みんなで一緒に行こうか」

「みんなで……」

「他の営業とかも誘って、飲みでもいいよ。——それじゃあ行くか、三雲」

「ええ」

「原田さん、行ってくるね」

「……はい。お気をつけて」

声だけでも原田がショックを受けているのがわかる。だがそれを確認する気にはとてもなれなかった。原田からすれば自分を差し置いて好きな男が大嫌いな女を誘ったのだ。

面白いはずがない。別にそれを申し訳ないとは思わないが、居心地の悪さは否《いな》めなかった。

「——あんたって、本当にいい性格してるわよね」

会社のエントランスを出てすぐに瑠衣は言った。隣を歩く神宮寺は目を瞬《またた》かせる。

その表情だけでは瑠衣の言いたいことを察しているのか、そうでないのかわからない。だが勘のいいこの男のことだ。きっと後者だろうと思いつつ、瑠衣はあえてはっきり伝える。

「原田さんのことよ。彼女の気持ちを知ってるくせに、目の前で私を食事に誘うってどうなの」

「別に同僚を飯に誘っただけだろ」

「悪い男」

「それくらいの方がモテるんだよ」

飄々《ひょうひょう》と肩をすくめる姿さえ様《さま》になるのだから、確かにこの男はかっこいいのだろう。それは認める。見た目が抜群に整っているのも確かだ。

（文句の一つも言いたくなる時はあるけどね）

原田が瑠衣を嫌う理由の大半が「神宮寺と同期で親しい」ことへの嫉妬なのだから。だがそれを神宮寺に相談したことはない。もしかしたら彼に言えば何か変わることもあるかもしれないが、これはあくまで瑠衣と原田の問題なのだから。

（私も、もう少し上手くやれればいいんだけど）

原田の態度に腹が立つことは多々あるが、仕事に支障がなければいいと諦めていた。だが今回のようなことが再び起きては困る。せめて瑠衣の注意を流すのではなく受け止めてくれないと、迷惑がかかるのは取引先だ。それだけは絶対に避けなくてはならない。

一度、腹を割って話してみようか。

（……無理でしょうね）

少なくとも原田が神宮寺を好きでいる限り、関係が改善するとは思えなかった。

「はあ……」

八方塞がりの状況に嘆息すると、「どうした？」と神宮寺が問いかけてくる。

「ため息なんてついて。幸せが逃げるぞ」

「なんでもないわよ。そういうあんたは今日も幸せそうね」

「お前と昼飯に行けるからな」

「あっそ」

「流すなよ、本気で言ってるんだけど」

「はいはい、私も嬉しいわよ」

適当に受け答えしながら、ちらりと隣の神宮寺を見やる。

無駄に整った顔立ちも海外モデル顔負けのスタイルも、ただそこにいるだけで周囲の注目を集める。今もすれ違った女性が二度見したばかりだ。この容姿で仕事もできて語学も堪能。

長身故《ゆえ》に瑠衣とは歩幅が違うのに、当然のように歩くペースを合わせてくれる。それに——本人には絶対に言わないが——セックスも上手い。いくらなんでも隙がなさすぎではないか。

そんな相手を一方的にライバル視している自分もどうかと思う時もある。それでも努力することはやめたくなかった。

（このまま負けっぱなしなんて悔しいじゃない）

悔しいけれど、この男は瑠衣にとって目標であり憧れなのだから。

「なんだよ、そんな熱い目で見て。見惚れてるのか？」

「神宮寺には悩みなんてなさそうだなと思っただけよ」

軽口には軽口で返す。すると神宮寺は心外だとでも言いたげに肩をすくめた。

「俺にだって悩みくらいあるさ」

「たとえば？」

「この後に行く店で何を頼もうか、とか」

「……聞かなきゃよかったわ」

そんなやりとりをしながら到着したのは、会社にほど近い立ち食い蕎麦《そば》屋。高架下《こうかした》にあるそこはサラリーマンに大人気で並ぶことも珍しくないらしい。幸いにも瑠衣たちが訪れた時は昼のピークを過ぎていたため、すぐに入ることができた。二人はそれぞれ券売機で食券を購入する。それからほどなくしてカウンターにとろろ蕎麦《そば》が置かれた。

「あ、美味《おい》しい」

「だろ？　ここ好きでよく来るんだ。この値段でこの味はすごいよな」

「本当に。コスパ最強ね、人気があるのも頷けるわ」

細めの麺も出汁《だし》の効いた関東風のつゆも瑠衣の好みど真ん中だ。神宮寺に珍しくランチに誘われた時はどこに連れていかれるのだろうと思ったが、これは当たりだ。むしろ下手に小洒落《こじゃれ》たカフェや流行《はや》りの店よりよほど美味《おい》しい。それがワンコインで食べられるのだから最高だ。

「あー美味《おい》しかった！」

「満足した？」

「すっごく。今度また来てみるわ」

「その時は俺も誘えよ」

「タイミングが合えばね」

笑顔で答えると、神宮寺はなぜかじっと瑠衣を見つめてくる。

「何？　顔に何かついてる？」

もしかして、顔にトッピングのネギでもついているのだろうか。

「さっきまで暗い顔してたから、少しでも気分転換になったならよかったと思って。やっぱりお前は笑っている方がいいよ」

「は？」

「俺、三雲の笑顔が好きだから」

「っ……、何言って――」

「っと、もうこんな時間か。そろそろ駅に向かった方がいいな、行くぞ」

歩き始めた神宮寺の後に慌てて続く。その後、二人は最寄駅に向かい電車に乗り込んだ。

降りる駅は別だが途中までは一緒なのだ。車内は通勤ラッシュほどではないが混み合っていた。

神宮寺はわずかに空《あ》いたドア付近に向かうと、「こっち」とさりげなく瑠衣の腕を引く。そしてドア側に瑠衣を立たせて自分はその前に立った。

「……ちょっと、近い」

「混んでるんだから仕方ないだろ。我慢しろ」

確かにその通りなのだが、それにしても近すぎる。ドアに背中をつけているため、まるで神宮寺に囲い込まれているようだ。加えて身長差のせいで視界いっぱいに神宮寺の唇が映る。

気にしなければいいだけなのに、どうしても意識してしまう。困った瑠衣は極力顔を逸らした。

そうすると神宮寺の視界には真っ白な首筋が映ることになるが、瑠衣はそれに気づかない。

「三雲」

「――っ！」

その時、不意に吐息が耳朶《じだ》を震わせた。耳元で囁《ささや》くような声色に瑠衣はびくっと肩を震わせる。

「な、何⁉」

「お前こそ、何その反応」

「……なんでもないわ」

――言えるわけがない。

ただ名前を呼ばれただけなのに、彼に抱かれた夜を思い出してしまった、なんて。

だが瑠衣が答えずともその理由を神宮寺は察したようだった。ニヤリと唇の端を上げる姿に嫌な予感がする。

「もしかして、この間のことを思い出したのか？」

「そんなこと――」

「耳まで真っ赤にして。……可愛いな」

瑠衣にしか聞こえないほどの声量で囁《ささや》かれる。それがひどく甘く感じたのは気のせいではないだろう。神宮寺が意図的にしているのは確かで、瑠衣は赤くなる頬できっと彼を睨《にら》む。それさえも「上目遣い最強」なんてわけのわからないことを言われるのだから、たまったものではない。

「私で遊ばないでって言ったでしょ。それで、何よ」

早く要件を言って、と促《うなが》せば神宮寺は笑みを浮かべた。

「明日の夜、空《あ》いてるか？」

突然の予定確認に戸惑いつつも、頭の中でスケジュールを確認する。

「空《あ》いてるけど？」

「飯に行こうぜ。この間、二次会をしそびれたからな」

誰のせいで、という言葉はぐっと呑み込む。

「その後は俺の家で飲み直そう」

「神宮寺の家？」

「ああ。意味はわかるよな？」

「あ……」

もちろん、わかる。今の会話が意図するのが何かわからぬほど初心《うぶ》ではない。

なぜなら自分たちの関係はセフレなのだから。

——神宮寺が瑠衣を抱きたいと言っている。

既に二度体を重ねた仲なのに、その事実がなぜかどうしようもなく恥ずかしい。

「……割り勘なら行くわ」

素直に頷くことができない瑠衣に、神宮寺は可笑《おか》しそうに笑う。

「奢《おご》りなら行く、じゃなくて？」

「理由もなく奢《おご》られるのは好きじゃないの」

本当に我ながら可愛げがないと思う。だがその答えさえも楽しむように神宮寺は「さすがだな」とくすくすと笑いを噛み殺した。

「じゃあそういうことで。一泊できる準備はしてこいよ。楽しみにしてる」

その後すぐに電車が駅に停車して、二人は「午後も頑張ろう」と言って別れたのだった。


夕方。外回りから戻ると時刻は午後六時を回っていた。

（……疲れた）

午後はずっと動き回っていたため、さすがに疲労が溜まっている。だがどこか心地のいい疲労感だ。商談が無事成立したのは素直に嬉しいし、市場調査も予定通り行えた。実際の売場を見てディスプレイの改善点も見つかったし、新たな販促企画を考えた方がいいかもしれない。

そんな事を考えながら自席に荷物を置いて対面を見る。原田の姿は既になかった。神宮寺と昼食を共にした手前、また噛みつかれると思っていただけにほっとした。

（少しだけ休もうかな）

今日はもう帰宅しても問題ないが、記憶がしっかりしているうちに商談の結果や販促企画をまとめておきたい。とびきり濃いブラックコーヒーを飲んでもう少しだけ頑張ろう。

（誰かいる？）

給湯室の前に来ると、ドアが少しだけ開いていた。隙間から明かりが漏れていて、近づくと声が聞こえてくる。話し声は複数あるから女性社員が話に花を咲かせているのだろう。

出直そうかと思ったが、今はどうしてもコーヒーが飲みたい。

淹《い》れたらすぐに出ていけばいいだろう。そう、ドアノブに手を伸ばした時だった。

「ほんっとに腹が立つ。私に見せつけるように一緒にお昼を食べに行くなんて酷いと思わない？」

――原田の声だ。

「別に見せつけてはないと思うけど……」

もう一つの声にも聞き覚えがある。宮崎だ。

「三雲さんと神宮寺さんは同期だし、お昼くらい一緒に食べることもあるよ。しかも外回りのついででしょ？　私と理保が一緒にランチするのと何が違うの？」

「全然違うわよ！　だってあの人、絶対に神宮寺さんのこと狙ってるもの。でも、行ったのは立ち食い蕎麦《そば》なんだって、ウケる。全然相手にされてないくせに必死に女アピールして馬鹿みたい。三十路《みそじ》前のおばさんのくせに」

……なるほど。

だいたいの事情は呑み込めた。瑠衣の悪口をこぼす原田とそれを宥《なだ》める宮崎といったところか。

それにしても「おばさん」はないだろう。原田より五歳年上でも、瑠衣はまだ二十九歳だ。

それに東京支社には三十代や四十代の女性社員もたくさんいる。瑠衣がおばさんなら彼女たちはどうなるのだ。仕事が終わったならさっさと帰ればいいのに、わざわざ居残ってこんなところで陰口を叩いているのも腹が立つ。

（だいたい、立ち食い蕎麦《そば》の何が悪いのよ）

安くて早くて美味《おい》しいなんて最高じゃないか。それに誘ってきたのは神宮寺の方だし、女アピールをした覚えもない。瑠衣と原田では見ている世界が違うのではないかとさえ思ってしまう。

(勘弁してよ)

休憩に来たのに悪口を聞かされるなんて最悪だ。

「なんでそんなに三雲さんを嫌うの？　確かに見た目は厳しそうだけど、話すとすごくいい人だと思ったよ。優しいし、教え方も上手くて指示も的確じゃない。あの人の下で働けて羨《うらや》ましいくらいなのに」

「羨《うらや》ましい？　冗談でしょ。私は最悪よ」

「またそんなこと言って……。昨日だって、理保のミスの後始末をしてくれたのは三雲さんだよ？」

唯一の救いは悪口を言っているのは原田だけということだろうか。罵詈雑言《ばりぞうごん》の嵐なだけに、宮崎が天使に思えてくる。彼女には今度絶対何か美味《おい》しいものを奢《おご》ろう。

(……コーヒーは後でいいか)

言われっぱなしで悔しい気持ちはあるが、今の瑠衣に原田のヒステリーを受け止める気力はない。

だが引き返しかけた足は、次の原田の言葉でぴたりと止まった。

「別にいいでしょ、あれくらいしても」

「待って、その言い方ってもしかして——」

「わざとよ」

「……わざと？」

「あ、言いふらしたりしないでよ？」

「言えるわけないでしょ！　なんでそんなことしたの⁉」

「あの人のことが嫌いだから。それに見積書を送らなかったくらい大したミスじゃないでしょ。万が一これが原因で契約が切られても、あの人は優秀な営業様らしいから？　取引先が一つ減ったくらいで困ったりしないわよ」

「信じられない……」

「私に注意する時の顔なんて見ものだったわ。本当は怒りたいくせに必死に作り笑いをして。そこまでして自分を取り繕《つくろ》いたいなんて、本当にお高くとまってて馬鹿みた――」

「馬鹿で結構よ。今さらあなたにどう思われようと私は気にしないから」

瑠衣はドアを思い切り開いて会話に割り込んだ。これ以上はとても聞いていられなかった。

二人の視線が一斉に瑠衣の方を向く。みるみる顔を青くする宮崎と、目を見開き固まる原田。瑠衣はまず宮崎へと視線を向けた。

「宮崎さん、悪いけど原田さんと二人にしてくれる？」

「は、はい」

宮崎ははらはらした様子で原田の方を見つつも、すぐに「失礼します」と出ていった。

二人きりになった瑠衣は再度原田を見る。彼女は宮崎と違って微塵《みじん》も動じる様子もなく、ふてくされた顔で明後日《あさって》の方向を向いていた。その横顔に向けて瑠衣は切り出した。

「申し開きがあるなら聞くわ」

「なんのことですか？」

「無駄なやりとりは嫌いなの。今、あなたと宮崎さんが話していた件よ」

「盗み聞きしたんですか？　趣味が悪いですね」

「こんなところで堂々と話しておいて何言ってるのよ。それで、わざとってどういうこと？　私が聞いた時、あなたは『忘れていた』と言ったわよね」

「別に済んだ話なんだからどうでもよくないですか？」

小馬鹿にするように吐き捨てたその瞬間。ぷつん、と何かが切れた。

「いいわけないでしょう！」

空気が震えるほどの大声に原田はビクッと肩をすくめた。

「ようやく私を見たわね」

「はあ!?」

「これ以上ふざけた態度を取るようなら力づくでこっちを向かせるところだったわ。人と話す時は相手の目を見るなんて常識でしょ？　あなた社会人何年目よ」

「力づくなんて、そんなことしたらパワハラで訴えますから！」

「私がパワハラならあなたがしたことはなんなのかしらね。わざと仕事をミスして会社に損害を与えようとするなんて、重大な瑕疵《かし》よ」

「損害なんて、大袈裟《おおげさ》な――」

「大袈裟《おおげさ》？」

瑠衣はシンクをバン！　と手のひらで叩いた。鈍い音に再び原田が体を震わせる。本当はその横っ面を引っ叩《ぱた》いてやりたいくらいなのだ。それをしないだけ感謝してほしい。本気でそう思うくらいには頭にきていた。腸《はらわた》が煮え繰り返るとは今のような状況を言うのだろう。

怒りで体が震えるなんて生まれて初めてだ。

「……ふざけんじゃないわよ。自分の物差しで語らないで。あなたにとっては大したことなくても、相手にとっては違うかもしれない。そんなこともわからないの。だいたい、わざとミスして取引先にご迷惑をかけるなんてありえない。正気を疑うわ」

「ひど――」

「酷いのはどっちよ。いい？　これが本当に忘れただけなら、私もこんなこと言わないわ。でもわざとなら容赦しない。今まであなたの私に対する態度を見逃していたのは、仕事をきちんとしていたからよ。私を嫌いでも、やるべきことをしていれば構わないと思った。でもそれすらしないのなら話は変わってくるわ」

反論する隙を与えない。そんな瑠衣の様子に原田は圧倒されているのか、口をはくはくとして顔面を蒼白にしている。そこに先ほどまでの余裕はどこにもなく、泣きそうに見えた。

だがそれを可哀想だとは思わない。むしろ被害者ぶっている態度にさらに腹が立った。

「いい加減、子供じみたことはやめて。私に対して思うことがあればはっきり言ったらどうなの？　仕事に私情を持ち込んで、その上お客さまにご迷惑をかけるなんて絶対にあってはならないことなの。わざわざ言わなければわからないの？」

「わかってますよ、そんなこと！」

「わかっていて、これ？」

「それは……」

原田は必死に反論しようとするが、瑠衣も容赦なく言い返す。

「そんなに私が嫌いなら、異動願いでもなんでも提出しなさい。一人でできないなら私からも上に掛け合ってあげるわ」

「余計なことしないでください！　そんなことしたら――」

「『神宮寺さんと会えなくなる？』」

「っ――！」

原田の頬にさあっと朱が差す。

「呆れたわ。なんのために会社に来てるのよ。男のため？」

「……三雲さんに私の何がわかるんですか」

「わからないわ。わかりたくもない」

「そうやっていつも他人を見下して、馬鹿にして、楽しいですか？」

「私がいつあなたを馬鹿にしたのよ」

「したでしょう！　懇親会の日三雲さんと神宮寺さんが一緒にタクシーに乗るところを見ました！」

まさか見られていたなんて――

思わぬ反論に一瞬返す言葉に詰まると、原田は潤《うる》んだ瞳で瑠衣をキッと睨《にら》んだ。その頬には涙が伝っていて、可愛らしい顔は瑠衣への反発心に満ちている。

「私が神宮寺さんを好きだって知っているのに、酷い。今日だって二人で食事に行って、それのどこが馬鹿にしていないって言うんですか!?」

「同期と飲みや食事に行くのにどうしてあなたの許可が必要なの？」

「なっ……！」

もしも神宮寺と原田が付き合っているなら、瑠衣は絶対に二人きりで食事に行ったりしない。だが実際は、二人は恋人でもなんでもない。なのに、こうも責められるのはお門違《かどちが》いだ。

「とにかく、私から言いたいことは一つよ。いい加減な仕事はしないで。意図的じゃないミスならいくらでもフォローする。でもわざとなんて許さない。信頼を築くのは大変でも失うのは一瞬なの。あなたの個人的な感情でそれを台なしにされたくないわ」

言いたいことは全て言った。だから瑠衣は給湯室を出ていこうとしたのだが、それを原田の言葉が引き止めた。

「……男のために会社に来てるのは誰よ。女を武器にしてるのは自分じゃない！」

「はあ？」

思わず振り返る。

「毎日化粧もネイルも完璧で、誰に見せたいのよ。神宮寺さん？　取引先？　誰よりも一番『女』を使ってるくせに……実力以外の部分で仕事を取ってきてるくせに、偉そうに説教しないでください！　山田商事だってどうせ色仕掛けで契約を取ったんでしょ？　それなのに神宮寺さんに取られて残念でしたね」

「――っ！」

思わぬ反論に言葉に詰まる。

「図星ですか？」

原田は揶揄《やゆ》するように、涙を流しながら鼻で嗤《わら》った。

山田商事の担当を外されたのは、瑠衣にとって触れられたくないことでもあった。ようやく瘡蓋《かさぶた》になりかけていた傷を、無理やり剥《は》がされたようだ。それでもこれ以上動揺したところは見せたくなくて、瑠衣はあえてなんでもない風を装《よそお》った。

「言いたいことはそれで終わり？」

「っ……！」

「言ったでしょ？　あなたにどう思われても私は構わないわ。私は自分の信念に従って仕事をするだけよ。今までも、これからもね」

「何よ、かっこつけて。強い女アピールですか？」

「なんとでも」

肩をすくめて鼻で嗤《わら》えば、原田は悔しそうに顔を歪《ゆが》めた。

「大っ嫌い！」

最後にそう言い捨て原田は物凄い勢いで給湯室を出ていった。感情をぶつけるように荒々しくドアが閉められる。次いでしんと静まり返った室内に漏れたのは瑠衣のため息だ。

「……最初からそう言えばいいのよ」

ふん、と鼻を鳴らしてみるが、自分でも驚くくらいその声は震えていた。

他人から「大嫌い」と面と向かって言われたのは初めてだ。

以前から嫌われている自覚はあったものの、はっきりと言葉にされると刺さるものがある。そんな自分に驚くと共に、自分の言葉の矛盾を自覚する。

——どう思われても構わないなんてことはなかった。

相手が誰であれ自分自身を否定されるのはなかなかにきつい。

それに、いくら腹が立ったとはいえ、さすがに言いすぎたと言わざるを得なかった。

宮崎からパワハラの話を聞いた時、「怒鳴るなんてありえない」なんて偉そうに言っておきながら実際はこの様《ざま》だ。

「実力以外の部分で仕事を取ってきているくせに、か……」

衝撃的な一言だった。瑠衣が常に身だしなみに気をつけるのは、自分のやる気を引き出すためだ。それをまさか仕事の——色仕掛けのためにしていると思われているなんて、考えたこともなかった。

あの言葉はある意味「大嫌い」よりも深く瑠衣の心を抉《えぐ》った。今までしてきた仕事を全て否定されたようなものなのだから当然だ。

「……強くなんてないわよ」

本当に強ければ原田の言葉に傷ついたりしない。強がっているだけだ。

この七年間、男の多い営業職の中で舐《な》められたくなくて、「女」だからこそ誰よりも努力してきた。二年前に神宮寺が異動してきてからは今まで以上に仕事に打ち込んできた自負がある。

辛くても悔しくても、自分の中に呑み込んで無理やり消化してきたのだ。

「疲れた……」

後輩を泣かせたことも、感情的になってしまったことも、傷ついていることも全てが嫌になる。

色仕掛けと言われたことが悔しくて、虚《むな》しくて、悲しい。でも今の感情を消化する術《すべ》を瑠衣は時間の経過以外に知らない。

(……寒い)

体がではなく、心が寒くて、無性に人肌が恋しかった。誰かに強く抱きしめられたい。

——神宮寺に会いたい。

だがその考えを瑠衣はすぐに振り払った。

(……どうかしてる)

もはやコーヒーを淹《い》れる気力も湧かなくて、瑠衣は給湯室を後にする。だがすぐに仕事に戻る気にもなれない。結果、瑠衣が向かったのはラウンジだった。

この時間ならあまり人気《ひとけ》もないだろう。夜景を見て一息つけばきっと気持ちも紛れて、いつもの自分に戻れるはずだ。しかしエレベーターを降りてすぐ、瑠衣はこの選択を後悔した。視線の先、ラウンジの窓際に一組の男女がいる。それが誰かわかった瞬間、瑠衣はその場に立ち尽くした。

——神宮寺と原田だ。

神宮寺の胸に原田が顔を埋《うず》めてしくしくと泣いている。遠目にもその華奢《きゃしゃ》な肩は震えていた。

神宮寺は抱きしめこそしていないものの、原田に何やら話しかけている。

多分、慰《なぐさ》めているのだろう。長身の神宮寺と小柄な原田は瑠衣から見てもお似合いだった。

その時、不意に神宮寺が顔を上げる。

「あ……」

つい、瑠衣の口から声が漏れる。一方、瑠衣に気づいた神宮寺の瞳は驚いたように大きく見開かれた。なぜかはわからないが、瑠衣はその視線から逃れたくて、反射的に背中を向けていた。

エレベーターが到着する時間も待てずに非常階段を一階分駆け下り、そこでエレベーターに乗って営業部のフロアに戻った。そのまま急いで荷物をまとめて足早に会社を後にする。駅へ急ぐ足はしかし、すぐにぴたりと止まった。

「……何してるのよ」

逃げる必要なんてどこにもなかった。でも、体を寄せ合う二人を見てふと思ってしまったのだ。

原田はきっと給湯室での一件を神宮寺に話しただろう。その話の中で間違いなく瑠衣は悪者だ。それを聞いた神宮寺はどう思っただろう。瑠衣に対して呆れただろうか、酷い女だと思っただろうか――そんなことを、考えてしまった。

（神宮寺がどう思っても、関係ないじゃない）

瑠衣と神宮寺はただの同僚だ。今はセフレでもあるが、それさえも気まぐれに始まった関係なのだから急に終わってもおかしくない。

そう、わかっているのに。

（なんで……）

こんなにも胸が痛むのだろう。

4

ろくに眠れぬまま迎えた翌日。

瑠衣は、目元の隈《くま》を隠すためにいつも以上に念入りに化粧をして家を出た。

この姿を見たらまた原田あたりに「女アピールしている」と言われるかもしれないと思うと気が滅《め》入《い》ったが、暗い顔をして仕事に行きたくなんてなかった。

たとえそれを強がりやお高くとまっていると思われたとしても。

だがいざ出勤すると原田は休みだった。原因は間違いなく、

（私よね……）

言いすぎた自覚がある分、対面の空席を見ると居心地の悪さを感じてしまう。あの時、給湯室に入ったことは後悔していない。今回の彼女の言動はさすがに見過ごせる範囲を超えていた。瑠衣への暴言以上に、故意に取引先に迷惑をかけたのがどうしても許せなかったのだ。

それでも、先輩として言わなくていいこともたくさん言ってしまった。

（神宮寺は一日外回り、か）

正直これにはほっとした。昨日瑠衣が逃げたことに神宮寺は気づいているだろう。だが今はそれについて触れられたくなかった。

なぜ逃げたか、自分自身でもわからないからだ。彼に言われた通り一応宿泊用の準備はしてきたが、もしかしたらこれを使うことはないかもしれない。

瑠衣は気分が沈んだまま、表向き平静を装《よそお》いつつ仕事をこなしていった。

神宮寺が戻ってきたのは、瑠衣が帰り支度を終えた夕方だ。

（……やっぱり今日は断ろう）

一度承諾しておいて悪いが、こんな気分ではとても食事もその先もする気にはなれない。

今のうちに話しておこうと瑠衣はバッグを持って席を立つ。その時、「三雲さん」と部長に呼び止められた。

「少し聞きたいことがある。小会議室Cを取ってあるから来てくれ」

「……はい」

神宮寺に一言言って帰ろうと思っていた瑠衣は、バッグをデスクに置いて部長の後に続く。

嫌な予感がする。十中八九、原田についてだろうが、その予想は当たった。

「原田さんから聞いたよ。昨日色々あったようだね」

ドアが閉まるなり部長は切り出した。彼は深くため息をつくと、咎《とが》めるような視線を瑠衣に向ける。

「原田さんがミスしたのを叱ったんだって？　しかも大声で怒鳴ったたって言うじゃないか。可哀想に原田さん、泣いていたよ。今日の欠席の連絡をしてきた時も涙声だったくらいだ」

「……申し訳ありません。確かに、私の言い方にも問題がありました」

「そうだろう。しかも人目を避けるために給湯室に呼び出して、密室で怒鳴るなんて。正直、君がそんな小ずるいことをするとは思わなかったよ」

「……え？」

「もちろんミスはいけない。でも、君だって若い頃はミスの一つや二つしたことはあるだろう。原田さんだって故意にしたわけじゃあるまいし、今回のような対応はどうかと思うよ」

故意じゃない？　違う、原田はわざとやったのだ。

肝心な部分を訂正しなければ、と瑠衣は声を上げようとする。だがその気配を察したのか部長は顔をしかめて先んじて瑠衣の言葉を封じた。

「君にはもう少し優しさが必要なんじゃないかな」

「優しさ……？」

「もちろん三雲さんが仕事に真面目に取り組んでいることも、成果を出していることも素晴らしいことだと思うよ。でも、自分のやり方を他人に押し付けるのはよくない。君の完璧主義なところが原田さんを追い詰めているということもあるんじゃないか？」

「…………」

「君はキャリアアップを望んでいるんだろう？　それならいずれ部下を持つことになる。そんな時に今のままでは下はついてこない。自分のために仕事をするのももちろん大切だが、もう少しそれ以外に目を向けてもいいと思うよ」

「……はい」

「話は以上だ。戻っていい」

「……失礼します」

一礼して部屋を出る。瑠衣はその場に座り込みたくなる気持ちをなんとか堪《こら》えて、一番近くの化粧室に駆け込んだ。そこに誰もいないことを確認すると、たまらず壁をドン、と叩く。だがその直後にぐっと拳《こぶし》を握る。

――いけない。

こんなところを誰かに見られたら、また何か言われてしまう。

乱暴だとか、ヒステリーだとか言われるのだろう。でもだからなんだというのだ。今の状況ならそれくらいしてもいいじゃないか。そんな自暴自棄《じぼうじき》なことすら考えてしまう。

(……わかっていたことじゃない)

部長に呼び出された時、原田が自分に有利な証言をしたことは予想していた。声を荒らげたのも言いすぎたのも事実なだけに、理不尽だと思いながらも甘んじて注意を受け入れた。

山田商事の一件からもわかるように、部長は前時代的な考え方をしているところがある。女が男より目立つことを好まないのだ。

部長が気にいるのは原田のように「可愛らしい」社員で、男顔負けに働く瑠衣に対してあまり好意的でないのは以前から感じていた。それでも上司には瑠衣に否定的な人ばかりではないし、応援してくれる人もいたから、気にしないようにしていた。

『君の完璧主義なところが原田さんを追い詰めているということもあるんじゃないか？』

それでもあれはグサリときた。直属の上司に自分の仕事ぶりを否定されたような気がした。

昨日は後輩に、今日は上司に。立て続けに自分のあり方にノーを突きつけられた。

「っ……！」

辛くて、悔しくて。

(頭の中が、めちゃくちゃだ……)

無性に誰かに甘えたくて、脳裏に浮かんだのは神宮寺だった。そして今日、彼とはこの後約束している。しかしこんな状態で二人きりになったら自分がどうなってしまうかわからなかった。

瑠衣が神宮寺に求めているのは体だけの関係だ。その考えは今も変わらない。

でもこんな風に弱っている時に体を重ねたら、それ以外を望んでしまいそうになる。寂しいとか、辛いとか、甘えて縋《すが》ってしまうかもしれない。そんなのもうセフレではない。

何よりも自分のこんな弱い部分を彼に見せたくなかった。

神宮寺にだけは、絶対に。

瑠衣は込み上げるものを、ぐっと唇を引き結んで堪《こら》える。瞼《まぶた》を閉じて上を向き、そのまましばらくじっとしていると込み上げてきそうになっていたものはゆっくりと引いていった。

——大丈夫。

今日の仕事はもう終わっているし、帰り支度も済んでいる。あとは家に帰るまでの時間を我慢すればいい。そう自分に言い聞かせて瑠衣は営業部のフロアに戻った。そしてバッグを手に持ち神宮寺の席に向かう。

「神宮寺」

「お、もう帰れるか？　俺も――」

「悪いけど今日の予定は延期させて。ちょっと熱っぽいから家に帰って休むわ。それじゃ、お疲れさま」

何食わぬ顔で言って背中を向ける。あえて凛《りん》と背筋を伸ばして、まっすぐ前を見つめて歩いた。すれ違う社員と退社の挨拶《あいさつ》をする時も笑顔を欠かさない。

――大丈夫。私は笑えている。

エレベーターを待っているのは瑠衣だけだった。到着してドアが開くと幸いにも中には誰もいなくて、瑠衣は一人乗り込んだ。閉まりかけるドアに笑顔を解こうとした、その時。

完全に閉まる直前でドアは止まり、また開いていく。

（なんで――）

目を見開く瑠衣の目の前に飛び込んできたのは、息を乱した神宮寺だった。

「よかった、間に合った……」

彼ははあはあと肩で息をしながら「閉」ボタンを押す。その手にはビジネスバッグが握られていた。

「な、に……してるの？」

唖然としたまま声をかけると、神宮寺が振り返って「何じゃねえよ」と呆れたようにため息をつく。

「今日は俺と約束してただろ」

「そうだけど、さっき延期してって言ったわよね」

「わかった、とは言ってない。体調が悪いなら食べに行くのはやめて、このまま俺の家に行こう。飯なら俺が作るし、会社からなら俺の家の方が近い」

「ま、待ってよ！　何勝手なこと――」

「うるさい。そんな顔してる奴を一人で帰せるわけないだろ」

「……そんな顔？」

「泣きたいのを必死に我慢してる顔」

「っ――！」

咄嗟《とっさ》に瑠衣は顔を背《そむ》ける。

(だめ……)

今は、だめだ。ここは会社で、エレベーターを降りればたくさんの社員がいるのだから。

必死に唇を引き結んで俯《うつむ》く。泣くな、耐えろと必死に自分に言い聞かせて足元を見つめる。

そんな瑠衣の頭をぽん、と大きな手のひらが優しく撫でた。

「会社を出たらタクシーを拾う。それまで、俺の後ろに隠れてろ」

――誰も近づけさせないから。

神宮寺がそう言うと同時にエレベーターが一階へ到着し、頭に触れた手が離れていく。

瑠衣は神宮寺の後に続いてエレベーターを降りた。なぜかはわからない。けれど目の前を行くその背中は、瑠衣の目にはたまらなく逞《たくま》しく見えた。

神宮寺は会社から少し離れたところでタクシーを拾って瑠衣を乗せる。そしてドアが閉まるなり瑠衣の頭を抱えて自らの胸へぐっと引き寄せた。

「あ……」

「吐けよ」

空《あ》いたもう片方の手を瑠衣の背中に回して、強く抱きしめる。

「どんなことでもいい、腹の中に抱えてるものを全部ぶちまけろ。泣くのを我慢するな。——全部、聞くから」

「っ……!」

からかう時とも体を重ねる時とも違う。低く心地よい声は心が震えるほど優しく聞こえた。だからだろうか。気づけば瑠衣は堰《せき》を切ったように口を開いていた。

「悔しい」

目尻から溢《あふ》れた涙が頬を伝う。瑠衣は神宮寺の胸に額を寄せて、ぎりりと奥歯を噛み締める。そして感情のままに胸のわだかまりを吐き出した。

原田の見積書の一件、それが原因で言い合いをしたこと、部長に呼び出されて言われたこと——話すたびに次から次へと涙が溢《あふ》れて止まらなかった。

肩を、声を震わせて泣く瑠衣の背中を神宮寺は何度も撫でてくれた。その温かさが心にしみていっそう涙が込み上げる。そうして初めて瑠衣は、自分はこんなにも泣きたかったのだと知った。

「……私は理由もなく人を怒鳴ったりしない」

「ああ」

「私が嫌いだからってわざとミスして、お客さまに迷惑かけるなんてありえない」

「そうだな」

運転手がいる前で話すことではないとわかっていたのに、今はそれよりも話したい感情が勝《まさ》ってしまった。

「『優しさ』って何？　後輩に何を言われても笑って受け止めるのが優しさなら、私はそんな風にはなれない。そんな優しさ、私は持ちたくない」

両手で神宮寺のシャツを強く握る。

「自分のために綺麗でいようとしちゃいけないの？　しっかり化粧して、ネイルをしたらどうして女を武器にしてることになるの？　私は……私は、色仕掛けなんてしてない！」

シャツが皺《しわ》になるほどぐちゃぐちゃにしても彼はそれを咎《とが》めたりしなかった。代わりにいっそう強く瑠衣を抱きしめ「知ってる」と柔らかな声色で言った。

「三雲が一生懸命仕事に取り組んでるのも、お客さまのために努力しているのも俺は知ってる。お前の努力家なところも、向上心があるところもすごいと思ってるし、色仕掛けなんてしてないこともわかってる。この二年間、俺は三雲の仕事ぶりを側で見てきた。その姿勢を尊敬してるよ。それは褒《ほ》められこそすれ、貶《けな》されることでは絶対にない」

「っ……！」

どうして神宮寺は瑠衣の欲しかった言葉をくれるのだろう。

望んでいた温もりを与えてくれるのだろう。

神宮寺だけには自分の弱い部分を見せたくないと思っていたのに、今の自分はこんなにも彼の存在を求めている。それがどんな感情からくるのかわからない。ただ今は……今だけは、自分を強く抱きしめるこの腕の温もりに縋《すが》りたかった。

「……自分なりに努力してるの」

「ああ」

「神宮寺に勝てなくても、頑張ってるのよ」

「知ってるよ」

何を言っても神宮寺は受け止めてくれる。だから。

「……甘えたい」

普段なら絶対に言葉にしない心の奥底の本心を言ってしまった。直後、瑠衣を抱きしめる両手にいっそう力が入る。痛いくらいの抱擁《ほうよう》をしながら、神宮寺は言った。

「なら俺に甘えればいい。泣きたくなったり、辛くなったらいつでも俺を呼べ。すぐに飛んでいくから」

「…………」

瑠衣は何も返せなかった――驚いたのだ。その言葉の内容も声色も優しさに満ちていたから。なぜそんなことを彼が言うのかわからなかった。

「……私たちはそんな関係じゃないわ」

震える声で絞り出した言葉を神宮寺は鼻で笑い飛ばす。

「それでもだよ。どんな関係かなんて問題じゃない」

そして瑠衣の耳元に唇を寄せると、瑠衣だけ聞こえるほどの声量で、しかしはっきりと言った。

「俺はお前の味方だ」

「味方……？」

「ああ」

力強く頷いた神宮寺は、ぎゅっと瑠衣を抱きしめる。先ほどまでは感情が昂《たかぶ》っていて気づかなかったけれど、スーツ越しに感じる彼の鼓動はとても心地いいリズムをしていた。それに誘われるように瑠衣の荒立つ心がすうっと落ち着きを取り戻していった。同時にどっと体から力が抜ける。

多分、安心したのだと思う。神宮寺はそれに気づいたのかはわからない。しかし彼は瑠衣を抱いたまま、とろけるように甘い声で囁《ささや》いた。

「疲れてるんだろ、少し寝とけ」

「でも……」

「マンションに着いたら起こすから」

その声に促《うなが》されるように瑠衣はゆっくりと瞼《まぶた》を閉じる。昨日はほとんど眠れなかったからだろうか。瑠衣の意識はすぐに落ちていった。

「――三雲」

はっと目を開けると神宮寺の顔が目の前にあった。反射的に体を引くと、神宮寺は「もう着くぞ」と苦笑する。

「……私、どれくらい寝てた？」

「そんなに経ってない。十五分くらいだよ。少しは落ち着いた？」

「……うん」

十五分とは思えないくらいに熟睡していた。頭はさっきよりずっとスッキリしている。

涙は完全に引き、頬は乾いていた。その時、瑠衣は神宮寺のシャツにファンデーションとリップの跡がしっかりとついているのに気がついた。おまけに縋《すが》りついていた部分は皺《しわ》だらけである。

「シャツを汚しちゃったわね。弁償するわ」

「洗濯すれば大丈夫だろ。気にしなくていい」

それから一分も経たないうちにタクシーが停車した。瑠衣が申し出る間もなく神宮寺は素早く支払いを済ませると、二人は降車する。

「……運転手さんに恥ずかしいところ見せちゃった」

「多めに支払っといたから許してくれるだろ」

「タクシー代、返すわ」

「いらねえよ」

「でも――」

言いかけた瑠衣はぴたりと言葉を止めた。

目の前には見上げるほど高いタワーマンションが聳《そび》えていたのだ。

「三雲？」

「神宮寺、タワマンに住んでるの……？」

唖然とする瑠衣に神宮寺は「ああ」と頷くと、ためらいもなく瑠衣の手を取りマンションの中へと歩き始めた。高級ホテルを思わせるエントランスホールにはコンシェルジュデスクがあり、スーツを着た男性が神宮寺を見て「おかえりなさいませ」と恭《うやうや》しく礼をする。セキュリティーもかなり厳しくて、少なくとも神宮寺は自分の部屋に到着するまでに三回もカードキーを翳《かざ》していた。

「ここが俺の部屋」

神宮寺が玄関のドアを開くと、そこにも映画やドラマの世界でしか見たことがないような光景が広がっていた。真っ白な大理石が敷き詰められた広々とした玄関。その先には同じく大理石の廊下が続いており、両側にはいくつもの扉がある。その内装に瑠衣はただただ圧倒される。

「……神宮寺って、もしかして大企業の御曹司とか超有名配信者だったりする？」

半分本気で聞けば、神宮寺は小さく噴き出した。

「んなわけないだろ。お前と同じ会社員だよ」

「でも、このマンション……」

「趣味でやってた投資でまとまった金が入ったから、二年前に帰国ついでに買ったんだ」

帰国するからついでにタワマン購入？　わけがわからない。

「ほら、入れよ。スリッパ使うなら、これ」

「ありがとう。お邪魔します……」

恐る恐る中に入って神宮寺の後に続く。神宮寺が最初に案内したのはリビング――ではなくなぜかバスルームだった。

「泊まる準備はしてきたよな？」

戸惑いながらも頷くと神宮寺は「わかった」と言って、備え付けの戸棚からバスタオルとフェイスタオルを取り出し瑠衣に手渡した。

「ドライヤーは洗面台の引き出しに入ってる。バスルームの中にあるものは好きに使っていい。バスタブにはお湯を張っておいた。入浴剤を使うならここにあるから、好みのものがあればご自由に。以上、質問は？」

質問も何も気になることだらけだ。

「いつの間にお湯を張ってたの？」

「タクシーの中。設定しておけばアプリでできるんだよ。他には？」

「……ない、です」

あまりの用意周到ぶりに圧倒されつつ答えると、神宮寺は「なんで敬語だよ」とクスッと笑う。

「俺は夕飯の準備をしてる。出たら廊下の突きあたりの部屋に来て。そこがリビングだから。それじゃ、ごゆっくり」

「待って！」

出ていこうとする背中を瑠衣は咄嗟《とっさ》に呼び止めた。神宮寺はすぐに振り返り、不思議そうに目を瞬《またた》かせる。

「何かわからないことでもあったか？」

「そうじゃなくて、その……」

「ん？」

「……ありがとう」

上ずる声で瑠衣は言った。

「話を聞いてくれて……ありがとう」

タクシーの中で瑠衣は自分の感情を吐き出すのに必死で言えなかった。でも本当は、瑠衣を肯定してくれたことも、味方だと言ってくれたことも、胸が震えるくらい嬉しかったのだ。だがその喜びや感謝をどう伝えればいいのかわからなくて、結局瑠衣が言えたのは「ありがとう」の一言だけ。

神宮寺は一瞬驚いたように目を見開き、そしてふわりと笑った。

「どういたしまして」

陽だまりのような微笑みを残して神宮寺はバスルームを出ていった。

ドアが閉まった途端、瑠衣はその場にへなへなと座り込む。

(何よ、あれ……)

あんな顔、瑠衣は知らない。情欲に満ちた男の顔とは違う。

まるで愛しい存在を見つめるような、優しさに溢《あふ》れた顔は、何。

いったん落ち着いたからだろうか。抱きしめられた時の神宮寺の逞《たくま》しい胸、そこから伝わる胸の鼓動、そして先ほどの微笑みを思い出すと、途端にぶわっと顔が熱くなる。

心臓が激しく脈打っているのがわかる。ドクドクという音が聞こえてきそうだ。

意図せず心が揺れ動くようなこの感覚は、久しく忘れていたものだった。

自分には縁がないと思っていたからこそ恋人ではなくセフレを欲したのに、今の瑠衣は自分の中に、なくしたはずの感情が確かに残っているのを感じたのだった。


「……神宮寺？」

風呂上がり。身支度を整えた瑠衣は廊下の突きあたりのリビングルームのドアを開けて、またしても驚いた。理由は玄関を開けた時と同じ、信じられないくらいに広かったからだ。

リビングだけで優に三十畳以上あるだろうか。ピカピカに磨かれた床には一点の曇りもない。それ以外にも大きな壁掛けテレビや大人十人は座れるだろう革張りのソファなど、上品な家具の数々でコーディネートされた部屋は、とても独身男性の一人暮らしの家とは思えない。

綺麗さ、豪華さ、広さの全てが桁違いだ。

まるで高級ホテルのスイートルームのような光景に圧倒されていると、「三雲？」と声をかけられる。そちらに視線を向ければ、キッチンの奥から神宮寺が歩いてくるところだった。彼は両手に持った皿をダイニングテーブル――これも八人掛けだ――に置いてにこりと笑う。

「ゆっくりできたか？」

「え、ええ」

「ならよかった。ちょうど夕飯ができたから、こっち来て。一緒に食べよう」

「神宮寺が作ってくれたの？」

「ああ」

促《うなが》されるまま彼の方へ向かうが、その途中「ストップ」と声がかかる。

「三雲、そこで止まって。そこでそのままくるって回る」

「……意味がわからないんだけど」

戸惑いながらも言われるまま回ってみせる。すると神宮寺はなぜか満足そうに目を細めた。

「いいな、それ」

「は？」

「部屋着」

瑠衣が今着ているのは、二十代の女性に人気のあるブランドのものだ。ふわもこ素材が売りの部屋着は着心地と肌触りがとても気持ちいい。人様の家にお邪魔するということもあり一応新しいものを下ろしたが、長袖《そで》トップスと膝丈ズボンは至って一般的な部屋着である。

「そう？」

別に普通だと思うけど、と言うと、神宮寺はニヤリと笑った。

「バスローブもよかったけどそれはそれでいいな。女子っぽくてすげえ可愛い」

「……その言い方はセクハラっぽいわよ」

「うっせ」

軽口を叩き合いながら椅子に座る。テーブルの上には既に夕食が用意されていた。それに瑠衣はまたしても目を見張った。

大きな牛肉が印象的なビーフシチュー、色鮮やかな野菜が盛られたサラダ、透き通ったオニオンスープに数種類の果物が盛られたデザート。

そのいずれも美味《おい》しそうで、まるでレストランのようだ。

これらを全て、瑠衣が風呂に入っている間に準備したというのか。

彼の家に来てから今までのわずかな間に何度驚かされたか、もはや数えきれない。

「すごい……」

思わず感嘆の息が漏れる。神宮寺はなんでもないように肩をすくめた。

「見た目はこだわったけど作るのはそう難しくない。ビーフシチューは下準備して冷凍しておいたのにルーを溶かしただけだし、スープも温めただけだ。サラダも果物も適当に切って並べただけだしな」

簡単に言うが短時間でこれだけの準備をするのは相当の手間がかかっただろう。

「ほら、食べようぜ」

「え、ええ。いただきます」

瑠衣は最初にビーフシチューを一口食べる。そして、目を見開いた。

「――美味《おい》しい！　お肉、とろとろ……野菜も甘いし、すごい……」

「ならよかった」

美味《おい》しいと連発する瑠衣を見て神宮寺は目を細める。その顔は心なしか嬉しそうだ。

ビーフシチュー以外の料理も全て文句なしの美味《おい》しさだった。瑠衣もよく料理をするが、もしかしたら神宮寺の方が上手かもしれない。少なくとも盛り付けのセンスは間違いなく神宮寺に軍配が上がる。結局、瑠衣は全てをぺろりとたいらげた。

現金なものだと思う。少し前までは泣きたくなるのを必死に我慢していたのに、今は心も体もとても満たされている。そして、そうしてくれたのは間違いなく目の前の男だ。

食後、神宮寺はコーヒーを淹《い》れるために席を立つ。インスタントではなく豆から挽《ひ》いて落とすらしい。その最中、神宮寺は言った。

「三雲。明日、休もうと思えば休めるか？」

「外回りの予定は入ってないし、一日デスクワークするつもりだったから休めるけど……」

特に会議も入っていないと答えると、神宮寺は小さく頷いた。

「なら明日一日休んでくれないか」

「どうして？」

「原田さんと話してみる。このままじゃお前にとっても彼女にとってもよくないだろ」

「でも……これは私と原田さんの問題よ」

「それはわかってる。でも、一度だけ俺に任せてくれないか？　大丈夫、絶対三雲の悪いようにはしない。もちろん、セフレ云々《うんぬん》について言うつもりもない」

　自分に考えがあるのだと神宮寺は言った。悩んだ末に瑠衣はその提案を受け入れた。

「……わかったわ。でも、何を話すつもり？」

「それはまあ、色々と。心配しなくても極力穏便に済ますつもりだ。もちろん、お前がそれを望まないなら話は別だけど。どうする？　退社を考えるくらい追い詰めてみるか？」

「はあ⁉　何言ってるの、そんなの望んでないわよ！」

　突然の物騒な展開に瑠衣はぎょっとする。対する神宮寺は「なんだつまらない」と肩をすくめた。その様子にはっとする。笑っているように見えるが、もしかして――

「……怒ってる？」

「かなり」

　神宮寺は即座に肯定する。

「自覚のない無能ほど厄介なものはないからな」

「無能って……今回の件はともかく、普段の彼女の仕事は丁寧よ？」

「普段がどうであれ関係ねえよ。今回、彼女は絶対にやってはいけないことをした。なのに反省するどころか逆ギレだ。救えないだろ。これを無能以外のなんて言うんだよ」

「……それ、本人には絶対に言っちゃだめよ。間違いなく泣くから」

　それどこか立ち直れなくなる可能性すらある。彼女に対しては腹が立つし苛立ちしかないが、だからといって辞めさせたいわけではないのだ。それに、先輩としての瑠衣の対応にも問題があったのも事実だ。そう言うと神宮寺はあからさまに眉をしかめる。

「三雲は優しいな」

「神宮寺が怖いのよ……」

社内での神宮寺は基本的に笑顔を絶やさない。そんな彼の非情な一面を覗いてしまった気がする。

その後、意外な一面を見せた神宮寺は淹《い》れたてのコーヒーを振る舞ってくれた。

豆の香ばしい香りや、ほどよい苦味と酸味がたまらなく美味《おい》しい。

「神宮寺にも苦手なものってあるの？」

コーヒーを飲みながら瑠衣は何気なく聞いた。

「なんだよ唐突に」

「だって、その見た目に全国一位の営業成績。その上タワマンに住んでて料理上手でしょ？　完璧すぎて、苦手なものなんて何もなさそう」

そう真面目に答えると、神宮寺は苦笑する。

「苦手なものはないけど、コンプレックスを感じることはあるよ」

「コンプレックス？　神宮寺が？　……意外ね」

瑠衣はそれ以上は何も言わない。これに神宮寺は不思議そうに目を瞬《またた》かせた。

「何に対してのコンプレックスかは聞かないのか？」

「聞いてほしいの？」

「そういうわけじゃないが……」

誰にだって話したくないことの一つや二つある。瑠衣にとっては高校の卒業式がそれに当たる。神宮寺にも聞かれたくない何かがあるのなら、あえてそれを知りたいとは思わない。

「話したいなら別だけど、そうじゃないなら聞かないわ。そういうのって無理やり聞き出すものじゃないと思うし」

きっぱり言い切った、その時だった。

「――やっぱり、いいな」

神宮寺は瑠衣をじっと見たままふわりと笑う。

「俺、お前のそういうところすごく好き」

また、だ。先ほど見せたお日さまのような温かくて優しい微笑みに目を奪われる。同時にドクッと胸が高鳴って、瑠衣は咄嗟《とっさ》に目を逸らした。

――落ち着け。

今の会話も「好き」という言葉にも深い意味はない。だから動揺する必要はないのだ。そう頭ではわかっていても、動揺を抑えきれない。

「三雲？」

「っ……なんでもない。ごちそうさま、本当に美味《おい》しかったわ。お皿、私が洗うわね」

あからさまに目を逸らしたら不審に思われてしまう。瑠衣は神宮寺の唇の辺りを見ながら立ち上がり、皿を下げようと手を伸ばす。だが神宮寺は「そのままでいい」とそっとそれを制した。

「俺がやるから」

「でも――」

「いいから。お前は寝室に行ってろ。バスルームの向かい側の部屋がそうだ。片付けが済んだら俺も行く」

神宮寺は手早く皿を片付け始める。瑠衣は改めて礼を言うと部屋を後にした。

バスルームの洗面台で歯磨きを済ませた後は、神宮寺に言われた寝室に向かう。

十畳ほどの寝室は中央にキングサイズのベッドがあるだけのシンプルな部屋だった。しかし、だからこそ余計にこの先のことを意識してしまう。

俺も行く、と言われた時、肌がざわりと粟立《あわだ》つような感覚がした。神宮寺の声色が変わったような気がしたのだ。

今宵、神宮寺は瑠衣を抱くのだろう。

初めて神宮寺と体を重ねた日。瑠衣はシャワーを浴びる神宮寺が来るのをドキドキしながら待っていた。でも今の緊張はそれ以上だ。あの時は神宮寺がどんな風に瑠衣を抱くのか興味があった。しかし、瑠衣は既に知っている。目、耳、肌――五感で覚えている。

性欲解消のためだけの関係のはずだった。密接に関わるのはベッドの中だけで、一度服を纏《まと》えばただの同期に戻る。そこに惚れた腫《は》れたもなければ色っぽさの欠片《かけら》もない、割り切った関係になるのだと思っていた。

（……そのはずだったのに）

今、こうして神宮寺の訪れを待つ自分は、少なくとも割り切れてなんていない。その証拠に、これから彼に触れられるのだと思うと、どうしようもなく胸がドキドキするのだ。

自分を抱く時の神宮寺の熱を孕《はら》んだ眼差し、とろけるように甘い声色、全てを暴くような激しさ――それらはどうしようもなく瑠衣を翻弄《ほんろう》する。同時に、言い表しようのないほどの安心感を与えてくれた。

今の瑠衣は、神宮寺の存在に居心地のよさを感じている。彼と一緒にいると、体だけではなく心まで満たされるような気がするのだ。

「待たせたな」

「っ……」

艶《つや》のある声にはっと顔を上げると、ドアを開けた神宮寺と目が合った。

彼もお風呂に入ったのだろう。上下スウェット姿の彼は、ベッドの隅にちょこんと座る瑠衣を見るなり苦笑する。

「そんなところで何小さくなってんだよ」

「だって……」

「遠慮なんてしなくていいから横になれって。――電気、消すぞ」

神宮寺はリモコンでライトを消すとベッドにやってきて瑠衣をひょいと抱き上げた。

「きゃっ！」

「寝ろって。座ったまま寝る気か？」

神宮寺は瑠衣を横たえると自らも横になる。そうして瑠衣をそっと正面から抱きしめた。彼は左手で腕枕をして、右手を瑠衣の腰に回して密着する。だが、それ以上は何もしてこない。

「神宮寺」

「ん？」

「その……しない、の？」

緊張しつつも質問すると、神宮寺はなぜか小さく笑う。

「したいかしたくないかで言えば、そりゃしたいさ。でも、今日はしない」

「じゃあ、どうして今日私を誘ったの？」

「お前が疲れてそうだったから」

「……え？」

「お前、自分が疲れた顔をしてるって気づいてないだろ。会社にいた時よりはマシな顔色になったけど、もっときちんと休んだ方がいい。その様子じゃどうせ昨日もろくに寝てないんだろ？」

じゃあ、瑠衣を誘ったのも、食事を作ってくれたのも全部。

（セックスのためじゃなくて、私のため……？）

思いがけない事実に言葉が出ない。そんな瑠衣の背中を手のひらでゆっくり撫でながら、神宮寺は言った。

「必要以上に思い悩む時は疲れている時だ。ゆっくり風呂に浸《つ》かって、腹いっぱい飯を食べて、しっかり寝れば大抵の悩みは解消するもんだ。だから今日くらいは何も気にしないで思う存分休めばいい」

「…………」

「三雲？」

「……なんでも、ないわ」

――嘘だ。

本当は泣きそうだった。悔しかったり、悲しいからではない。神宮寺の優しさが嬉しすぎて涙が出そうだった。でもそれを知られたくなくて、瑠衣はそっと逞《たくま》しい胸に顔を埋《うず》めた。

「神宮寺」

「ん？」

「ありがとう」

「さっきも聞いたよ」

神宮寺は小さく笑い、瑠衣の頭を撫でる。その手つきも優しくて、心が解けていくような感覚がする。心地よい微睡《まどろ》みに包まれながら、瑠衣は瞼《まぶた》を閉じる。

「おやすみ、瑠衣」

柔らかな声に誘われるように睡魔が押し寄せる。その最中、神宮寺が何か言ったような気がしたけれど、残念ながらその頃には瑠衣の意識は落ちていた。

翌朝、瑠衣が目覚めると隣に神宮寺の姿はなかった。

彼がいた場所は既に冷たくなっていて、部屋から出ていったばかりというわけではなさそうだ。

それを少しだけ寂しく思う自分に戸惑いながらも瑠衣は寝室を出てリビングへ向かう。しかしそこにも彼はいなくて、代わりにダイニングテーブルには綺麗に皿に盛られたサンドイッチと置き手紙、そしてカードキーが置いてあった。

『よく寝てたから起こさなかった。朝食、適当に作ったからよかったらどうぞ。家の中のものはなんでも好きに使っていい。玄関はオートロックだけど、帰る時にエレベーターで鍵が必要だからこのカードキーを使って。スペアキーだから次に会った時に返してくれればいい』

普段はメールやチャットのやりとりがほとんどだからか、手書きなのが新鮮だった。綺麗な文字で書かれたメッセージは簡潔ながらも気遣いに満ちていて、朝から温かな気持ちになる。

ちらりと室内を見渡せば、ソファの上には昨日着ていた服が丁寧に畳まれていた。

「気が利きすぎよ……」

それは呆れではなく、むしろ嬉しさから漏れた言葉だった。

カードキーなんて大切なものを置いていくのも信頼されているようでくすぐったい。

着替えを終えた瑠衣は、サンドイッチをいただくことにする。誰かが自分のために作ってくれた朝食なんて家族以外では初めてだ。それは昨夜の夕食同様文句なしに美味《おい》しくて、心もお腹も満たされるのを感じる。

『ゆっくり風呂に浸《つ》かって、腹いっぱい飯を食べて、しっかり寝れば大抵の悩みは解消するもんだ』

あの言葉は本当だった。その証拠に今の自分はとてもすっきりしている。

それは気持ちだけではなく見た目にも表れていた。

顔を洗うために洗面所に移動した瑠衣は、鏡を見てはっとする。目元の隈《くま》がすっかり消えていたのだ。肌も艶々《つやつや》しているし、昨日の朝、顔色の悪さを化粧で必死にごまかしたのが嘘のようだ。

気持ちも見た目もたった一晩でこんなにも変わるなんて――

昨夜の神宮寺の行動を思い出す。体だけの関係と割り切ることができないくらい、彼の行動は優しさと労《いたわ》りに満ちていた。瑠衣が何を言っても神宮寺は否定しなかった。全てを受け止めて、肯定してくれた。「味方」と言ってくれた。

それがどんなに嬉しかったか……心が震える出来事だったか彼はきっと知らないだろう。

昨日、神宮寺は瑠衣に失いかけていた自信を取り戻させてくれた。

今日、神宮寺は原田と話をするという。それがどんな内容かはわからないが、あの男のことだ。下手なことはしないだろう。それでも全て彼に任せて何事もなかったかのように済ますのは違う。

――私は私で、もう一度原田さんと腹を割って話してみる。

この間のように感情に任せて言い負かすのではなく、冷静に話し合うのだ。

そう心に決めて出勤した翌日。意外な出来事が瑠衣を待っていた。


「――先日は大変申し訳ありませんでした」

仕事を休んで出勤した日の朝。原田は瑠衣を見るなり別室に呼び出すと開口一番謝罪してきたのだ。しかも深く腰を折っての謝罪だ。これにはさすがに面食らった。

自分のいない一日の間にいったい何があったのだ。神宮寺が関わっているのは確かだが、確認しようにも彼は今日から福岡出張。週末をはさんでの出張だから、戻ってくるのは来週である。

「……三雲さん？」

原田が初めて見せる殊勝《しゅしょう》な態度に戸惑っていると、彼女は胡乱《うろん》げに顔を上げる。

「聞いているのか」とでも言いたげな視線からは彼女本来の太々《ふてぶて》しさが見て取れて、少しだけほっとする自分が不思議だった。

「とにかく、今回のことは全て私が悪かったです。先ほど部長にも本当のことを話してしっかり叱られてきました。三雲さんにも関口様にもご迷惑をおかけして申し訳ありません。以後、このようなことがないように気をつけます」

流れるような謝罪だが言わされている感はなくて、彼女自身の言葉だとわかる。だからこそ不思議でたまらない。

「どういう心境の変化？」

「……別に、悪いと思ったから謝っただけです。なんです、私が謝罪したらおかしいですか？」

「まあ、それはそうよね」

「はあ⁉」

「だっておかしいでしょ。二日前まで私のことを『大っ嫌い！』なんて言ってた子が急に謝ってきたら驚くわよ、普通」

逆の立場ならどう？　と問い返せば原田は「確かにそうですけど」と気まずそうに答えた後、口を開いた。

「私、人の男には興味がないんです」

思わぬ話の展開に呆気に取られる瑠衣をよそに、原田はどこか悔しそうに話を続けた。

「神宮寺さんが好きだったのは本当ですが、それは彼がフリーだと思っていたからです。でも三雲さんと付き合っているなら話は別です」

「……は？」

「いいですよ、隠さなくて。お二人については昨日散々――それこそ嫌というほど神宮寺さんから聞きましたから。神宮寺さんから三雲さんにアプローチしたことも、会社で秘密にしてるのは神宮寺さんがそう望んだことも、全部」

「…………」

――付き合ってる？

（誰と、誰が？）

いったい何がどうなってそんな話になっているのか。

ぽかんとする瑠衣に原田は昨日の神宮寺とのやりとりを伝えてくる。

昨日、神宮寺は原田を食事に誘った。初めての彼からの誘いに期待に胸を膨らませた原田は、告白するつもりで喜んでその誘いを受けた。だが期待はすぐに落胆に変わったそうだ。

「料理が来た途端、『三雲と付き合ってる』って言われたんです」

「は……？」

「それから一時間、ずーっと三雲さんの惚気話《のろけ》を聞かされました。三雲さんのこんなところが好きだ、可愛いってそればっかり！　ほんと、告白する前でよかったです。知らずに言ってたら赤っ恥もいいところですもん」

瑠衣と付き合っている云々《うんぬん》はもちろんだが、他にも気になることがある。

「あれで告白してないつもりだったの……？」

「してないですよ。アピールしてただけです」

原田はあっさり答える。次いで彼女は続けた。なんでも神宮寺は原田が引くほどの勢いで盛大に惚気《のろけ》た後、最後に見積書の件についても釘を刺したという。

『故意に取引先に迷惑をかけるなんて、自分で無能だと言っているようなものだ。少なくとも俺はそんな人間と一緒に働きたいとは思わない』

『君の個人的な感情で三雲を困らせるな』

「――その時の神宮寺さん、顔は笑ってるのに目は全然笑ってなくてめちゃくちゃ怖かったです。あんな神宮寺さんを見るのは初めてでした。三雲さん、愛されてますね」

好きな男には彼女がいて、しかもドン引きレベルで溺愛《できあい》している。その上「無能」扱いされたとあって神宮寺への熱は一気に冷めたのだと原田はきっぱり言った。同時に自分の視野がいかに狭くなっていたのかにようやく気づいたのだとか。

「とにかく、このたびは本当にご迷惑をおかけしました。心を入れ替えて頑張りますので、引き続きご指導をよろしくお願いいたします！」

原田は今一度深く頭を下げる。彼女の話に呆気に取られていた瑠衣だがその姿にはっと我に返った。思いがけないことを聞いたばかりで混乱していたがそれは後でいい。

瑠衣は深く深呼吸をして心を落ち着かせると、原田と向き合った。

「原田さん、頭を上げて」

「………」

「あなたの気持ちはわかったわ」

急な手のひら返しに面食らったのは事実だが、彼女が反省しているのは言葉や態度の端々から十分伝わってきた。ならばこれ以上の追及は不要だろう。

だからこれで今回の出来事についてはおしまいにしようと思ったのだが、原田の方は違ったらしい。彼女は呆気に取られたようにぽかんと瑠衣を見つめた。

「……それだけですか？」

「『それだけ』って？」

「私、一発殴られることも覚悟してたんですけど」

「はあ!?　そんなことしないわよ！」

思いもよらない言葉にぎょっとする。

人のことをなんだと思っているのか。確かに給湯室で話を聞いた時は引っ叩《ぱた》いてやりたいくらい頭にきていたが、会社で暴力沙汰を起こすようなことはしない。しかし原田はそうは思っていなかったようだ。彼女は「だって！」と動揺も露《あら》わに瑠衣を見返した。

「あの時ものすごい剣幕だったじゃないですか！」

「当然じゃない。あそこでヘラヘラ笑って流す方がおかしいわ」

「……それは、そうですけど」

「ていうか原田さん、性格違わない？　いつもの無駄に間延びした話し方はどうしたのよ」

「こっちが素です。それに間延びした声じゃなくて甘えた声って言ってください。いつもは猫被ってるんですよ。その方が可愛いでしょ？　男の人もそうした方が喜ぶし、優しくしてくれますもん」

「それ、私に『女を使って仕事を取ってる』って言ったあなたが言う？」

「あ……」

指摘されて口が滑ったことに気づいたのか、原田ははっと口をつぐむ。

迂闊《うかつ》なその姿に瑠衣は思わず苦笑した。今日の原田は別人のようだ。だが少なくとも瑠衣にとってはあけすけな態度の今の彼女の方がよほど好ましく感じた。

「とにかくこの話はもうおしまい。──これからもよろしくね」

謝罪はもう不要だという瑠衣の思いは伝わったらしい。彼女はほっとした様子で「はい」と小さく頷いたのだった。


その晩、瑠衣は帰宅するなり電話をかけた。

相手はもちろん神宮寺で、昼間のことを聞くためだ。しかしタイミングが合わなかったのか彼が出ることはなく、瑠衣は仕方なく今日の追及は諦めることにする。だが夕食の時も、シャワーを浴びている時も気づけば神宮寺を――彼のついた嘘について考えていた。

彼はなぜ付き合っているなどと言ったのだろう。

その上、原田に対して聞かれてもいないのに盛大に惚気《のろけ》るなんてまるで意味がわからない。気になることは他にもあった。

原田のあの言葉だ。

(愛されてる、なんて……)

『あんな神宮寺さんを見るのは初めてですもん。三雲さん、愛されてますね』

原田にそう言われた時、少なからず瑠衣は動揺した。

その理由について思考が向かいかけた時、スマホが振動した。

ディスプレイに表示された名前は――神宮寺竜樹。

「も、もしもし?」

今まさに頭に描いていた人物からの電話に、声を上ずらせながらも出る。するとすぐに『俺だけど』と耳慣れた声が返ってきた。

『さっきは電話に出られなくて悪かったな』

その声はとても小さく、反面奥は酷く賑《にぎ》やかだ。

「大丈夫。それより……今、外?」

『ああ。福岡支社の後輩と飲んでるところ』

現在時刻は午後八時を過ぎたばかり。この時間帯なら出張先のホテルに戻っているだろうと踏んだのだが、どうやら読みは外れたらしい。

「そう。なら後でまたかけ直すわ」

原田から聞いたことについて問いただそうと思ったが、せっかくの飲み会を邪魔するつもりはない。瑠衣は「またね」と通話を切ろうとするが、寸でのところで『待て！』と大きな声が返ってきた。慌てて再びスマホを耳に当てると『切らなくていい』と返ってくる。

『何か話があるんだろ？ 今外に出るから、ちょっと待って』

「いいわよ、飲み会の最中なんでしょ？」

『少しくらい外しても問題ねえよ。それにむさっくるしい後輩よりも三雲と話してた方が楽しいからな』

さすがは社内きっての人気者。さらりと人の心をくすぐることを言う男だ。

「そ……んなこと言ったらそこにいる後輩たちに失礼でしょ」

声が上ずりそうになるのをなんとか堪《こら》える。幸いにも神宮寺に気づいた様子はなく、彼が『別にいいんだよ』と小さく笑った時だった。

『神宮寺さん、もしかして彼女からですか』

『え、三雲ってあの三雲瑠衣さん？ 付き合ってるんですか!?』

――等々、電話の奥から立て続けに聞こえてきたのだ。

どうやら随分と盛り上がっているらしい。電話越しにもうるさいくらいの賑《にぎ》やかさだ。しかもそのほとんどが瑠衣と神宮寺の関係を冷やかすものなのだからたまらない。

（でも、福岡支社にも私のことを知ってる人がいるのね）

そんなことを考えながら、「神宮寺はどう否定するのだろう」とのんびり構えながらソファに座ろうとした、その時。

『羨《うらや》ましいか？　そのまさかだよ』

思わず瑠衣は足を滑らせた。その勢いでソファの背もたれに勢いよく頭をぶつけてしまう。だが今は痛みを感じるどころではない。

神宮寺は否定するどころかむしろ肯定した。しかも、声だけでわかるくらいに得意げに。

「は……？」

一瞬、頭が真っ白になる。そんな瑠衣を現実に引き戻したのは、先ほどよりいっそう賑《にぎ》やかになった酔っ払いたちの声だった。『嘘だ！』『マジすか⁉』『いつからですか！』『羨《うらや》ましい！』等々色々な声が聞こえてくる。

「神宮寺、早く冗談だって――」

『いいだろ？　お前らにはやらねえよ』

言わなきゃ、と言うより先に聞こえてきたのは挑発的な神宮寺の声だった。直後ひゅう！　とお祭り騒ぎのような歓声が瑠衣の鼓膜を震わせる。

「うるさっ……ちょっと、神宮寺⁉」

そのやりとりと盛り上がりように慌てて彼を呼べば、すぐに「聞こえてる」と苦笑混じりに返ってくる。

『騒がしくて悪いな、連中すっかり出来上がってて。今外に出たところだ。それでどうした？　三雲から俺に電話なんて珍しいな』

「どうした、はこっちのセリフよ！　早く後輩のところに戻って訂正しないと！」

『必要ない』

きっぱり言い切られてぽかんとする。

「なんで……？」

本気で言っているのか、ふざけているのか。電話ではそれさえもわからない。そうだ。そもそも原田に対してもだ。なぜあんな嘘をついたのか、瑠衣はその話がしたくて電話をしたのだった。

「原田さんにも付き合ってるって言ったんでしょ？　その上惚気《のろけ》たとか、何考えてるのよ」

だから瑠衣はストレートに原田から聞いた話を伝えたのだが、またしても意外な答えが返ってくる。

『原田さんのお前に対する態度のほとんどは俺が原因だろ？　なら手っ取り早く嫌われてしまえばいい』

そのためには、付き合っていることにするのが一番いいと思ったのだと神宮寺は言った。

『だからいかに俺がお前を好きか、必死に口説き落としたかを延々と一時間以上話して聞かせた。好意を寄せている男が自分以外の女を褒《ほ》めちぎったら普通いい気分はしない。というか白けて気持ちも冷めるだろ。実際に彼女、ドン引きしてたからな』

神宮寺から言い寄った体《てい》にしたのは、その方が丸く収まると思ったからだという。

『それにこの先、会社の連中に俺たちが一緒にいるのを見られた時、付き合ってることにしておいた方が色々と都合もいいだろ？　知られたところでからかってくるような幼稚な奴はうちの部署にもいないだろうし、特に問題はないと思った』

神宮寺は理路整然と説明する。

――なるほど。理由はわかった。

確かに彼の言う通りだとも思う、でも。

「それじゃあまるでピエロじゃない……」

『ピエロ？』

「わざと嘘をついて、嫌われて」

『ああ、だからピエロか。面白いこと言うな』

全然面白くない。だが神宮寺には違ったのか彼は楽しそうにケラケラ笑っている。いくらなんでも笑いの沸点が低すぎではないのか。というか、もしかしてこれは――

「……酔ってる？」

だがすぐに『酔ってない』と否定される。

『前に言っただろ？　ザルだって』

「だって、なんだかすごく嬉しそう。そんなに楽しい飲み会なの？」

『飲み会自体は別にそうでもねえよ。でも、嬉しいのは事実』

「楽しくないのに嬉しいの？」

矛盾している。やはりこの男は酔っているのでは、と思った時だった。

『三雲の声が聞けたんだ、嬉しいに決まってるよ』

「――っ！」

『……三雲？』

「な、なんでもない！」

――なんてことを言うのだ、この男は。

一瞬にして跳ね上がった心臓の音がうるさくてたまらない。胸は痛いし、一気に顔は熱くなるしでこれではまるで瑠衣の方が酔っているようだ。

『もしかして照れてるのか？　かーわい』

「違うわよ！」

間髪《かんはつ》を容《い》れずに否定するが、神宮寺は再び『可愛いなあ』と繰り返す。その声はやけに甘ったるくて、背筋がゾクッとする。ただ電話をしているだけなのにこんなのおかしい。瑠衣はなんとか落ち着こうと無理やり話題を変えた。

「原田さんの件はわかったわ。おかげで彼女とも腹を割って話せたし、それについては感謝してる。でも後輩にまで嘘つく必要はないじゃない」

『ばーか。むしろそっちの方が重要なんだよ』

「どういうことよ」

『ん？　虫除け』

「……は？」

『自覚がないようだから教えてやる。お前、福岡支社でかなりの有名人』

「どうして？　私、福岡支社に知り合いなんていないけど」

『三雲、たまに会社説明会とかOB、OG会とかに駆り出されてるだろ？　他にも社内報にも時々載ってるし、その時に見かけた奴の間で話題になってるんだよ。というか、福岡支社に限らず他の支社でも有名らしいぞ。しかも年下の男連中に異様にモテてる。「Sっぽいところがたまらない」とか「調教されたい」とかなんとか』

これには驚きを通り越して呆れてしまう。

「調教って、そんな趣味ないわよ……」

きつい顔立ちをしている自覚はあるが、SMクラブの女王様になった覚えはない。これに神宮寺は『知ってる』と可笑《おか》しそうに答えた。

『三雲は攻めるより、攻められる方が好きだもんな。実際、俺に攻められて喜んでたし』

「なっ……に馬鹿なこと言ってんのよ！」

『事実だろ？』

一切悪びれる様子もない返事に今度こそ何も言えなくなる。

（なんなのよ……）

酔っていないなんて嘘だ。絶対に酔っているに決まってる。そうでなければこんなのおかしい。

こんな……情事を思い起こさせるような甘い声をしているなんて。

まるで、心底瑠衣の声を聞けて喜んでいるようだなんて。

『——とにかく。三雲も出張で福岡支所に行くこともあるかもしれないだろ？　だから牽制《けんせい》しておいたんだよ。お前に余計な虫なんてついたら許せない。俺たちがどんな関係だとしても、今、お前に触れていいのは俺だけなんだから』

今、瑠衣と神宮寺を繋いでいるのはスマホだけ。彼が今どんな顔をしているのか瑠衣には見えない。それでもわかる。今の神宮寺が「男」の空気を纏《まと》っていると。

なぜなら瑠衣を激しく、そしてとろけるように甘く抱いた時と同じ声をしているから。

『そうだろう、瑠衣』

「あ……」

同意を促《うなが》す声に頷くことができなかったのは、圧倒されたからだ。彼の声が放つ熱量に喉の奥が詰まったような感覚がして声が出ない。そんな瑠衣に重ねて神宮寺は言った。

『今、すごくお前に会いたい』

——ああ、もう。

本当にこの男はずるい。

いつだって余裕に満ちていて、何かと瑠衣をからかってくる自信家な男。けれど今の瑠衣は、彼がそれだけではないと知っている。神宮寺は、時に瑠衣が戸惑うほどに優しくて、心配りができて、そしてとびきり優しい。

それに、良くも悪くも彼はいつだってまっすぐだ。

ためらいなく言われた『会いたい』という言葉。それを聞いて真っ先に感じたのは、喜びだった。彼が自分に会いたがっている、たったそれだけのことにどうしようもなく胸が疼《うず》いた。同時に喉元まで出かかったのは「私も」という言葉。

しかし一瞬頭によぎった言葉は口にはできなかった。代わりに瑠衣は切り出した。

「出張から戻る日の夜、神宮寺の家に行ってもいい？」

電話越しに神宮寺が息を呑むのがわかる。

「そのっ……カードキー、返したいから」

畳み掛けるように瑠衣は重ねて口を開く。無理やりこじつけた理由だと神宮寺もわかっているだろう。でも今の自分にはこれが精一杯だった。そしてそんな瑠衣のずるさを神宮寺は受け止めてくれる。

『わかった』

先ほどまでの饒舌《じょうぜつ》ぶりが嘘のような短い答え。でも、それだけで十分だった。

「それじゃあ、またね」

『ああ。……瑠衣』

「な、何？」

『――次は、抱く』

「っ……！」

『それじゃあ、おやすみ』

ぷつり、と電話が切れる。電話口から無機質な機械音が流れて完全に神宮寺の気配がなくなった途端、瑠衣はソファのクッションに突っ伏した。そのまま顔を埋《うず》めて、強くぎゅっと握る。

恋とか愛とかめんどくさい。ずっとそう思っていたのは事実だ。今も多分、根本的な部分ではその考えは変わっていない。それでも。

――ああ。

どうしようもなく、神宮寺に会いたい。


寝て起きて仕事に行って帰宅する。日々の生活を送っていればあっという間に過ぎてしまうその期間。それをこんなにも長く感じたのは多分、生まれて初めてかもしれない。

あと三日、二日、明日……。夜ベッドに入るたびにその日を待ち侘《わ》びて眠りにつく。

遠足前の小学生だってこんなにそわそわしないだろう。それくらい今の瑠衣は浮《うわ》ついている。でもそれは一人の時だけで仕事には影響していない――はずだったのに。

「神宮寺さんが福岡から戻るのって今日ですよね？」

昼休み。社食で昼食を食べている瑠衣の対面にトレイが置かれる。顔を上げるとどこか楽しそうな顔の原田がいた。

「なら今夜はデートですか？」

「原田さん」

「いいなあ。私もデートしたーい」

舌ったらずな甘えるような声は耳慣れたものだ。もっとも、それが瑠衣に向けられたのはこれが初めてのような気がする。

「……からかわないで。というかその話し方は何よ。私相手に猫を被ってどうすんの」

「可愛いでしょ？」

「はいはい、可愛い可愛い」

適当にあしらえば原田は「ひどーい」と言って食べ始める。その姿は気まぐれな猫のようだ。

本音をぶつけ合った日を境に、原田の態度は目に見えて変わった。これまでの瑠衣に対する太々《ふてぶて》しい態度が嘘みたいに笑顔を見せるようになったのだ。

今では彼女の方から話しかけてきたり、軽口を言ってくることもある。昨日の敵は今日の友とでもいう変貌ぶりに瑠衣の方が戸惑うくらいだ。

「神宮寺さんが帰ってくるのがそんなに嬉しいですか？」

「けほっ……な、何言ってるの？」

お茶を飲んでいた瑠衣はたまらずむせる。

「だって最近の三雲さん、ずーっとそわそわしてたじゃないですか」

「…………」

「あっ、気づいてるのは私だけだと思うから大丈夫ですよ。でも、恋人に会えなくて寂しがるなんて、三雲さんにも可愛いところあるんですね。仕事のことしか頭にないと思ってたから意外」

「可愛いって……は……？」

「神宮寺さんは『頼み込んで付き合ってもらった』なんて言ってたけど、案外三雲さんもベタ惚れじゃないですか。仲がいいのはいいですけど会社でいちゃついたりしないでくださいよ」

言いたいことは言ったとばかりに原田はにっこり微笑むと、唖然とする瑠衣をよそに食事を再開したのだった。


「はあ……」

その夜、会社を後にした瑠衣は帰路の電車に揺られながら小さくため息をつく。

――まさか原田に気づかれていたなんて。

神宮寺との電話以降、心が浮ついていた自覚はあるが、誰にも気づかれていないと思っていた。

それにもかかわらず彼女に指摘されるなんて恥ずかしすぎる。

でも、原田も原田だ。

あの物言いだと、ずっと観察されていたことになる。今日の昼休み以降も、瑠衣と目が合うたびになんとも言えない温かな眼差しを向けてきたのだ。それがどうにも居たたまれなくて、午後の仕事がやりにくくて仕方なかった。

（それに『ベタ惚れ』って何よ）

さすがにそう言われるようなだらしない顔をしていた覚えはない。先日の「愛される」発言といい、原田には随分と分厚い恋愛フィルターがかかっているに違いない。

（でも……）

神宮寺が帰ってくるのが嬉しいのは本当だ。

その証拠に瑠衣は足取りも軽く彼の家へと向かう。

神宮寺からメッセージが来ているのに気づいたのは、マンションの最寄駅の改札を出たところだった。なんでも電車の遅延により到着が予定より二時間ほど遅れるという。『夕飯は一緒に取れそうにないから先に適当に済ませておいてほしい。家で待っていてくれていいから……』という内容に瑠衣は「わかったわ」と短く返信する。

「二時間、か」

現在午後七時前だから帰ってくるのは九時頃になるだろう。結局、瑠衣は駅近くのカフェで簡単に夕飯を済ませてからマンションに向かった。

「お邪魔します」

先日借りたカードキーを使用して彼の部屋に入ると、前回と同様圧倒的な空間が瑠衣を出迎えた。

少し悩んだ末にソファに座って家の主の帰りを待つことにする——が。

（落ち着かない……）

瑠衣が一人で待つにはこの部屋はあまりに広すぎるのだ。予定まであと一時間。ここまでの時間を思えばあっという間のはずなのに、とても長く感じてしまう。

神宮寺は知らないだろう。

瑠衣がこんなにも会いたがっているなんて。

「……する、のよね」

次は抱くと神宮寺は言った。あの言葉を聞いた瞬間、瑠衣の中の女は確かに喜んだ。

セフレを欲した理由の一つに性欲の解消があったのは確かだが、それ以上に人肌恋しい気持ちの方が大きかった。

でも、今は違う。その証拠にこの瞬間の自分はこんなにも神宮寺を欲している。

彼に触れたい、触れてほしい。キスしたい、キスしてほしい。一つになりたい。

――そんなことばかり考えている。

以前の瑠衣にとって、セックスとは恋人間における義務的な行為でしかなかった。気持ちがいいのは男性側ばかりで、相手が達したらそれで終わり。瑠衣の方は不完全燃焼だった。

でも、神宮寺が相手だと違う。彼は独りよがりのセックスをしない。口では意地悪なことを言いながらも、瑠衣に触れる手はいつだって優しさと労《いたわ》りに満ちていた。

瑠衣の体は彼に触れられた先から熱を持って、その熱さに呑み込まれ自分が自分でなくなってしまいそうな感覚を味わわされる。

そして彼の帰りを待つ瑠衣は、早くそうなりたいと思っている。

それは相手が他の誰でもない、神宮寺だから。

（……もう少し）

お洒落な壁掛け時計に視線を向ける。ソファに座ってからもう何度見ただろう。自分でも落ち着きがなさすぎるとわかっているが、確認せずにはいられなかった。

その後も無意味にスマホでネットサーフィンをして、なんとなく化粧を直して……そんな風になんとか時間を潰していた時、インターホンの音がリビングに響いた。

不意打ちを食らった瑠衣はビクッと肩をすくめた後、慌てて壁付のディスプレイを覗き込む。そこに映っていたのは、自分が待ち望んでいた人物だった。でも、鍵を持っているはずの神宮寺がなぜインターホンなんて押すのだろう。

「もしもし?」

戸惑いながらも応答すると、画面の中の神宮寺がニコッと笑う。

『よお。今そっちに行く』

「わかったわ。でも、どうしてわざわざ?」

『急に鍵を開けたらびっくりするだろ』

彼は小さく肩をすくめると通信を切った。

家主なのだからまっすぐ帰宅すればいいのに、本当に細かいところまで気がつく男だ。

瑠衣は玄関へと急ぐ。自分の住む1LDKの部屋なら玄関まで十歩もないのに、さすがは高級タワマン。大理石の廊下は走れるほどの距離があるのだから恐れ入る。

(化粧はさっき直したし、服も別に変じゃない……わよね)

そわそわしながらそんなことを考えてしまう。

彼と最後に会った時、瑠衣はお世辞にも「綺麗」ではなかった。泣き腫《は》らした瞼《まぶた》も、寝不足で疲れきった顔もボロボロだったと思う。だからだろうか。今は疲れてよれた顔は見せたくない。最大限綺麗な自分を見せたいと、そう思ってしまった。

それからほどなくしてピピッと解錠の音がする。ドアが開いて現れた男は、玄関で待つ瑠衣を見るなり驚いたような顔をした。だがそれはすぐに柔らかな微笑みに変わる。

「まさか出迎えてくれるとは思わなかった」

少しの乱れもないスーツを纏《まと》い、出張用のキャリーケースを握る神宮寺はとても出張帰りには見えないほど爽《さわ》やかだ。その姿になぜか瑠衣の胸がとくんと跳ねる。

「待たせて悪かったな。飯は食べた？」

「あ……うん。神宮寺は？」

「新幹線の中で適当に済ませた」

「そ、そう」

「下のコンビニで酒を買ってきたから一緒に飲もうぜ」

「いいわね」

それきり妙な間が生まれる。何を食べたのとか、出張はどうだったのとか、話題なんてたくさんあるはずなのに会話が続かない。そんな瑠衣に聡《さと》いこの男が気づかぬはずがなかった。

「……何かあったのか？」

「え!?」

「表情が硬い。原田さんがまたやらかしたとか？」

「ちがっ、それは本当にもう大丈夫！　ただ神宮寺に会うのが久しぶりだと思っただけで……」

「久しぶりって、一週間なのに？」

慌てて否定すると神宮寺は不思議そうに目を瞬《またた》かせる。最もなその返しにはっとした。

「そ、それもそうね」

反芻《はんすう》しながら、瑠衣はようやく落ち着きを取り戻す。

（……何してるのよ、私は）

後輩に指摘されるほど浮ついて、化粧や服を気にして。神宮寺は普段通りなのに、自分一人が過度に意識しているようで無性に恥ずかしい。

「三雲？」

「なんでもないわ」

これ以上の醜態《しゅうたい》は晒《さら》すまいと、瑠衣は神宮寺をまっすぐ見て微笑んだ。

「おかえりなさい」

「は……？」

「出張、疲れたわよね。私のことは気にしないでいいから、お風呂にでもゆっくり入れば？　冷蔵庫を開けていいならそのお酒、冷やしておくけど——って、どうしたの？」

瑠衣のことは気にせず着替えなり風呂なり好きにしてもらって構わない。そう伝えると、神宮寺はなぜか片手で自らの顔を覆《おお》って天井《てんじょう》を仰いだのだ。

「あー……やばい」

「やばいって、大丈夫？」

「いや、無理」

神宮寺は「はあ」と深くため息をつくと、顔から手を離す。そして、じっと瑠衣を見据えた。先ほどとは打って変わって真剣な眼差しに、本能的に瑠衣の背筋はピンと伸びる。

(怒ってる……?)

だが機嫌を損ねるようなことは言っていない。となると、そう見えないだけで実はすごく疲れていたのだろうか。

「神宮――」

「三雲」

瑠衣を遮《さえぎ》り神宮寺は言った。

「悪いけど、限界」

「は……? って、ちょっ……!?」

言葉の意味を理解する間もなく瑠衣の体は宙に浮いた。神宮寺に抱き上げられたのだ。

彼は革靴を脱ぎ捨て瑠衣を横抱きにして歩き出す。そして寝室のドアを開けるとベッドに瑠衣を横たえた。突然すぎる行動に呆気に取られる瑠衣の上で神宮寺は荒々しく上着を投げ捨てる。次いでネクタイを引き抜き、上のボタンを外して喉元を緩ませた。

そうして露《あら》わになった喉仏に――自分を見下ろす熱い眼差しに、ひゅっと喉の奥が鳴る。

「じんぐ――んんっ!」

呼ぼうとした声は言葉にならなかった。神宮寺に唇を塞がれたのだ。

唇を割って入ってきた舌先が奥に引っ込もうとする瑠衣の舌を絡め取る。逃げることは許さないと言わんばかりの荒々しいキスを瑠衣は瞼《まぶた》を閉じて無我夢中で受け止めた。

覆《おお》い被さる神宮寺からは、少しだけ汗の匂いがする。しかしそれは決して嫌な香りではない。色気に満ちた男の香りに、与えられる熱に、頭がくらくらした。

「ん……」

食べるようなキスを交わしていた唇がゆっくりと離れていく。それを名残《なごり》惜しく感じながら瞼《まぶた》を開けると、射抜くように瑠衣を見下ろす瞳があった。

神宮寺は瑠衣の頬にそっと片手を這《は》わせて親指で唇をつうっ……となぞる。

まるで愛撫《あいぶ》するような指の動きに甘い痺《しび》れが駆け抜けた。

「神宮寺……？」

その声は、激しすぎるキスによってわずかに乱れていた。

「何か、あったの？」

帰ってくるなり急に寝室に連れ込むなんて。無論そうなることは想定していたけれど、それにしたってもう少し後のことかと思っていた。軽く話をして、お酒を飲んで、シャワーを浴びて……そんな流れを想定していただけに戸惑いは隠せない。

「嫌だったか？」

「そうじゃないけど、驚いたわ」

首を振って否定すると、「悪い」と神宮寺は苦笑する。

「俺もこんなつもりじゃなかった。でも、帰ってきて玄関にお前がいるだけでも信じられないのに、その上『おかえり』なんて言われたら我慢できなくなったんだ」

「……それだけで？」

「俺にとっては『それだけ』じゃないんだよ。おかえり、の一言で理性が飛びそうになるなんて自分でも驚いてる」

瑠衣は言葉を失った。それは、瑠衣の来訪をそれだけ喜んでいると言ったも同然だったから。

浮かれているのは自分だけではなかった――

そのことにほっとすると同時に、言い表しようのない感情が込み上げてくる。くすぐったくて、嬉しいようなその感情の名前を瑠衣は知らない。わかるのはただ、どうしようもなくこの男に触れたいと、触れられたいということだけだ。

「瑠衣」

とろけるような甘い声色で名前を呼んで、彼は言った。

「抱かせて？」

「でも、シャワー……」

「後でいい」

今は一秒だって惜しいと言わんばかりに、彼は性急に瑠衣を求めてくる。

ならば瑠衣の答えは一つしかない。瑠衣は神宮寺の背中に両手を回す。そしてわずかに上半身を浮かせると、男の形のいい唇にちゅっと触れるだけのキスをしてイエスを伝えた。

——その瞬間。

「先に言っておく。多分今日は、手加減できない」

男の瞳にとろりと炎が揺れたのを瑠衣は見た。

自分を見下ろす眼差しの強さに肌が焼けそうだと本気で思う。でも今の瑠衣もきっと彼と同じ目をしている。理性や羞恥心《しゅうちしん》を上回る強烈な感情はもはや本能に近い。

欲しいのだ。どうしようもなくこの男が欲しくて欲しくてたまらない。だから。

「必要ないわ」

手加減も遠慮も必要ない。

「好きなように抱いていい。私も、神宮寺を抱くから」

どちらか一方的な行為ではない。彼が瑠衣を求めるように、瑠衣も神宮寺を求めている。

その意思は確かに神宮寺にも伝わったのだろう。彼は一瞬驚いたように目を見張る。次いで唇の端を小さく上げて笑うと、瑠衣に覆《おお》い被さり上から唇を塞いだ。

瑠衣の舌を容易《たやす》く絡め取りながら、両手は急《せ》くように服を脱がし始める。

シャツの裾《すそ》から入り込んだ手がブラジャーのホックを外し、裾《すそ》を大きく捲《まく》り上げた。

露《あら》わになった豊かな双丘が空気に触れる。その開放感を感じる間もなく、大きな手のひらが桃色の頂《いただき》にやんわりと触れた。ぷっくりと屹立《きつりつ》する桃色の乳首をこねくり回したかと思えば、膨らみを手のひらで揉みしだかれる。

そうしながらも、もう片方の手は瑠衣のスカートを流れるような動作で脱がせ、ベッドの外に放り投げていた。余裕など微塵《みじん》もないようなその動きは瑠衣の中に灯った熱をいっそう大きくさせる。

——求められている。

その事実に瑠衣の中の女はどうしようもなく疼《うず》く。

腹の奥からじんと痺《しび》れるような感覚。まだ触れられてもいないのに下着の奥が熱くなる。

息つく間もないようなキスを交わしながら、瑠衣は既に自分の下着が用を成していないのを感じた。

「あっ、ん……」

もどかしさと焦《じ》れったさで内腿を擦り合わせる。するとそれに気づいたのか、胸を弄《もてあそ》んでいた手が唐突に下着の中に滑り込んだ。形のいい指先は陰核と割れ目を数度撫でると、ためらいもなく中への侵入を開始させる。

「ああっ……!」

「やば……濡れすぎだろ」

耳元でからかうように笑った声は、とろけるように甘くて優しい。けれどその指遣いは優しいだけではなかった。

最奥《さいおう》まで到達した指は、焦《じ》らすように膣壁を擦り始める。かと思えば中で指を曲げたり、一気に引き抜いては再び侵入したり——緩急《かんきゅう》ある動きに瑠衣はあられもなく喘《あえ》ぐしかできない。

前回の神宮寺は最初から最後まで紳士的だった。

口では抱きたいと言いながらも、瑠衣を慮《おもんぱか》った彼は抱きしめる以上のことはしなかった。

その記憶が新しいからこそ、前回とのギャップにいっそう胸がくすぐられる。

膣内を攻めている間も、神宮寺は絡み合う唾液で互いの唇がビシャビシャに濡れるほど激しいキスをして、もう片方の手では胸を弄《もてあそ》んでいた。同時に攻められた瑠衣は言葉もなく、体を震わせ、絶え間ない愛撫《あいぶ》に身を任せた。

その時、指先がある一ヶ所を集中的に攻め始める。そこは、神宮寺によって見つけられた瑠衣の弱点。指のへりで擦ったかと思えば、奥と入り口を幾度となく行き来して――

「ああっ……！」

自分でも知りえなかった最も弱いところを執拗《しつよう》なまでに攻められた瑠衣は、呆気なく達した。

「……ん、あ……」

直後、訪れた脱力感に息を乱す瑠衣を神宮寺は目を細めて見下ろす。

その瞳は依然熱が込められていたが、同時に優しくも見えた。

まるで眩《まぶ》しいものを見つめるような――愛おしい存在を映しているような眼差し。そんなわけないとか、ただの錯覚だとか、理性的に考えたのは一瞬だった。

瑠衣はただその眼差しを一身に受け止める。今、彼が何を考えているのかはわからない。唯一明らかなのは自分を欲していること。今はそれだけで十分だ。

「大丈夫か？」

「ん……」

ベッドに仰向けになりながら小さく頷けば、神宮寺は満足そうに目を細めて笑う。その表情に瑠衣はたまらず息を呑んだ。見惚れてしまったのだ。

——なんて顔で笑うの。

ギラギラ情欲に満ちた眼差しも、悪戯《いたずら》っぽく笑う唇も、全てが男の色気に満ちている。

それに吸い寄せられるように瑠衣はゆっくりと上半身を起こす。そうして中途半端に捲《めく》れ上がっていた自らのシャツを脱ぎ捨てた。次いでストッキングと濡れた下着も脱いでベッドの外に放り投げると、襟《えり》元を緩めただけの神宮寺のシャツに手をかけた。

「何をして——」

「……神宮寺も脱がなきゃ、いや」

シャツのボタンを全て外した瑠衣は、目を見張る神宮寺の頬を両手でそっと包み込む。そして正面から向かい合って、見つめる。

「……酷くしていいから」

ひゅっと息を呑む神宮寺から視線を逸らさず、重ねて告げる。

「手加減も遠慮もいらないわ。だから……」

瑠衣はベッドのクッションに背中を預けて仰向けになる。そうして足を広げると、愛液で濡れる秘部を自らの手で横に開いた。

誘うように、求めるように。

「——来て？」

「っ……！」

「あなたを、ちょうだい？」

直後訪れたのは噛みつくような口付けだった。

「ふぁ……」

上から覆《おお》い被さった神宮寺は食べるように舌を絡める。激しすぎる口付けに目を閉じた瑠衣には彼が今どんな顔をしているかはわからない。それでも両手を彼の首に回して、無我夢中でキスに応《こた》えた。

「ん……」

暗闇の中でカチャカチャとベルトを外す音が聞こえた後、薄い膜を纏《まと》った昂《たかぶ》りが秘部に押し付けられるのがわかった。生々しいその感触に瑠衣は瞼《まぶた》を開ける。そうして視界に飛び込んできたのは、眩《まぶ》しいくらいに秀麗な男の顔。

「――やるよ」

昂《たかぶ》りの先端が押し当てられる。指とは比較にならないその質量に――これから訪れるであろう熱の波に胸を高鳴らせる瑠衣に、神宮寺は言った。

「俺の全部を、お前にやる」

直後、圧倒的な質量が瑠衣の中に入り込んでくる。

「ああっ、んん……！」

「きつっ……でも、最高に気持ちいい」

一気に最奥《さいおう》まで貫いた神宮寺は瑠衣の肩口に顔を埋《うず》めて「あったかいなあ」と艶《つや》っぽく囁《ささや》く。

彼は先端を最奥《さいおう》に残したまま小刻みに腰を揺らす。焦《じ》らすような腰遣いに瑠衣はたまらずいやいやと首を横に振るが、神宮寺はその反応さえも楽しむように瑠衣の首筋にキツく吸い付いた。

そうして痕《あと》をつけた彼は、目尻に涙を滲《にじ》ませて小さく喘《あえ》ぐ瑠衣を恍惚《こうこつ》とした笑みで見下ろす。

「気持ちいい？」

こくこく、と必死に頷く。

だがそれを窘《たしな》めるように神宮寺は奥の一点を何度も突いた。

「だめだろ、答えなきゃ」

「あっ、いい、いいからぁ……！」

「よくできました」

答えた瞬間、神宮寺は昂《たかぶ》りを一気に引き抜き、再び最奥《さいおう》まで貫いた。

「ああっ！」

彼はそのまま両手で瑠衣の足を大きく広げて抱え上げると、真上から律動を開始した。

先ほどまでの焦《じ》らすような緩やかな動きとは真逆の激しい腰遣いに、瑠衣は両手を彼の背中に回して必死に耐えた。あまりの激しさに爪が逞《たくま》しい背中に食い込んでしまう。

神宮寺は一瞬痛そうに顔を歪《ゆが》めるが、すぐに元の恍惚《こうこつ》とした眼差しで喘《あえ》ぐ瑠衣を見下ろした。

「そのまま、俺に掴まってろ」

言われるまま、瑠衣は必死にしがみつく。

「んっ、あ、ああっ……」

「可愛いなあ。ほんっとに、可愛すぎて困る」

可愛い。綺麗。

神宮寺は何度もそう言った。女として瑠衣がどれだけ魅力的か、自分が欲しているか、激しく腰を揺らしながら神宮寺は言葉で、行動で示してくれる。そのたびに瑠衣の胸は激しく震えた。

それでも、何かが足りない。

その正体がなんであるか、既に瑠衣は理解していた。

自分に必要ないと思っていたもの。面倒だからいらないと思っていた感情。

でももう、それから目を逸らすことはできない。

――好き。

自分はその二文字が欲しいのだ。他の誰でもない、この男から。

「…………」

でも、言えない。言葉にする勇気が出ない。それでも一度自覚してしまえば、彼を求める気持ちはいっそう膨れ上がった。

「神宮、寺……」

真上から突かれながら、瑠衣は震える声で男の名前を呼ぶ。それに返ってきたのは、泣きたいくらいに優しいキスだった。彼はチュッと瑠衣の唇に、額に、そして目尻にキスをする。

「名前、呼んで」

「なまえ……？」

喘《あえ》ぎすぎたせいで問い返す声は掠れていた。これに神宮寺は「ああ」と頷く。

「竜樹って、呼んでほしい」

それは意外な頼みだった。普段は瑠衣を名字で呼ぶ神宮寺は、情事の最中は名前で呼んだ。でも今までその逆は一度もなかったことに今さら気づく。

「た、つき……」

掠れた声で呼べば、秀麗な顔にふわりと笑顔が浮かぶ。それを見た瞬間、瑠衣の胸はきゅうっと締め付けられる。ただ名前を呼んだだけでこんなにも嬉しそうに笑う男を、心の底から愛おしいと強く思った。

「竜樹」

好き。

「……竜樹」

あなたが、好きよ。

言葉にできない想いの代わりに名前を呼ぶと、神宮寺はどこかくすぐったそうに目を細める。

その表情さえも愛おしいと思う自分は、既に神宮寺竜樹という沼にはまっているのだろう。

彼への気持ちに呼応するように体の奥がずくんと疼《うず》いて、中に埋まる昂《たかぶ》りをキツく締め付ける。

すると神宮寺は苦しげに顔を歪《ゆが》めて「締め付けすぎだ」と艶《つや》っぽく呟いた。

そのまま神宮寺は律動を開始する。

「んっ、あ……」

絶頂は既に近かった。それがわかっていたからこそ、瑠衣はただひたすらに彼を求める。

「……して」

「瑠衣？」

両足を彼の腰に絡みつかせて、自ら腰を揺らす。

壊れてしまってもいい。そんな馬鹿げたことを本気で望むくらい彼が欲しい。

今だけでいい。私だけを見てほしい、この男を自分のものにしたい。そう本能が訴えている。

「何も考えなくていいくらい、メチャクチャにして……」

今の自分はどんな表情をしているだろう。きっと酷くいやらしい顔なのだろうとぼんやり思いながら、瑠衣は神宮寺を誘う。対する男が目を見張ったのは一瞬だった。

「『魔性』って、今のお前みたいなのを言うんだろうな」

彼は恍惚《こうこつ》とした表情で目を細めて瑠衣を見下ろす。

「──後悔するなよ？」

「しないわ」

するわけない。

はっきり答えた、次の瞬間。

「──っ、ああ……！」

神宮寺は思い切り腰を引き、そして深く押し付けた。

ためらいの欠片《かけら》もない激しすぎる動きに、瑠衣は自らも腰を揺らして必死に合わせる。

与えられるだけじゃ嫌だ、私も彼が欲しい――その一心で求めれば求めるほど、律動は激しくなっていった。深く上半身を折り曲げた神宮寺は、瑠衣にキスをしながら一心不乱に攻め続ける。瑠衣もまた彼の背中に掴まり、絶え間なく押し寄せる快楽の波に身を任せた。

「瑠衣っ……！」

「たつ、き……」

それ以外の言葉をなくしたように二人は互いの名を呼んで、求め合う。

折り重なった体はピッタリと密着し、逞《たくま》しい胸板に瑠衣の豊かな双丘が押し潰され、ぐにゃりと形を変えた。激しくぶつかり合う音と互いの吐息、愛液の絡み合う水音が室内に響き渡る。

彼の熱を肌で、耳で感じる。五感で、彼を感じる。

「くっ、いっちゃ……！」

「――っ……！」

達したのは多分、同時だった。

瑠衣の頭の中で何かが弾けて、消える。溶けていく。一つになる。

気づいた時には瑠衣の上には神宮寺が覆《おお》い被さっていた。

胸と胸を密着させて、自分の上で息を乱す男の頭を瑠衣はそっと両手で抱き寄せる。

ふわふわと肌をくすぐる髪の毛も、ぬくもりも、全てが愛おしくてたまらなかった。一度自覚すれば、その感情は転がり落ちるように深まっていく。彼が好きだと心が叫んでいる。

「……竜樹」

「ん？」

ゆっくり顔を上げた神宮寺に、瑠衣は「なんでもないわ」と口を閉ざす。

対する神宮寺は「なんだよ、変な奴」と言いながらも隣に横たわり、瑠衣の体をそっと引き寄せた。筋肉のついた腕枕はお世辞にも柔らかいとは言えないのに、不思議と気持ちがいい。

「疲れただろ、少し寝よう」

「……うん」

髪の毛を撫でる優しい手つきに瑠衣はゆっくりと瞼《まぶた》を閉じる。睡魔はすぐに訪れた。

5

十一月。

この日、横浜の某外資系ホテルのホールでは、日本マイアフーズの表彰式が行われていた。

年に二回開催される表彰式では、上半期と下半期、営業部を始めとした各部門の成績優秀者がホテルに招待され、社長に表彰される。特に上位数名には副賞や金一封が用意されていることもあり、社員の中にはこの表彰式に呼ばれるために仕事に励《はげ》むものも少なくない。

また、社長を始めとした上層部や、全国各支社から社員が一堂に会することもあり、普段滅多に会わない社員同士の交流の場としても機能している。

瑠衣にとっても楽しみな一日であることに間違いなかった。

上半期十六位の瑠衣は今、ホールの舞台前に並べられた椅子に座り表彰式に臨んでいた。

これから成績上位順に名前が呼ばれ、上位十名は舞台上の社長から賞状と副賞を渡される。

壇上に上がるのは十名だけだ。それ以下は司会者に名前を呼ばれて、その場で立って一礼する流れである。

瑠衣は表彰式の常連になりつつあるが、壇上に立ったことはいまだにない。

昨年度の下半期は十八位で、今年度の上半期も十六位だった。下半期に入った今も日々仕事に励《はげ》んでいるものの、山田商事の一件もあり今期表彰対象になれるかはギリギリの見通しだ。

——それでもいつか、自分もあの壇上に上がってみせる。

そんな野心を抱く瑠衣の前で、一番最初に名前を呼ばれたのはもちろんあの男。

「東京支社営業部、神宮寺竜樹」

司会が名前を呼ぶと、「はい」という声が会場に通る。最前列中央に座っていた神宮寺は、しっかりした足取りで壇上に上がると社長から賞状を受け取った。その姿に他の社員と同じく拍手をしていた時だった。舞台から下りる神宮寺と視線が重なった。

それはほんの一瞬で、彼はすぐに瑠衣に背中を向けて着席する。その後ろ姿を見つめながら、瑠衣は彼の家で過ごした夜のことを思い出していた。

二週間前の夜。

出張から帰宅した神宮寺は雪崩《なだ》れ込むように瑠衣を寝室へ連れていき、二人は体を重ねた。離れていたのはわずかな時間だけなのに、瑠衣は彼に触れられるのが嬉しくてたまらなかった。

もっと触ってほしくて、メチャクチャにしてほしくて、羞恥心《しゅうちしん》もかなぐり捨てて彼を求めた。

その後、夜中に目覚めた瑠衣を神宮寺は風呂へと誘った。

とはいえ激しい情事の後の瑠衣の体はお世辞にも万全とは言えなくて、寝室からバスルームまでは神宮寺に横抱きで連れていかれたし、洗い場では瑠衣が申し訳なくなるくらい丁寧に頭も体も洗ってもらった。

異性と入浴するという初めてのシチュエーション。泡を纏《まと》った彼の手が肌を滑る間、瑠衣の心臓は終始ドキドキしっぱなしだった。きっと、あの時の瑠衣は耳まで真っ赤だっただろう。

そんな瑠衣の体を洗いながら、神宮寺は艶《あで》やかに言ったのだ。

『可愛い』

『洗ってるだけなのに、またこんなに濡れてる』

『本当にいやらしいなあ。……たまんねえよ』

『全然、足りない。――もっと、お前が欲しい』

耳を塞ぎたくなるような甘い責め言葉と共に、神宮寺は再び瑠衣を抱いた。

風呂場で、そしてベッドで、夜が明けるまで何度も何度も……

瑠衣が覚えているのは途中までだ。後半はほとんど気絶状態で、全てが終わる頃には空は白み始めていた。以前までの瑠衣であれば、こうも執拗《しつよう》に抱かれれば何か一言言っていたかもしれない。

けれど、何も考えられなくなるくらいに乱れながら、頭にあったのはただ一つ。

——彼が好きだ。

それだけを思いながら、好きな男に触れられる喜びを噛み締めていた。

苦しいくらいの快楽に呑まれながら、瑠衣は思った。

神宮寺に自分を好きになってほしい。割り切った体だけの関係ではなく、彼の心も欲しいと。

でも、瑠衣が「好きです」と伝えて終わり、とはいかない。

なぜなら自分たちの関係はセフレだから。そしてそれを望んだのは他ならない瑠衣自身なのだ。

なのに今さら「好きです」なんて言ったところで相手を困らせるだけだ。告白した瞬間に今の関係も終わるのが目に見えている。

ならば瑠衣に残された選択肢は二つ。

一つは、現状維持。

神宮寺への恋心を秘めたままこれからもあくまでセフレとして接する。互いに束縛せずに必要な時に求め合う。いつ終わるとも知れない刹那《せつな》的な関係をこれからも続ける。

もう一つは、玉砕覚悟で告白する。

この場合、気持ちを伝えることで心はすっきりするだろう。だが好意を伝えたが最後、セフレとしてはもちろん、気心の知れた同期としての関係も終わりを告げる。

仮に神宮寺が引き続き同僚として接してくれても、瑠衣がこれまで通りにはできない。一度好きになった男をただの同期として見る自信が瑠衣にはないのだ。

現状維持、あるいは玉砕。

自分にとってどちらを選ぶのが正解なのか。あの夜から今日までの二週間数えきれないほど考えた。その間、神宮寺からは二回ほど誘いがあったけれど、瑠衣はどちらも断った。

逃げたいのではなく自分の中で整理をしたかった。

自分でも答えが出ない宙ぶらりんの状態で神宮寺と肌を重ねたら、余計にどうすればいいかわからなくなりそうだったからだ。一度目は仕事を、二度目は女性特有の日を理由に断った時、神宮寺はいずれも『お疲れ』『お大事に』と瑠衣を気遣ってくれた。

どこか残念そうな顔に申し訳なく思う気持ちはあったけれど、これは瑠衣にとってのけじめでもあった。二週間、悩んで、悩んで、悩み抜いて……ようやく答えは出た。

——告白しよう。

好きだと本人に直接伝えると決めた。

現状維持するのは簡単だ。少なくともそうすれば振られることはなく、彼の側にいることができる。けれど続けるということは、いつこの関係が終わっても不思議ではないということでもある。

いつの日か神宮寺が真に愛する人ができた時、瑠衣との関係は終わるのだ。

好きな男が自分以外の女に恋する姿を側で見ていることなど、瑠衣にはできない。

それならば一度でいい。自分の気持ちに素直になろうと思った。

そのために今日、瑠衣はこのホテルの部屋を一室取っている。

——全ては、神宮寺と向き合って告白するために。

表彰式の後は場所を別の会場に移して立食パーティーが開かれる。

和洋折衷《せっちゅう》、目にも美味《おい》しそうな料理がずらりと並ぶ中、瑠衣は取り皿に気持ち程度の量を取り分ける。その視線は手元の料理ではなくただ一点に注《そそ》がれていた。

広々としたホールの一角に人だかりができている。その中心にいるのは神宮寺だ。

一位の成績の神宮寺に注目する社員は多く、彼は四方から声をかけられていた。今宵の主役は神宮寺と言わんばかりの人気ぶりに、もはや呆れを通り越して感心してしまう。

神宮寺が今宵の華になることは初めから予想していた。

そのため瑠衣は、大切な話があることと、ホテルの部屋を取ったからパーティーが終わった後に来てほしいことを表彰式開始前にメッセージで送っておいた。

それに対する返信は『わかった』の一言だけ。急にホテルの部屋を取ったのだ。何かしら質問はあると踏んでいただけに、これには拍子抜けした。

(少しくらい話せればと思ったけど)

この二週間は瑠衣が誘いを断ったこともあり、神宮寺とゆっくり話す機会はなかった。だからこそ告白前にパーティーで軽く雑談でもできればと思ったのだが、あの様子では近寄ることすら難しそうだ。話がしたければ瑠衣もあの話の中に加わればいいのだが、この後会う予定なのに、あの中に突入していらぬ注目を浴びたくない。

ならば瑠衣は適当にパーティーを楽しんでこの後に備える方がいい。

そう、わかってはいるのだけれど。

（……随分盛り上がってるみたい）

瑠衣の位置からは話の内容まではわからないが、神宮寺は誰に対しても笑顔で答えている。彼を取り囲む人の中には女性の姿もちらほら見えた。そのいずれもスマホを固く握りしめていて、連絡先交換の機会を今か今かと待っているのが遠目にもわかる。その時、女性のうちの一人が意を決したようにスマホを差し出しながら神宮寺に話しかけた。

「……」

瑠衣は咄嗟《とっさ》に目を逸らした。考えるよりも先に「見たくない」と思ってしまったのだ。

仕事の集まりで知り合った人間と連絡先を交換するなんてよくある話だ。実際に瑠衣も支社の社員数人と交換したし、何も珍しくない。それを嫌だと感じるのは全て嫉妬からだ。

——私以外にそんな風に優しく笑わないで。

好意を自覚した途端そんな風に思ってしまうなんて、存外自分は独占欲が強かったらしい。

神宮寺に恋するまでそんなこともわからなかった。自ら体だけの関係を望んでおきながらこれだ。

瑠衣は神宮寺に背中を向けたままウェイターに声をかけると、シャンパングラスを一つ受け取る。そして、グラスの半分ほど注《つ》がれたそれを一気に飲み干した。

「っ……」

度数があまり高くないとはいえ、アルコールに弱い体には十分刺激的だったらしい。シャンパンを飲んで数分も経たないうちに体が熱くなってくる。だがおかげで嫉妬心に満ちていた心が少しだけ落ち着きを取り戻す。むしろ気合が入ったくらいだ。

それからほどなくしてパーティーが終了すると、瑠衣は速やかに予約した部屋へと向かった。

会場を出る時に一度神宮寺の様子を確認したが、彼は依然人の輪の中心にいた。

もしかしたら二次会に、なんて流れになってもおかしくはない。

急に誘った自覚がある瑠衣は、先ほど『ゆっくり待っているから遅れても大丈夫』とメッセージで伝えておいた。それに対する返信はまだないものの、あの様子では部屋に来るまでだいぶ待つことになるだろう。

（……緊張する）

これから自分がすることを考えると、どうしたって胸の鼓動は速まっていく。

少なくとも、初めて神宮寺と体を重ねた夜と同じくらいには緊張していた。

でも、あの時と今宵とでははっきりと違う部分がある。

あの夜は始まりの日だった。酔った自分がこぼした何気ない発言をきっかけに、瑠衣と神宮寺の関係はスタートした。けれど今夜、瑠衣はその関係に終わりを告げる。神宮寺を好きになってしまったから……セフレという関係では満足できなくなってしまったから。

（怖い）

この後、神宮寺の返答によっては、あの狂おしいほどの熱を肌で感じることは二度となくなるかもしれない。関係を終わらせるとは、そういうことだ。

神宮寺の存在を誰よりも近くに感じた数ヶ月間が走馬灯《そうまとう》のように頭を過ぎ去っていく。

瑠衣の中の弱い自分が「このままでいいじゃないか」と唆《そそのか》す。

（それでも、伝えなきゃ）

揺れる心を振り払うように瑠衣は強く拳《こぶし》を握る。たとえその先に待っているのが終わりであっても、想いを告げることをためらわない。そう改めて覚悟を決めた時、来訪者を告げるベルの音が室内に響いた。

「っ……！」

ビクッと肩が跳ねる。このタイミングで来るのは一人しかいない。最低でも一時間は待つことを想定していただけに、予想外に早い来訪に驚きつつも瑠衣は急いで内側から鍵を開ける。

その先にいたのはもちろん、神宮寺だ。

「悪い、待たせた」

「ううん、全然。むしろ早くて驚いたわ」

一緒にいたうちの誰かと二次会に行くものと思っていた、と告げると神宮寺は途端に顔をしかめた。

「お前が待ってるのに行かねえよ。中、入ってもいいか？」

「ええ」

瑠衣が横にずれると、神宮寺は部屋の中に入る。彼は部屋をさっと見渡すと、手に持っていた荷物を備え付けのクロークの中に入れた。同様に脱いだスーツの上着もハンガーにかける。

無言で行われたそれらの動作を、瑠衣はドアの前に立ったまま内心驚きつつ見ていた。

「神宮寺」

「何」

不機嫌な様子を隠そうともしない態度に戸惑いつつも、瑠衣は彼と向かい合う。

「……パーティーで何かあったの？」

神宮寺はすぐには答えない。だが眉がピクリと動いたところを見る限り図星だったようだ。

このわずかな時間でいったい何があったと言うのだろう。パーティー会場で見た彼は常に笑みを絶やさなかった。よそ行きの笑顔だったとしても、彼自身楽しんでいるように見えたのに。

「別に何もねえよ。あったとしたら、お前の方だろ」

「私？」

「話があるんだろ」

言えよ、と神宮寺は短く促《うなが》す。思わぬ展開に瑠衣はたじろいだ。

確かにこの部屋に呼んだのは瑠衣だが、まさか彼の方からこんな風に急《せ》かされるとは思っていなかったのだ。何よりも神宮寺の態度が気になった。少なくとも共に働いたこの二年間で彼がこんなにも不機嫌な態度を表に出したことは一度もなかった。

「なんで黙ってるんだよ」

「あ……」

「それとも、言うのをためらうような話なのか？」

追い討ちをかけるように神宮寺は言った。なぜか責められるような構図に当惑しながらも、瑠衣は今一度気持ちを落ち着かせるために小さく息をつく。そして改めて神宮寺と向き合った。

彼の不機嫌な理由はわからない。それでも、言うべきことは変わらないのだから。

「私たちの関係を解消したいの」

神宮寺をまっすぐ見据えて伝える。

――言ってしまった。

瑠衣の声は震えていた。声だけではない。体も震えそうになるのを、両手の拳《こぶし》を強く握りしめることで必死に堪《こら》える。対する神宮寺もまたなぜか拳《こぶし》を握り、険しい顔で瑠衣を睨《にら》み返す。

「随分と急な話だな」

「……悪いとは思ってるわ」

空気が張り詰めている。怒鳴られたわけでも大声を出されたわけでもないのに、神宮寺の怒りが空気と共に瑠衣に伝わってくる。でもやはりその理由がわからない。だからこそ当惑する。

「理由は？」

まるで尋問を受けているようだと思いつつも、瑠衣は怯《ひる》まず口を開く。

「神宮寺との約束を破ってしまったから」

「……何？」

「好きな人ができたの」

それは神宮寺だ、と伝えるより先に「ハッ」と乾いた笑い声が瑠衣の耳に届いた。

「やっぱりな」

見れば、神宮寺は笑っていた。だがそれは瑠衣の見慣れた穏やかな微笑みでも、軽口を叩く時のからかうような笑みとも違う。自嘲《じちょう》するような皮肉めいた笑みだ。その表情はもちろん、彼の言葉も瑠衣にとって予想外のものだった。

「やっぱりって……気づいていたの？」

あなたを好きだという、私の気持ちに――

「この二週間のお前の態度を見てれば、嫌でも気づく」

目を見開く瑠衣に神宮寺は吐き捨てた。その態度に愕然《がくぜん》とする。

今の物言いではっきりした。神宮寺の怒りの原因は自分だったのだ。彼を好きだという気持ちが神宮寺をこんなにも不機嫌にさせている。

――振られる覚悟はしていた。

今まで通りとはいかないだろうことも理解しているつもりだった。それでもまさか、好きだという気持ちをこうも嫌がられるなんて。

胸が痛い。「ごめん」と振られるよりもずっとショックだった。

その事実に目の前が真っ暗になるような感覚に襲われる。

だからこそ、次いで問われた内容にすぐに答えることができなかった。

「誰だよ」

「え……？」

「好きな奴の名前、言ってみろ」

「…………」

今度は一転して頭の中が真っ白になる。

（誰を好きって――）

この男は何を言っているのだろう。瑠衣は予想の斜め上を行く質問にぽかんと立ち尽くす。対する神宮寺は「ちっ」と苛立たしげに舌打ちをすると、何を思ったのか突然瑠衣の腕を引いた。

「きゃっ……神宮寺⁉」

彼はそのまま瑠衣をベッドの上に押し倒した。そして容赦なく上にのし掛かると、瑠衣の顔の横に両手を突き立てた。まるで、絶対に逃がしてなるものかと言わんばかりに。

「そいつとはどこまでしたんだ？」

「どこまで、って……」

「キス？　それともそれ以上？」

神宮寺は突き立てていた片手で瑠衣の頬に触れる。そして指先でつうっと唇の表面を撫でた。愛撫《あいぶ》するようにいやらしい手つきに瑠衣はたまらず「んっ」と声を漏らす。途端に神宮寺は不愉快そうに眉根を寄せた。

「……その声をそいつにも聞かせたのか」

もはや不機嫌なんて言葉では収まらないほどの怒りが伝わってくる。その証拠に瑠衣を見下ろす神宮寺の瞳は燃えていた。欲とはまた違うギラついた瞳に瑠衣は本能的に身をすくめた。同時にようやく自分と神宮寺の間に大きな齟齬《そご》が生じていることに気づく。

――彼は、「好きな男」を自分以外の男だと思っている。

なぜそんな勘違いをしているのかは謎だが、今はとにかく誤解を解かなければ。

「待って、私の話を――」

「よそ見をする隙なんて与えたつもりはなかったんだけどな」

瑠衣の言葉を遮《さえぎ》り神宮寺は荒々しく吐き捨てる。怒りを露《あら》わにしたその表情に瑠衣は彼が完全にキレていることを悟った。覆《おお》い被さった彼は、瑠衣の太ももの間に膝を立てて完全にこちらの動きを封じている。そしてその顔が視界を覆《おお》うほど近づいてきたその瞬間。

「神宮寺よ！」

瑠衣は叫んだ。

「……は？」

直後、互いの唇の間にわずか紙一枚ほどの隙間を残して、神宮寺はぴたりと止まる。

その隙に瑠衣はすかさず彼の下から抜け出した。そのままベッドの端に身を寄せる。対する神宮寺はといえば、体を起こした状態で文字通り固まっている。

「だからっ！」

こぼれんばかりに目を大きく見開く姿に瑠衣は続ける。

「私が好きなのは、神宮寺なの！」

本当はこんな予定ではなかった。けれど、もうこうなったらやけっぱちだ。この期《ご》に及んでかっこつけていても始まらない。

「私はっ……神宮寺のことが好きになったから……セフレの関係じゃ満足できなくなったから、関係を解消したいと言ったの。恋人になりたいから今日ここに呼んだのよ！」

だから瑠衣は心の全てを打ち明けた。

「それなのになんで他の男が好きなんて話になるのよ……」

固まる神宮寺を前に瑠衣は肩を落とす。

「……俺が好き？」

「そうよ！」

唖然とした様子の神宮寺の呟きに、やけになった瑠衣は噛みつくように答える。

どうせ振られるのであれば最後は綺麗に気持ちを伝えて終わりたいと思っていたのに、もうめちゃくちゃだ。こんなの、情緒の欠片《かけら》もない。それでも他の男が好きだなんてありえない誤解をされて黙ってはいられなかった。だが神宮寺はいまだに信じられないように、こぼれんばかりに目を見開いて瑠衣を見つめている。

「ちょっと待て、俺はてっきり、お前に嫌われたものかと……」

「嫌い？」

意外すぎる言葉に今度は瑠衣が戸惑う番だった。

「それだけはありえないわ」

驚きながらも瑠衣はきっぱり断言する。だって今の瑠衣は、パーティー会場で偶然居合わせた女性社員にすら嫉妬してしまうほどなのだから。瑠衣の言葉に、神宮寺は当惑した様子を隠さない。

「じゃあ、最近やけにそっけなかったのは？　俺の誘いも連続して断っただろ。パーティー会場でも頑《かたく》なに俺の方を見ようとしない。……その上、『好きな男ができたから関係を解消したい』だ」

指摘されて初めて気づいた。

確かに神宮寺が勘違いする条件はこれ以上なく揃っている。もちろん瑠衣はそんなつもりは微塵《みじん》もなかったが、こうして改めて自分の行動を突きつけられると誤解されるのも当然だった。

「そっけなく見えたのならごめんなさい。ただ、自分の気持ちを整理したかっただけなの」

「整理？」

「神宮寺が好きだと自覚して……私自身がこの先どうしたいのか、考える時間が必要だった。だから誘いを断ったの。パーティー会場で見なかったのは……その、神宮寺が他の女性と話すところを見るのが嫌だったからで、避けていたつもりはないわ」

これでは嫉妬したと言ったも同然だ。それでも今は、どんなに恥ずかしくても言わなければいけない。伝えなければいけない。自分が心に思い描く異性はただ一人。

「私が好きなのは神宮寺よ」

瑠衣は改めて想いを伝える。

そんな瑠衣をベッドに座る神宮寺は依然、唖然とした様子で見つめていた。

彼は凍りついたように何も言わない。張り詰めたような緊張感、そして沈黙。それらに耐えきれなくなった瑠衣は覚悟を決めた。ベッドの端から彼の前まで移動する。そして神宮寺の両手にそっと自らの手を重ねて、包み込んだ。

「竜樹」

情事の最中にしか呼んだことのない彼の名を唇に乗せる。

「あなたが好きよ」

疑わないで。冗談だと思わないで。

「お願い。……信じて」

ただひたすらにそれだけを願い、彼を見つめる。そして視線がはっきりと重なった、その瞬間。

「あっ……！」

返ってきたのは言葉ではなく、抱擁《ほうよう》だった。

「――俺も」

神宮寺は痛いくらいの強さで瑠衣を抱きしめる。

「俺も、三雲が好きだ。ずっと前からお前のことしか見ていない」

逞《たくま》しい胸に閉じ込められながら耳に届いたのは、まさかの愛の告白だった。

――好き？

（神宮寺が私のことを？）

初めは幻聴かと思った。それは、瑠衣が最も欲した言葉であり、最も縁遠いと思っていた言葉でもあったから。

「嘘、だってそんな……」

「嘘じゃない」

動揺する瑠衣の呟きを神宮寺は即座に否定する。

だってとても現実だとは思えなかったのだ。瑠衣が彼への好意を自覚したのはつい最近。それよりもずっと前から自分のことを好きだったなんて。

そんな不安を払拭《ふっしょく》するように神宮寺は口を開く。

「……俺はずっと、三雲は男嫌いなのかと思ってた」

それでも瑠衣を好きな気持ちは消せなくて、それならばどれだけ時間をかけてでも振り向かせると心に決めた。この二年間、同僚ポジションに甘んじていた間も自分以外の男に渡すつもりは微塵《みじん》もなかったのだ、と神宮寺は続ける。

「三雲からセフレの話が出た時は驚いたよ。セフレを欲しがるってことは、少なくとも男嫌いではないってことだから。こんなチャンスは二度とないと思った、だから『俺がなる』と言ったんだ。まずは体からでもいい。お前の一番近くにいる男でいたかった」

「どうして……」

「それくらいお前のことが好きだったから」

「っ……！」

ストレートな告白に瑠衣はたまらず息を呑む。瑠衣を抱きしめたまま神宮寺はためらいもなく「好き」と言った。嬉しいのか、驚いているのか自分でもわからない。それくらい動揺していた。

「お前が俺を好きじゃなくても、体だけの関係でも構わない。時間をかけて心も手に入れればいいと思ってた。最初にあれこれと理由をつけたけど、俺は初めからお前を手放すつもりはなかった。

あの夜――初めてお前を抱いた時から、お前は俺のもので、俺はお前のものなんだよ」

絶対に離さないと、神宮寺は瑠衣を抱く両手にいっそう力を込める。

「俺は、どうでもいい女を慰《なぐさ》めたりしない。初めからお前のことしか見ていないんだ」

――もう疑う余地はどこにもなかった。

神宮寺の言っていることは全て本当だ。

その証拠に、抱きしめられた胸から伝わる神宮寺の鼓動はとても速い。彼も緊張しているのだとわかった瞬間、たまらず瑠衣は両手を彼の背中に回す。すると神宮寺は嬉しそうに小さく笑い、瑠衣の額に触れるだけのキスをする。そして、ゆっくりと抱擁《ほうよう》を解いて瑠衣を見下ろした。

「好きだよ」

彼から注《そそ》がれる熱い視線に、触れる指先から伝わる温かさに……溢《あふ》れるほどの愛情に眩暈《めまい》がする。

それら全てが神宮寺が自分を好きだと告げていた。今までどうしてそれに気づかなかったのかわからないほどに、彼の愛はただひたすら瑠衣に向けられている。

(神宮寺が、私を好き……)

どうしよう。嬉しい。嬉しすぎて、言葉が出ない。

顔が燃えるように熱かった。胸の鼓動が大きく跳ねているのがわかる。

体中の血管の中を血が目まぐるしく行き交っているのを感じる。ドクンドクンと激しく鼓動する心臓の音が耳元で聞こえているようだ。

「瑠衣」

何も言えない瑠衣の名前を、悩ましいほどの色気に満ちた声が呼ぶ。神宮寺は片手を瑠衣の頬にそっと添えると、まるで愛撫《あいぶ》するように親指で瑠衣の唇をつうっとなぞった。

「信じてくれるか？」

先ほどの瑠衣と同じ言葉を反芻《はんすう》する。これに対して、イエス以外の答えはありえなかった。

「……信じるわ」

真っ赤な顔で、声を震わせながら答える。すると神宮寺はふわりと微笑んだ。優しさと色気に満ちた眼差しに、「この人は本当に自分が好きなのだ」と実感した途端、瑠衣の体からどっと力が抜けた。するとすかさず神宮寺がそれを抱き留める。

「大丈夫か？」

「ごめん……予想外のことが起きすぎて、気が抜けたみたい」

「予想外？」

「神宮寺が私を好きだって。……私、今日は振られるのを覚悟していたから」

「はあ!?」

神宮寺は瑠衣を見てぎょっとしたような声を上げる。

「俺がお前を振る？　ありえないだろ、そんなの」

こんなに好きなのに、と当然のように言う姿にたまらなく胸が疼《うず》く。同時に本当にこれは現実なのだと改めて実感して嬉しくもあった。

「今はそう思えるけど、さっきまでの私は本気で心配してたのよ。好きになった以上、セフレのままではいられない。でもそうなったらただの同僚としても気まずくなるかもって……だから、今はすごく嬉しいし、安心してるわ」

神宮寺はなぜか悪戯《いたずら》っぽく唇の端を上げる。

「心配するならむしろこれからのことを心配した方がいい。さっきのやりとりでわかっただろ？　俺は相当、嫉妬深いよ」

嫌いになるか？　と聞かれて、瑠衣は「まさか」と首を横に振る。

確かに、先ほどの瑠衣が他の男を好きだと誤解した時の彼には驚かされた。

普段の余裕などかなぐり捨てたような姿だったからだ。けれど今振り返ってみても、怖いとか嫌だとかは微塵《みじん》も思わなかった。むしろあんなにも必死だったのは全て瑠衣を好きだったからだ。喜びこそすれ嫌がるはずがない。

それに、嫉妬深いのは神宮寺だけではないのだ。

「私も同じよ。むしろ、私の方が嫉妬深いかもしれないわ」

目を瞬《また》かせる神宮寺に瑠衣は小さく笑う。

「……さっきのパーティーで神宮寺、たくさんの人に囲まれてたでしょ？」

「ああ」

「その時、女性と話していただけで嫌だなと思ったの。あの中の誰かと連絡先を交換したらと思ったら、見ているのも辛かった」

会話していただけの女性に苛立つなんて、自分の方がよほど嫉妬深いと思う。

「……引いた？」

せっかく両思いだとわかった途端にマイナスの印象を持たれるのは嫌だな、と思いつつも質問する。すると神宮寺は、なぜか面食らった様子で「いや」とこれを否定した。

「本当？」

「ああ。むしろ嬉しいくらいだ」

「よかった……」

不安から解放された瑠衣は、神宮寺の首の後ろに両手を回してそっと身を寄せる。

なぜそうしたかは自分でもわからない。ただ、目の前の逞《たくま》しい胸にくっつきたいと思ったのだ。

神宮寺は一瞬体を強張《こわば》らせたものの、引き剥《は》がそうとはしなかった。なぜか先ほどよりも速まっている鼓動を聞きながら、瑠衣はゆっくりと瞼《まぶた》を閉じる。

(不思議)

きっと、昨日までの瑠衣では、こんな風に素直になることも甘えることもできなかった。

でも今は自然と行動に移すことができる。躊躇《ちゅうちょ》なく神宮寺に触れることができる。それは全て彼に好かれているという安心感からくるものだった。

神宮寺の存在が瑠衣を素直に、そして強くしてくれる。

(……どうしよう、すごく嬉しい)

瑠衣は今一度甘えるように頬を胸に寄せる。だが待てど暮らせど抱擁《ほうよう》が返ってこない。不思議に思った瑠衣は顔を上げて神宮寺の顔を覗き込む。もっと触れたい、触れてほしい。甘えたい。そんなことばかり考えている今の自分は正真正銘頭の中がお花畑状態なのだろう。

そんな自覚がありながらも、抱きしめ返してくれないのが寂しくて、瑠衣は言った。

「……ぎゅって、してくれないの？」

直後、なぜか神宮寺はばっと顔を背《そむ》けた。そのまま片手で自らの顔を覆《おお》ってしまう。

「可愛すぎだろ……」

予想の斜め上を行く行動にぽかんとする瑠衣の前で、神宮寺は小声で何かを呟く。だがその声は小さすぎて瑠衣の耳には届かない。

「何？」

「……なんでもない。というか今、ちょっとこっち見るな」

そう言った彼の表情は、手で隠されているためわからない。しかしその耳は一目でわかるほどに赤く染まっている。これは、もしかすると――

「……照れてる？」

まさかという気持ち半分、そうかもという気持ち半分で問いかける。するとすぐさま「違う」と答えが返ってくる。だがそれが嘘であるのは真っ赤な耳を見れば明らかだった。

――神宮寺が照れている。

普段は何かと軽口を叩いては瑠衣の反応を見て楽しんでいる、あの男が。二年間の付き合いを振り返ってても見たことのない反応に、なんだか瑠衣の方まで恥ずかしくなってくる。

「やだ……何よ、その乙女な反応は」

「うるさい」

振り返った神宮寺は目元まで赤い。いつも余裕な彼のこんな照れた顔を見るのは初めてだ。珍しいその表情になぜかはわからないが、たまらなくきゅんとしてしまう。

（ああもう）

どうしようもなく、この男が――

「好きよ」

「っ……！」

「大好き」

ストレートすぎる告白に神宮寺は目を見開く。その後、彼は観念したように小さく息をついて苦笑した。

「俺もだよ」

神宮寺はとろけるように甘い微笑みを向ける。そして、改まった態度で瑠衣を見つめた。

「三雲瑠衣さん」

「……はい」

「俺と付き合ってくれますか？」

「――はいっ！」

瑠衣は今一度その胸に飛び込み、体全体で返事をした。

実ることなく終わる恋だと思っていた。自覚した瞬間終わる恋だと思っていた。

でも、瑠衣が自覚するずっと前から、神宮寺は自分を想ってくれていた。瑠衣だけを見てくれていた。その幸せを噛み締めながら、二人はキスをした。

恋人としての初めてのキスは、泣きたくなるほど幸せなものだった。

6

冬は恋の季節。

クリスマスに年末の年越し、正月、バレンタインにホワイトデーとイベントが盛りだくさんなことに加えて、寒くて人肌恋しくなるから、恋人を求める気持ちがいつも以上に高まるのだという。

雑誌かネットかは忘れたが、以前そのような記事を読んだ時、瑠衣は「なるほどな」と妙に納得したのを覚えている。特に共感したのは人肌云々《うんぬん》のあたりだ。恋愛は面倒でも、人の温もりに包まれたくなる夜はあったからだ。

とはいえ、それだけのために恋人を作ることはなかった。それに年末はただでさえ仕事が忙しい。恋愛について考える暇があるなら、その分仕事に打ち込む方がよほどいいと思っていた。

だが、冬という季節は否《いや》が応《おう》でも瑠衣に「恋」を意識させた。

イルミネーションで煌《きら》びやかに彩《いろど》られた街並みには恋人たちが集《つど》い、行きつけのコスメショップではクリスマス限定のコフレが販売される。コンビニに立ち寄ればクリスマスケーキの予約を勧誘されるし、電車の吊革や駅の看板にはクリスマス関連の広告が溢《あふ》れる。

別にそれらを見て「リア充爆発しろ」と卑屈《ひくつ》になるほど腐《くさ》ってはいないものの、瑠衣にとってのクリスマスは特に楽しみでもなんでもない、ただのイベント事の一つにすぎなかった。

でも、今年は違う。

――神宮寺がいるから。

神宮寺と初めて迎えるクリスマスイブは、神宮寺と銀座で買い物デートをする約束をしていた。その後はホテルディナーを楽しんで、彼の家にお邪魔する予定になっている。

そして、十二月二十四日のイブ当日。

午後三時過ぎ、瑠衣は自宅マンションのエントランス前で恋人の訪れを今か今かと待っていた。

迎えに行くと言ったのは神宮寺だ。瑠衣は駅の待ち合わせでも構わなかったのだが、せっかくならと今回は彼の言葉に甘えることにした。とはいえ約束の時間まではまだ十分以上ある。それにもかかわらず寒空の下で待っているのは、一秒でも早く神宮寺に会いたかったからだ。

(こんなこと考えるなんて、自分じゃないみたい)

ほんの数ヶ月前まで恋愛なんてどうでもいいと思っていたのが嘘のようだ。

今の瑠衣は、少しでも気を抜くと神宮寺のことを考えてしまう。

彼の低く心地よい声や優しくも熱い眼差しを思い出すたびに、どうしようもなく胸が疼《うず》いて、幸せな気分になるのだ。

もちろん仕事に支障が出るほど色ボケしているつもりはない。

それでも一部の人には変わったように見えるのか、原田には「別人ですか？」とからかわれるし、他にもこの間、先輩や同僚の数人に「雰囲気が柔らかくなった」と声をかけられるようになった。

……浮かれてるのだと思う。

だって、二十九年間の人生を振り返ってみても、こんなにクリスマスが楽しみなんて生まれて初めてなのだから。

瑠衣の目の前に一台の車がぴたりと停まったのは、それから間もなくのことだった。黒のドイツ製SUVから神宮寺が降りてくる。彼は瑠衣を見るなり「よお」とにこりと笑う。

「待たせたな」

これに瑠衣は上ずった声で「大丈夫」と答える。待たせるも何も時間通りだ。ただ、待ちきれない瑠衣が早く出ただけで。それにしても車で来るとは予想外だった。

「レンタカーを借りたの？」

「まさか。俺のだよ」

神宮寺はあっさり否定すると、助手席のドアを開ける。

「さあ、どうぞ」

「あ、ありがとう」

スマートなエスコートに戸惑いながら乗り込むと、すぐに神宮寺も運転席に座る。すると彼は後部座席から何かを取り出し瑠衣に差し出した。

「ひざ掛け？」

「女は体を冷やしたらいけないんだろ。あと、ペットボトルで悪いけどホットのミルクティーを買っておいたからよかったらどうぞ」

——女。

彼の口から出たその言葉に少しだけ心がちくっとしたけれど、瑠衣は「ありがとう」とそれを素直に受け取った。するとすかさず神宮寺が「誤解するなよ」と苦笑する。

「それは瑠衣専用。というか、この車に女を乗せるのはこれが初めてだ」

「あ……」

「嫉妬したかと思ったけど、違った？」

片手にハンドルを置いてくすくすと笑う姿を見て、思わずかあっと頬に朱が差す。瑠衣は反射的に「そんなことない」と否定しそうになるが、寸でのところでやめた。恋人相手に意地を張るより素直になった方がいいと、今の自分は知っているから。

「……違わないわ」

肯定する瑠衣に神宮寺は意外そうに目を瞬《また》かせた後、ふっと微笑む。その柔らかな微笑みにたまらなく胸がきゅんとした。

「車はよく運転するの？」

トクトクと鼓動が速まるのを感じながら、瑠衣は何気なく質問する。

「せいぜい月に数回、土日くらいだな」

車を発進させた神宮寺は前を見つめたまま答える。

「普段の移動手段はほとんど電車だし、都内に住んでるとその方が動きやすいから。でも、遠出する時にあると便利だから一応持ってる」

一応のために外車を所有しているなんて、さすがはタワマン住まい。話だけを聞いているととても同じ会社勤めの人間とは思えない。

「瑠衣は運転するのか？」

ハンドルを握った神宮寺は正面を見つめたまま聞いてくる。恋人になってから彼の呼び方は「三雲」から「瑠衣」に変わった。今では名字で呼ばれるのは仕事中くらいだ。

「一応、免許は持ってるけどペーパードライバーよ。最後に運転したのはもう何年も前。神宮寺が言った通り、都内に住んでるとなかなか運転する機会もないしね」

「それなら今度この車で練習してみるか？」

「え!?」

「慣れておくと何かと便利だぞ」

「無理よ！　こんなに高い車、ぶつけた時にいくらかかるかわからないもの！」

ミラーを擦った時のことを想像しただけでもひやりとする。すると必死に断る瑠衣の様子が可笑《おか》しかったのか、神宮寺は前を見つめまま小さく噴き出した。

「なんで初めから事故る前提なんだよ。練習する時は俺が隣で見てるから大丈夫だよ。それに、仮にぶつけたとしても恋人に修理代を請求するほど狭量な男じゃねえよ」

「そういうつもりで言ったわけじゃ……とにかく、今のところは遠慮しておくわ」

「そうか？　運転したくなったらいつでも言えよ。思い切り厳しい教官役をやってやるから」

「……ますます遠慮しておくわ」

教官に叱られるのは教習生の時だけで十分だ。そう伝えれば、神宮寺は「それは残念」とクスリと笑った。そんな軽口を叩き合いながらも車は進む。もう何度も体を重ねた仲なのに、車で二人きりという初めてのシチュエーションに、なんだかとてもドキドキしてしまう。

それもこれも全て恋人が完璧すぎるせいだ。

今日も今日とて彼の外見は一分の隙もない。

白いニットに黒のパンツ、磨き上げられた革靴。夜のホテルディナーに合わせたのだろうフォーマルな装《よそお》いは神宮寺にとても似合っていた。さらには乗車時のスマートなエスコート、飲み物やひざ掛けまで用意してある心配り。こんなのときめくなという方が無理な話だ。

気づけば瑠衣は運転席の方を見てしまう。

――彼は、こんなにもかっこよかっただろうか。

ずば抜けて整った容姿をしているのは今まで通り。けれど、恋人になってからというもの瑠衣の目には神宮寺の姿がやけに輝いて見えるのだ。

仕事中や体を重ねている時、共に食事をしている時など、ふとした瞬間に見惚れてしまう。

そのたびに瑠衣は「これが惚れた欲目というものか」と思わずにはいられない。

今もそうだ。ハンドルを握る横顔の精悍《せいかん》さに胸が高鳴っている。

「そんなに見られるとさすがに照れるな」

「えっ⁉」

「視線で火傷《やけど》しそうだ」

赤信号で車が停車した途端かけられた言葉に瑠衣はぎょっとする。ちらちらと盗み見ていたつもりが丸わかりだったらしい。これはさすがに恥ずかしすぎる。だが神宮寺はこれだけでは止まらなかった。赤信号なのをいいことに、今度は彼が瑠衣をじいっと見つめてきたのだ。

「何？」

あまりに熱心な眼差しにたじろぐ瑠衣に、彼はふわりと目尻を下げる。

「いや。今日も俺の恋人は可愛いなと思っただけ」

「はっ……？」

「その服も、化粧もよく似合ってる」

「っ――！」

「最高に綺麗だ。……俺以外の誰にも見せたくないくらいにな」

夜を匂わせるような艶《つや》っぽい声に今度こそ瑠衣は陥落《かんらく》した。

今の瑠衣の心は神宮寺でいっぱいだ。今からこれでは夜まで本当にもつだろうか。

本気でそう心配する瑠衣を乗せて、車は銀座方面へと向かう。

その間ずっと、まるで初めて恋を知った少女のように瑠衣の胸はときめいていた。

車をパーキングに停めると、二人は早速買い物に繰り出した。

クリスマス一色に染まる通りを歩く。今はまだ明るいが、あと数時間もすれば街はイルミネーションで煌《きら》びやかに輝くだろう。彼とは二年の付き合いになるがこうして一緒に買い物に行くのは初めてだ。

今日、銀座を指定したのは神宮寺だ。なんでも行きたい店があるとかで、選ぶのを手伝ってほしいのだという。銀座には老舗《しにせ》百貨店はもちろん有名ブランドの店も数多くある。神宮寺の目的地は後者だった。そこに着いた時、瑠衣は率直に驚いた。瑠衣が好きなブランドだったからだ。

イタリア・フィレンツェに本社を置く世界的にも有名なトータルファッションブランド。

元は一人の靴商人から始まったそのブランドの品を瑠衣は好んで使用している。今使っている財布もこのブランドのものだ。とはいえ値がかなり張るものだから気軽に買うわけにもいかない。

同世代の女性に比べて高給取りとはいえ、瑠衣でも年に一度買うのがやっとだ。そのため、瑠衣は毎年冬季賞与が出たタイミングで自分へのクリスマスプレゼントとして購入していた。

実は今日も「銀座に行く」と聞いた時、密かにタイミングが合えば行きたいと思っていたのだ。

(偶然?)

それにしては出来すぎている。驚く瑠衣をよそに神宮寺は慣れた様子で店内に入っていく。するとすぐに一人の男性店員が二人の元に歩み寄ってきた。

「いらっしゃいませ、神宮寺様。お待ちしておりました」

店員は神宮寺、次いで瑠衣に視線を向けると恭《うやうや》しく礼をする。突然の挨拶《あいさつ》にぎょっとする瑠衣の隣で神宮寺は「こんにちは」と笑顔で答えた。

「早速だけどいいかな？」

戸惑う瑠衣を横に話は進んでいく。

「もちろんでございます。こちらへどうぞ」

「ありがとう。――ほら、行くぞ」

「行くって……ええ……？」

促《うなが》されるまま神宮寺と共に通されたのは、売り場フロアではなく個室だった。

眩《まばゆ》く煌《きら》めくシャンデリア、革張りのソファ、そしてショーケースやディスプレイ棚に並ぶアイテムの数々。一目で豪華とわかる内装から見るに、俗にいうＶＩＰルームだろうか。

瑠衣は半ば呆然としつつも神宮寺に続いてソファに座る。するとすぐに奥から女性店員がシャンパングラスとお菓子を持ってやってくる。

「お車でお越しと伺いましたので、ノンアルコールのものをご用意いたしました。ごゆっくりお過ごしください」

「ありがとう」

慣れた様子で受け答えをする恋人の姿に耐えきれず、半ば呆然としていた瑠衣は口を開く。

「……どういうこと？」

神宮寺だけに聞こえるように小さな声で聞くと、彼は「予約しておいた」とさらりと答える。しかしここは予約したからといって誰でも入れる部屋ではないはずだ。ますます瑠衣が困惑すると、神宮寺はようやくネタバラシをしてくれる。

「瑠衣、このブランド好きだろ？　だから事前に話を通して、お前が好きそうなものをいくつかピックアップしておいてもらったんだ。この店は俺もよく利用するから話もしやすかったしな」

これに続いて男性店員も「神宮寺様には懇意にしていただいております」と笑顔で答える。

「他に質問は？」

「どうして私が好きなのを知ってるの？」

「そんなの、見てればわかる」

好きな女のことなんだから、とあっさりと答える姿に瑠衣はたまらず息を呑む。驚きと嬉しさが一気に押し寄せてとても言葉が出なかったのだ。

「じゃあ早速色々見ていくか。気に入るものが見つかればいいけど」

「どうぞご自由にご覧ください。ショーケースの中のもので気になるお品がありましたらお申しつけくださいませ」

神宮寺と店員、二人に促《うなが》されて瑠衣は席を立つ。だが初めてのＶＩＰルームや突然の展開に呑まれてしまいどれを見ても目が滑ってしまう。

そんな瑠衣の様子に気づいたのだろうか。

神宮寺は少し考え込むような仕草をした後、「俺に任せてもらっていいか」と聞いてくる。渡りに船とばかりに瑠衣が頷くと、そこから先は神宮寺の独壇場《どくだんじょう》だった。彼は瑠衣の意見を聞きながら、次々とアイテムを選び始めたのだ。

今の季節にぴったりの厚手のコート、春先に使える爽《さわ》やかな色のトップスやスカート。

パンプス、アクセサリー。神宮寺がチョイスしたそれらを、瑠衣はさながら着せ替え人形のごとく次々と試着していく。それらはいずれも瑠衣の好みど真ん中で、肌触りも着心地も最高だった。

「気に入ったのはあったか？」

最後の試着と着替えを終えたタイミングで聞かれた瑠衣は苦笑する。どのアイテムも好みで、気に入らないものを選ぶ方が難しかったからだ。素直にそう答えると、神宮寺は「わかった」と頷き、店員に視線を向けた。

「今日、選んだものを全てお願いします」

――全て？

神宮寺は財布から黒いカードを取り出した。瑠衣ははっと我に返る。

「ちょっ……！」

「承知いたしました」

ちょっと待って、という間もなく店員はそれを恭《うやうや》しく受け取ると準備のために出ていった。

そうしてこの場に残されたのは、優雅にシャンパングラスを傾ける神宮寺と、あんぐりと口を開ける瑠衣という両極端な二人だけ。するとそれに気づいた神宮寺は悪戯《いたずら》が成功した子供のようにニヤリと笑う。

「鳩が豆鉄砲食ったような顔してるな」

「当たり前よ！」

二人きりということもあり、ずっと我慢していた瑠衣は思わず大きな声で言ってしまう。だが神宮寺は全く応《こた》えた様子もなく「いいだろ」と肩をすくめた。

「俺からのクリスマスプレゼントってことで」

「だからって、いくらなんでも……！」

高すぎる、とはさすがに声には出さない。店内で言わないだけの分別《ふんべつ》は残っていた。だからといって素直に「ありがとう」と受け入れるにはあまりに高額すぎるのは明らかだ。一つ一つの値段は確認せずともおおよその価格帯はわかる。自分が好きなブランドだからこそなおさらだ。

毎冬この店に来る時は楽しみで胸がドキドキしていたが、今は別の意味で心臓が痛い。こんな時どうすればいいのかわからなくてソファで恐縮していると、さすがに気の毒に思ったのか神宮寺が苦笑する。

「そんなに困った顔するなよ。全部、俺が好きでしたことだ。瑠衣が負担に思うことはない」

でも、と眉を下げる瑠衣の頬に神宮寺はそっと手を這《は》わせる。

「それとも迷惑だった？」

「そんなことはないけど……」

ただ、初めての状況とこのわずかな時間で飛んでいったであろう金額に慄《おのの》いているだけで。すると神宮寺は「ならよかった」と小さく笑う。

「心配しなくても今日は特別だ」

「特別？」

「瑠衣と初めて迎えるクリスマスだから、浮かれてるんだよ」

浮かれている？　神宮寺が？

「……全然そんな風には見えなかったわ」

「そうか？　昨日の夜からそわそわしっぱなしだよ。そうでなくても最近の俺は自分でもどうかと思うくらい色ボケしてるのに」

開き直ったようにあっけらかんと神宮寺は肩をすくめるが、瑠衣にとっては意外な告白だった。だって、運転中も店に入ってからも、神宮寺は終始スマートな態度を崩さなかった。だからこそ相手の行動に一喜一憂しているのは自分だけかと思っていたのだ。

それが神宮寺も同じだったなんて――

「何をすれば瑠衣が喜ぶか、笑ってくれるか。そんなことばかり考えてる」

「っ……」

一瞬、何も言えなくなる。自分をじっと見つめる瞳は、底抜けに優しくて愛情に満ちている。神宮寺は瑠衣の頬に手を這《は》わせて柔らかな声で続ける。

「心配しなくても、毎回デートのたびにこんなに買ったりしない。だから今日は受け取ってくれると嬉しい」

「でも……こんなにしてくれても、私には何も返せないわ」

「いいんだよ、見返りが欲しくてやってるんじゃない。言っただろ？　全部俺が好きでしてるんだ。それでも気になるって言うなら……そうだな、笑ってくれ」

「笑う？」

「ああ。どうせなら困った顔より笑った顔の方が見たいから。それに俺は、瑠衣の笑顔が大好きだからな」

神宮寺は茶目っ気たっぷりに目を細めて微笑む。その気障《きざ》ったらしい物言いも表情も、全ては瑠衣の気を紛らわせるためなのは明らかだった。そんな恋人の姿に釣られるように瑠衣は小さく笑う。あんなにもたくさんのプレゼントと自分の笑顔が同価値とはとても思えない。それでも「瑠衣の笑顔が好き」という言葉は間違いなく瑠衣の心を大きく震わせた。

「……ありがとう。大切に使うわね」

だからこそ作り笑顔ではなく自然な笑みがこぼれる。これに神宮寺は「ああ」と嬉しそうに笑みを返したのだった。


店員に見送られながら店を後にすると、辺りはすっかり薄暗くなっていた。瑠衣が家を出た時には青空が広がっていたのに、日の入りの早さや肌を刺すような冷たい風に改めて冬を感じる。

「ディナーの時間まで少し時間があるな。イルミネーションも綺麗だし、少し散策でもする？」

神宮寺の誘いを快《こころよ》く受け入れる。ちなみに購入した品は全て配達を依頼したため、今の二人はとても身軽だ。瑠衣の荷物は小ぶりなハンドバッグ一つだけ。神宮寺に至っては財布も鍵もポケットに入れているため手ぶらである。

高級ブランド店の個室で買い物をして家にまで送ってもらえるなんて、至れり尽くせりでまるでセレブのようだ。

（……神宮寺は間違いなくセレブなんだろうけど）

しかし肩書きはあくまで会社員だから、彼の場合は隠れセレブだろうか。そんなことを考えながらちらりと隣を盗み見れば、相変わらず完璧な造作《ぞうさく》の男の横顔がある。

キラキラと煌《きら》めく光を背景に歩く神宮寺はお世辞抜きに綺麗だ。男性相手に「綺麗」という言葉が正しいのかはわからないけれど、それ以外にふさわしい言葉が見当たらない。すると不意に神宮寺もまた瑠衣の方を見る。彼は瑠衣と視線が重なると、なぜかふっと口元を緩ませた。

「何？」

「綺麗だなと思って」

「本当ね。こんなにじっくりイルミネーションを見るなんて久しぶりかも」

この時期の商業地区はどこもかしこもクリスマス一色。都内に暮らしているとイルミネーションを見る機会は自然と多くなるが、意識して楽しんだことなんてここ何年もなかった。しかし、神宮寺はそういう意味で言ったわけではなかったらしい。

「いや、イルミネーションもだけど、今俺が言ったのは瑠衣のこと」

「え……？」

彼はクスッと小さく笑う。

「俺の恋人は美人だなって、改めて見惚れてた」

――また、そんなことを言って。

恋人になってからというもの、神宮寺の甘さは止《とど》まることを知らない。二人きりの時、彼は息をするように瑠衣のことを褒《ほ》めそやす。

『綺麗』『可愛い』『好きだ』

もう何度耳にしただろう。そのいずれも上辺だけではなく心からの言葉だと伝わってきた。たとえば、そう。

「瑠衣と付き合えた俺は幸せ者だな」

今のように。

「お世辞ばかり言っても何も出ないわよ」

驚きながらも答えると、すぐに「本心だからな」と当たり前のような口調で返ってくる。さすがにこれは恥ずかしくて、瑠衣は少しだけ顔を逸らした。

「……もう」

その後も二人はしっかりと手を繋ぎながら光の中を歩いていく。行き交う人々はやはりカップルが多い。自分たちも傍目《はため》にはそう見えているのかと思うと少しだけくすぐったかった。

「去年のクリスマス、瑠衣は何をしてた？」

不意の質問に面食らいながらも、瑠衣は一年前の記憶を紐《ひも》解こうとする。しかし悲しいくらいに何も出てこない。確か去年はイブも当日も週末だったことだけは覚えている。

「多分、いつも通りの週末を過ごしたと思うわ。神宮寺は？」

「俺も似たようなものかな。でも一昨年《おととし》のクリスマスイブははっきり覚えてる。会社で瑠衣と二人でコンビニのクリスマスケーキを食べた」

「そういえば……」

当時は年末の繁忙期で目が回る忙しさだった。恋人がいないこともありクリスマスなんて意識の外にある中、共に残業していた神宮寺が気まぐれにショートケーキを買ってきたのだ。しかし今の今まですっかり記憶の奥にしまわれていた。

「よく覚えてたわね」

感心すると、神宮寺は「忘れるわけない」と言い切った。

「あれも俺にとっては大切な思い出だからな」

「会社でコンビニケーキを食べたことが？」

「ああ。あの時から俺は瑠衣しか見ていないから」

思いの外《ほか》はっきりとした言葉に瑠衣は思わず息を呑む。神宮寺は続けて言った。

「来年はクリスマスマーケットでも行こうか。国内だと横浜の赤煉瓦《あかれんが》倉庫とか、この近くだと日比谷公園でやってるのも有名らしい。思い切って本場ドイツに行ってみるのもありかもな」

その場合は一緒に休暇を取らないとな、と楽しげに彼は笑う。その姿に瑠衣は何も言えなくなる。

神宮寺が当たり前のように未来の話をした。来年のクリスマスも瑠衣と一緒にいることを信じて疑わないその姿に、言い表しようのない嬉しさが込み上げる。

「瑠衣？」

「……なんでもないわ。来年のクリスマスも楽しみにしてるわね」

繋いだ手にそっと力を込めるとすぐに強く握り返される。

「ああ、楽しみだな」

その笑顔に瑠衣は強く思った。

――来年もその次の年も一緒にいたい、と。

その後は予約したホテルのイタリアンレストランに向かい、二人きりのクリスマスディナーを楽しんだ。神宮寺にクリスマスプレゼントを渡したのもこの時だ。

瑠衣が彼のために用意したのは、ネクタイとネクタイピン。

ネクタイは普段使いができるように色は濃いブルーのものを選んだ。しかし、購入した時は「神宮寺に似合うはず！」と満足していたものの、いざ渡す瞬間になると彼にもらったプレゼントとの対比にどうしても怯《ひる》んでしまった。だが神宮寺はそんな瑠衣の不安を一瞬にして吹き飛ばした。

「ありがとう。一生大切にする」

プレゼントを受け取った彼は満面の笑みを浮かべて言ったのだ。

心の底から嬉しそうなその笑顔に瑠衣は不覚にも泣きそうになった。それを必死に堪《こら》えて「一生なんて大袈裟《おおげさ》よ」となんとか返せば、彼は「本当に嬉しいから」と重ねて感謝の言葉を伝えてくれた。その姿に改めて彼が好きだと実感した。

――最高に幸せな一日だったと思う。

眼下に都内の夜景を臨みながら恋人と過ごす時間は最高に贅沢《ぜいたく》で、ロマンティックで。

二十九年間の人生の中で、間違いなく一番のクリスマスとなったのだった。

翌日、週明けの月曜日。イブの夜を神宮寺のマンションで過ごした瑠衣は彼と共に家を出る。

恋人としての甘い雰囲気に浸《ひた》っていられたのもここまでだ。

営業職にとって月末、しかも年末は一年の中でも特に忙しい時期である。

今年の仕事納めは二十九日の金曜日。つまり今週一週間は最後の追い込み期間なのだ。

月曜日の今日は二十五日でクリスマス当日であるものの、残念ながら今年の二人の聖夜は昨日で終わり。今日からは仕事漬けの日々が確定している。

「最後の追い込み期間、頑張るか」

「お互い体調には気をつけてね」

「ああ」

そんなやりとりと共に始まった最終週は怒涛《どとう》の一言に尽きた。

営業活動と並行して年度末の挨拶《あいさつ》回りも必要とあって、時間がいくらあっても足りないのだ。

残業づくしで終電で帰る日が続き、家に着いた後はシャワーを浴びて力尽きたように眠る。

神宮寺とまともに会話したのも月曜日が最後で、次に彼とゆっくり話す時間が取れたのは結局二十九日の仕事納めの夜だった。

「三雲」

午後六時過ぎ。瑠衣が会社のラウンジで一息ついていると、不意に声をかけられる。

顔を上げた先にいたのは、外回りから戻ってきたばかりであろう神宮寺だった。

珍しく疲れた表情をしている恋人に瑠衣は自販機でブラックコーヒーの缶を購入して手渡すと、

神宮寺は「ありがとう」と笑顔で受け取った。

二人で対面に椅子に座ると、どちらともなくため息が漏れる。

「お疲れさま」

「三雲もな」

そしてまた互いにため息を一つ。すると神宮寺は「さすがに疲れたな」と苦笑する。

「なんかぱーっと飲みに行きたい気分。この後、どうだ？」

その誘いには大いに心惹かれたが、瑠衣は首を横に振る。

「行きたい気持ちはあるけどやめておくわ。今飲んだらすぐに酔っちゃいそう。それにこの一週間、忙しすぎてろくに掃除もできてないから、家の中がめちゃくちゃなの」

今日はゆっくり休み、土日で大掃除も兼ねて部屋を片付けるつもりだと伝えると、神宮寺は少しだけ残念そうに肩をすくめる。

「なら俺もそうするかな。うちもかなり散らかってるから、いい加減なんとかしないと」

「ハウスクリーニングとか頼まないの？　あのマンションならそういうサービスもありそうだけど」

「あるにはあるけど、わざわざ頼まねえよ。掃除くらい自分でする。家に他人を入れるのも好きじゃないしな」

「私は？」

「三雲は別」

「あら、光栄ね」

こんな軽口を叩き合うのも随分と久しぶりな感じがする。この五日間まともに話していなかったとはいえ、互いに顔を合わせていたにもかかわらずだ。瑠衣にとって、神宮寺はそれくらい近しい存在になっているのだと改めて実感した。

「正月は実家に帰るのか？」

「大晦日《おおみそか》に帰って、元旦の夜には戻る予定よ」

休みは二十九日から三日まで。仕事始まりは四日からだ。地方出身の同僚の中には年末年始を全て実家で過ごす者もいるが、実家が都内でしかも独身の瑠衣は、滞在してもせいぜい一泊二日だ。

「神宮寺は？」

「俺も似たようなもんかな。二日の午後には戻るつもり」

「そうなると、次に会うのは四日ね」

言葉にしながら心の中では少しだけ「残念だな」と思った。今日神宮寺と別れてから仕事始めまで一週間もない。大掃除をして実家でのんびりしていればあっという間に過ぎるだろう時間。しかし今の瑠衣にはそれがとても長く感じてしまう。

そんな気持ちが伝わったのだろうか。

「二日に会わないか？」

彼は意外な言葉を口にした。

「夜にうちに来て泊まればいい」

「いいの？」

「もちろん。というか、四日まで会えないとか普通に俺が無理」

――今だって本当は家に連れ帰りたいんだから。

続けて言われた言葉にドクンと胸が跳ねる。対面の神宮寺はじっと瑠衣を見つめた。直後、彼の纏《まと》う雰囲気ががらりと変わる。人当たりのいい営業マンとしてではない、「恋人」としての男の色気に満ちた眼差しに射抜かれる。

「瑠衣」

テーブルの上に何気なく置いていた瑠衣の手のひらを、長く形のいい指先がつうっと撫でる。

「会社だから今はこれ以上はしない、でも」

――次に会った時は、身も心もドロドロに甘やかす。

次いで紡がれた言葉を瑠衣は断らなかった。

瑠衣もまたそうなることを望んでいたから。


翌日、瑠衣は大掃除に勤《いそ》しんだ。一週間ろくに片付けをしていなかったせいで部屋はなかなかの惨状だった。数日分の溜まった洗濯物を一気に回して、お風呂場も洗面台もピカピカに磨き上げる。普段は掃除機をかけるだけの床も水拭きとワックスがけをする。

そんな中でも特に時間を取られたのが書類の整理だ。

仕事を持ち帰ることも少なくないため、自宅には仕事関連の書類が蓄積している。もちろん全て許可を得たもので個人情報が載っているようなものはないが、捨てるものと取っておくものの取捨選択ではそれなりの時間を要した。その最中、書類を選別する瑠衣の手がぴたりと止まる。

「あ……」

見つけたのは同窓会の案内ハガキ。以前届いたそれに、瑠衣は「欠席」に丸をつけて返送した。てっきり捨ててしまったものと思っていたが、仕事関係の書類に紛れていたらしい。

「こんなところにあったのね」

ハガキを見て頭に浮かぶのは山田のことだった。

もじゃもじゃの黒髪と猫背の姿が懐《なつ》かしい。人付き合いが苦手そうな彼は、瑠衣と話す時も伏し目がちだった。物静かで落ち着いた彼が纏《まと》う雰囲気は、図書室の雰囲気とどこか似ていた。それでも本について語る時の彼はとても雄弁で、そのギャップもまた面白かった。

そんな彼と過ごす時間が、瑠衣はとても好きだった。

「……今頃何をしてるのかな」

卒業式から今日までの間、山田のことを忘れた日はないと言ったら嘘になる。

特にここ数年は思い出すこと自体ほとんどなくなっていた。しかし二ヶ月前にこのハガキを見た時、瑠衣の意識は一気に卒業式のあの日に引き戻された。残念ながら今となってはもう山田の声も思い出せない。それでも最後に交わした会話は鮮明に覚えている。

『好きなんだ』

『初めて会った時からずっと、君のことが好きだった』

別人のように熱を宿した瞳で自分を見据える姿、力強い口調。

あの瞬間の山田は間違いなく本気だった。しかし瑠衣はそれを正面から否定した。身勝手に八つ当たりして、拒絶して傷つけてしまった。

卒業後、何度も謝ろうと思ったものの、実際に行動に移すことはなかった。山田の進路について調べようと思えばいくらでも手立てはあったろうに、瑠衣は何もしなかった。

……怖かったのだ。

謝罪して「許さない」と言われるのが怖かった。拒絶されたくないと思ってしまった。欠席で返したのもそれ故《ゆえ》だ。しかし、瑠衣の中ではいまだに卒業式の出来事がしこりとして残っている。

謝罪したい。何よりも、会いたいと素直に思った。

山田からすれば今さら謝られても困るだけだろう。瑠衣のことなんて覚えていないかもしれない。

謝罪したいこの気持ちは全て瑠衣の自己満足だ。

（でも……）

山田に会うとしたらきっと今回の同窓会が最初で最後のチャンスだ。逃したが最後、永遠に会う機会は失われてしまう。そんな気がした。

二ヶ月前の瑠衣はその勇気が出なかった。

でも今は違う。今の自分は行動することの大切さを、勇気を出した結果どうなるかを知っている。そうしたからこそ瑠衣は神宮寺と恋人になることができたのだから。

――だめで元々。

瑠衣は改めてハガキの文面に視線を落とす。幹事の名前は吉岡実《よしおかみのる》。記憶が確かであれば、高校三年生の時のクラスメイトだ。特別親しくはなかったものの、人当たりがいい人物で他の生徒から慕《した》われていた男子だった気がする。その名前の横には携帯番号が記されていた。

瑠衣は意を決してそこに電話をかける。それはすぐに繋がった。

『もしもし』

「も、もしもし。私、三雲瑠衣と言います。同窓会の件でお聞きしたいことがあってお電話しました」

緊張しつつも名前を名乗ると、すぐに『ああ、三雲さん！』と元気な声が返ってくる。

『久しぶりだね、どうしたの？　あっ、もしかして同窓会に参加する気になった？』

「ええと……実はそうなの。一度欠席で出したのにごめんなさい。急で申し訳ないのだけれど、今からでも参加するのは可能ですか？」

予想外に明るい声色に驚きつつも要件を伝える。すると吉岡は『なんで敬語なの』と可笑《おか》しそうに笑ってあっさり承諾してくれる。

『むしろ出席率があまりよくなかったから、三雲さんが来てくれると俺としても助かる。場所とか時間はハガキに書いてある通りだから大丈夫かな？』

「ええ、ありがとう。……あのっ！　出席者とかってわかったりするかな？」

『あー……ごめん、今実家に帰省中で手元に名簿がないんだ。後で確認して連絡するのでもいい？』

「ううん、それなら大丈夫！」

あわよくば山田が参加するかどうかを聞きたかったが、さすがにそこまで迷惑はかけられない。

「少し気になっただけだから気にしないで、ありがとう」

参加をOKしてくれたことも含めてお礼を言うと、吉岡は『えーと……』と言い淀《よど》む。歯切れが悪い様子にどうかしたのかと問えば、彼はためらいながらも答えてくれた。

『川瀬も参加予定なんだけど、大丈夫？』

元彼の名前に瑠衣はつい苦笑する。あの男と別れたことを吉岡は知っているようだ。外部受験した瑠衣と異なり、川瀬を含めたほとんどの同級生は内部進学したはずだから当然といえば当然か。

しかし瑠衣が気になるのは山田だけで、川瀬については心の底からどうでもよかった。

未練なんてあるはずもなく、仮に顔を合わせたとしてもかかわらなければいいだけだ。向こうとてわざわざ瑠衣に話しかけてきたりしないだろう。

「気を遣わせてしまってごめんなさい。でも、それについては全く問題ないわ」

きっぱり答えると吉岡は『ならよかった』とほっとしたように息をつく。

『じゃ、また当日にね。連絡をくれてありがとう』

「こちらこそ突然だったのにありがとう。それじゃあ、また」

電話が切れる。直後、瑠衣はその場に脱力した。

――山田に会えるかもしれない。

そう思うと落ち着きそうになかった。

大晦日《おおみそか》と元旦は予定通り実家で過ごした。

紅白を見ながら年越しをして、翌朝は両親が用意したおせちと母の作ったお雑煮を食べる。

瑠衣の実家には特に訪ねてくるような親戚もいない。

例年通り変わり映えのない平和な正月。

両親から振られる話題といえば「結婚はまだか」「そろそろ孫の顔が見てみたい」と言うものばかりで、ここ二、三年は顔を合わせるたびに言われるものだから、少し辟易《へきえき》していた。

結局両親からの「そろそろ将来について真剣に考えないと」と言われる圧力に耐えきれず、瑠衣は予定を切り上げて元旦の昼過ぎ早々に実家を退散した。

慣れ親しんだ自宅マンションに戻るとそれだけで安心する自分がいる。

両親のことはけして嫌いではないし、普通に好きだ。二十九歳という年齢を思えば結婚や孫云々《うんぬん》について口を出したくなるのも自然なのだろう。瑠衣は一人っ子なのだからなおさらだ。

そう頭では理解しつつも、昨年までの自分は、何年も恋人もいないのに結婚なんてありえないし、放っておいてくれとさえ思った。けれど今年は少しだけ違った。

『結婚を考えている相手はいないの？』

その質問に自然と神宮寺のことが頭をよぎったのだ。

それに一番戸惑ったのは瑠衣自身だ。

彼とは同僚として二年間過ごしたが、恋人になってからは日も浅い。結婚なんて時期尚早《しょうそう》だし、神宮寺とて考えてはいないだろう。瑠衣だって母から質問されるまで結婚を意識したこともなかった。恋人ができた今も、結婚願望が特別強くなったわけではない。

一方で、クリスマスイブに神宮寺が来年の話をしてくれた時、瑠衣は素直に嬉しかった。来年もその先もああして彼の隣にいたいと思った。もしもその先に結婚があるとしたら――

考えかけて、途中でやめた。

(明日には会えるんだもの)

今はそれだけで十分だ。

翌二日の夜は約束通り神宮寺のマンションにお邪魔した。

午後に帰宅したという彼は、瑠衣を出迎えるなり痛いくらいのハグをした。

その後は神宮寺お手製の夕食をいただいた。食後はリビングのソファに隣り合って座り、紅茶を飲みながら他愛もない話をする。話題は自然と互いの正月休みの話になった。

「実家ではのんびりできた？」

神宮寺の問いに瑠衣は苦笑する。

「できたと言えばできたけど、結局一日のお昼には帰ったわ」

「夜に帰る予定だとか言ってなかったか？」

「そのつもりだったけど、結婚はまだかとか、孫の顔が見たいとか、恒例の質問攻めに疲れちゃって――」

言いかけて、はっとする。

――この言い方では、遠回しに結婚したいと匂わせているようではないか。

恋人の家にこっそりと某結婚雑誌を置いて帰るくらい、あからさまな言い方だった。でも瑠衣にはそんなつもりは全くない。

「違うの、今のはっ……」

「するか」

瑠衣を遮《さえぎ》り神宮寺はにこりと笑う。

「するって、何を？」

「結婚」

「え？」

「だから、結婚」

一瞬、頭の中が真っ白になる。今のはプロポーズだろうか。それとも冗談だろうか。機嫌よさそうに微笑む姿からはどちらの意味とも取れる。

「嫌か？」

「そういうわけじゃなくて……ただ、驚いて」

「言っておくけどふざけてるわけじゃないからな」

どうやら本気だったらしい。それを理解した途端、ぼっと顔が熱くなるのがわかった。

一気に心臓の音が跳ね上がり、動揺のあまり手に持ったマグカップを持つ指先が震えてしまう。

すると神宮寺はそっとそれを手に取りローテーブルの上に置いた。そして瑠衣の顔を見つめてクスリと笑う。

「さすがに急すぎたか」

「えっと……」

「返事は急がない。でも俺は本気だから、それだけは覚えておいて」

瑠衣は答える代わりにこくんと頷く。驚きすぎてそれが精一杯だったのだ。

その後は二人で一緒にお風呂に入った。既に何度も体を重ねた仲とはいえ、明るい中で裸を見られるのはいまだに慣れない。神宮寺が積極的に瑠衣の体を洗いたがるからなおさらだ。

風呂から出て互いに着替えた後は、濡れた瑠衣の髪の毛を神宮寺が乾かしてくれる。その手つきはとても丁寧でマッサージを受けているようだ。風呂上がりで体が温まっているのもあり、眠くなってしまう。

「はい、終わり」

うとうとしかけていた瑠衣ははっとする。それを見た神宮寺は小さく苦笑しつつも瑠衣の体を抱き上げる。突然の浮遊感に眠気が覚めた瑠衣は慌てて彼の首にしがみついた。そんな瑠衣を抱いたまま神宮寺は寝室に向かい、恋人の体をベッドの上に横たえると自らもベッドに上がる。

「このまま寝かしてやりたいところだけど、その前に瑠衣が欲しい」

「あ……」

「いいか？」

ストレートに告げる言葉には熱が込められていた。声だけではない、瑠衣をじっと見下ろすその瞳にはとろりとした熱がある。欲を孕《はら》んだその眼差しに気づけば瑠衣は両手を彼の首に回していた。

そのまま上半身をわずかに持ち上げて、形のよい唇に触れるだけのキスをする。

「――きて？」

そして、二人の体はベッドに沈んだ。


次に目覚めた時、隣に神宮寺の姿はなかった。

瑠衣は寝ぼけ眼《まなこ》のまま気怠《けだる》い体を起こして、ベッドサイドの時計に視線を向ける。

時刻は午後一時を回っていた。昨夜ベッドに向かったのは日付が変わる前だったから、実に十二時間以上ベッドの中で過ごしていたことになる。

ふと自分の体に視線を落とせば、体中の至るところにキスマークが刻まれていた。

胸の谷間や膨らみ、お腹、太ももの内側。それ以外にも色々なところにうっすらと痣《あざ》がある。この様子では自分で見えないところにもあるかもしれない。

「……つけすぎよ、もう」

自然とそんな呟きが漏れるものの、けして嫌ではない。むしろこの一つ一つが彼の所有欲を表しているようで嬉しくもあった。独占されているようで嬉しいなんて、つくづく自分は神宮寺に骨抜きらしい。

昨晩、神宮寺は執拗《しつよう》に瑠衣を抱いた。幾度も体位を変えて、何度も、何度も――

昨夜だけでどれだけ達したか瑠衣自身もわからない。それくらい互いに激しく求め合ったのだ。

はっきり記憶しているのは二度目までで、それ以降の記憶は曖昧《あいまい》だ。ただ、全てが終わった頃には空が白んでいたことだけは覚えている。

——愛されていると思う。

疑いなくそう思えるほどに、神宮寺の愛は深い。

とはいえ、昨夜の突然のプロポーズにはさすがに驚いた。

まさか神宮寺が結婚を意識しているとは思わなかったのだ。しかし一夜明けた今は素直に嬉しいと感じる。一年先二年先ではなく、その先の彼の未来に自分もいるのだと思うと、なおさらに。

その時、不意にサイドテーブルに置かれたスマホが振動する。神宮寺のものだ。

「あ……」

瑠衣には他人のスマホを盗み見る趣味はない。

『里美《さとみ》』

だからその名前を見たのも偶然だった。ディスプレイが上向きに置いていたから視界に入っただけ。そしてそこに表示されていたのは、女の名前だった。

「里美」からの電話は十秒ほど経ってぷつりと切れる。その後すぐにディスプレイに通話メッセージの通知が入ってくる。

『十九日の夜七時に御影《みかげ》ホテルのラウンジで待ってます』

——ホテル？

不穏な文面に瑠衣はひゅっと息を呑む。それと同時にドアの向こう側から足音が聞こえてきて、瑠衣は考えるより先にベッドに横になっていた。廊下側に背中を向けて瞼《まぶた》を閉じるのと、ドアが開いたのは同時だった。

「瑠衣？」

真っ暗な視界の中で足音が近づいてくるのがわかる。次いでベッドのシーツが沈み、ふわりと何かが髪に触れた。神宮寺の手のひらだ。瑠衣は身じろぎしそうになるのを何とか堪《こら》える。あえて少し大きめに呼吸をすれば、小さく笑う声が聞こえた。

「……よく寝てる。無理させすぎたからな」

その時、不意に頬に柔らかな何かを感じた。キスされたのだ。

神宮寺はそのまま二度三度と瑠衣の髪の毛を撫でるとベッドを立って、部屋を出ていった。足音が遠ざかるのを確認した瑠衣は瞼《まぶた》を開ける。スマホは既に神宮寺が持っていった後だった。

（……寝たふりする必要なんてなかったのに）

普通に「おはよう」「スマホが鳴ってたわよ」と言えばよかっただけ。それなのに、見知らぬ女性の名前とホテルという組み合わせに怖気《おじけ》づいてしまった。

今からでも素直に見てしまったことを伝えて、どういう間柄なのか聞いてみようか。

一瞬そこまで考えたが、すぐにその必要はないと結論づける。

せっかくの休日の朝にわざわざ水を差すことはないし、第一、疑っているようで神宮寺にも失礼だ。彼が瑠衣を大切に想っているのは明らかだ。それに昨夜は、プロポーズとも取れる発言までしたのだ。それなのに浮気なんてありえないだろう。

（大丈夫）

何も心配はいらないはずだ。

そう自分に言い聞かせて、瑠衣はベッドから抜け出した。

7

会社は一月四日が仕事始めである。

初めのうちは取引先に新年の挨拶《あいさつ》回りをしたりと新年特有の空気感を感じていたが、一週間も経つ頃にはそれも収まり、瑠衣も日々の忙しさに身を投じていた。

この間も神宮寺との交際は順調に続いていた。

先週末も彼の家に泊まったし、昨日は仕事後に食事に行ったばかりだ。

今週末の土曜日には同窓会があるし、もしかしたらそこで山田に会えるかもしれない。この二週間、瑠衣は恋も仕事も順調だった。……表向きは。

――里美って誰？

この二週間、何度もその問いが喉元まで出かかってはそのたびに口を閉ざした。

気になるならストレートに尋ねればいいだけだと頭では理解している。それでも聞けないのは、神宮寺の反応を見るのが怖かったのだ。

瑠衣にとって浮気は絶対悪。原因はもちろん川瀬との失恋だ。

川瀬に未練なんて微塵《みじん》もないのに、あの男によって植え付けられた価値観は今日まで変わらなかった。たかだか女からの電話とメッセージに怖気《おじけ》づいているのは全て瑠衣自身の問題である。神宮寺は、何も悪くないというのに。

彼は、時にこちらが戸惑うくらいの熱量で愛してくれる。その気持ちを疑いたくはないし、嘘だとは思っていない。

それでも「もしも」のことを……最悪の場合をどうしても想像してしまう。

彼以外の男と肌を重ねるなんて考えられないくらい、今の自分の中は神宮寺でいっぱいだ。

だからこそ、もしも彼の心に自分以外の女性がいたらと思うと、それだけで胸が引き裂かれるように痛んだ。そうなればきっと、瑠衣の心は壊れてしまう。本気でそう思うくらいに今の瑠衣は身も心も神宮寺に囚《とら》われているのだから。

「里美」の正体を気にしつつも、何も聞けないまま時間だけが過ぎていった。

そして十九日の金曜日。

明日に同窓会を控えたこの日は、「里美」の指定した日でもある。

今日一日、神宮寺は外回りの予定が入っているらしい。昼過ぎに一度帰社するものの、夕方は得意先からそのまま直帰すると話していた。いつもであれば金曜日は互いに用事が入っていない限り、共に食事をしてどちらかの家に泊まる流れになっている。だが今日に限ってはそんな話も出ていなくて、それがいっそう瑠衣を不安にさせた。

それもあってか表向きは平静を装《よそお》いつつも心の中は終始落ち着かなかった。いないとわかっていても、気がつけば神宮寺の席の方を見てしまう。仕事に支障が出るようなことはなかったものの、タイプミスの回数は普段の比ではなかった。

そうしてそわそわしたままなんとかこの日の仕事を終えた、午後六時過ぎ。

(もう、限界)

意図せずメッセージを盗み見てしまってから今日まで聞かずにいたが、これ以上黙っているのは無理そうだ。神宮寺を前に何も知らないふりをするのも疲れたし、何よりすっきりしない。

(聞いてみよう)

きっと友人か何かでホテルで会うのにも深い意味はないはずだ。素直に偶然見てしまったことを謝ればいい。オフィスを出た瑠衣は駅へと向かう道すがら神宮寺に電話をかける。しかし電源を切っているのか、繋がらない。

まだ仕事中なのだろうか。ようやく覚悟を決めたのに肩透かしを食らった気分だ。

コール画面から切り替わった待ち受け画面に表示された時刻は、午後六時十五分。そして「里美」のメッセージにあったホテルは、ここから三十分もあれば着くだろう。

この時、二つの考えが瑠衣の中に浮かんだ。

——確認するだけよ。

——そんなことをしたら疑っているみたいじゃない。

このまま帰宅するか、それともホテルに向かうか、心が揺れる。

わずかな逡巡《しゅんじゅん》の後、瑠衣が選んだのは前者だった。

神宮寺には申し訳ないと思う。それでもこのまま何も確認せずに今日一日を終えることはとてもできそうになかった。午後七時まで待って何もなければ大人しく帰ればいい。その上で神宮寺には正直に話す。

スマホを見てしまったことも、ホテルに行ったことも伝えて謝罪しよう。

そう決めた瑠衣は電車に乗り込んだ。目的地である御影ホテルに到着したのは午後六時四十五分。

瑠衣が選んだラウンジの席は、エントランスから最も遠い位置にあり、かつ死角になっている場所だった。この場所からなら入ってきた人物を確認できる。

七時まであと十五分。瑠衣はウェイターにカフェラテを注文してその時を待つ。

事態が動いたのは、それから五分ほど経ってからだった。

不意に着信音が耳に届く。それは瑠衣のものではなく少し離れた席の女性のスマホからのようだった。女性はすぐにスマホを取り、そして言った。

「もしもし、竜樹くん?」

その瞬間、ひゅっと呼吸が止まった。大きく目を見開く瑠衣の前で会話は続く。

「うん、ラウンジで待って――あっ、見えた。私がそっちにいくから、電話を切るね」

立ち上がった女性はエントランスの方に足早に歩き始める。そして彼女が足を止めた先にいたのは、一人の男。

「なんで……」

神宮寺がここにいるの。そんな風に笑顔を浮かべているの。その人は誰。名前で呼ぶような仲なの——？

一気にたくさんの疑問が浮かんでは消えていく。その間にも二人はラウンジを離れてエレベーターホールへと消えていく。瑠衣はそれを追いかけることができなかった。腕こそ組んでいなかったものの、遠目にもわかるほどに二人が仲睦まじい様子だったから。

(今のは、何)

自分が見た光景が信じられなかった。これが見間違いならどれほどよかっただろう。それでも自分が恋人の姿を見間違えるはずがない。

「浮気」の二文字が頭をよぎる。だがそれを瑠衣は無理やり振り払った。

違う、神宮寺に限ってそんなことはありえない。だって彼は言ったのだ。

瑠衣を好きだと、結婚を考えているとそう言ったのだ。

——何か事情があるのかもしれない。

きっとそうに決まっている。

そんな一心で瑠衣はバッグからスマホを取り出し、発信履歴の一番上にある神宮寺の名前をタップした。先ほど彼はあの女性と通話していた。それならば、やましいことが何もないのなら瑠衣からの電話にも出られるはずだ。

(お願い、出て……)

祈るような気持ちで待つ。電話は三コールもしないうちに繋がった。

『もしもし』

出てくれた――。耳に馴染んだ声にほっとした瑠衣は、上ずりそうになる声をなんとか抑えて「神宮寺」と恋人に呼びかける。

「お疲れさま。仕事は終わったの？」

『ああ。瑠衣は？』

「私はもう退社したわ。……さっき電話したんだけど、気づかなかった？」

なんでもない風を装《よそお》って問うと、充電が切れていたのだと返ってくる。

『何か急な用事だった？』

「そういうわけじゃないけど、今日は金曜日でしょ？　神宮寺さえよければ飲みに行きたいなと思って」

『あー……悪い、今日は高校時代の友達と飲む予定なんだ』

伝えたつもりでいた、と謝罪する声に違和感を覚えるような部分は何もなかった。これだけ聞けば先ほど見た光景は夢だったのではと錯覚するほど、いっそ拍子抜けするくらいにいつも通りだ。

だからこそ次の質問をするのには勇気が必要だった。それでも、聞かずには終われない。

「同級生って、女性？」

もしここで『そうだ』と言われれば。

あの女性は友人なのだと思うことができたかもしれない。だが帰ってきた言葉は――

『まさか、男だよ』

「……そう」

嘘、だった。

『もしもし、どうかしたか？』

「なんでもないわ。残念だなと思っただけ。神宮寺がザルなのは知ってるけど、あまり飲みすぎないようにね」

『わかってる。そう遅くはならないと思うから、帰ったら電話する。それじゃあまたな』

そして、電話は切れた。直後、瑠衣の体から全ての力が抜けた。

ソファの背に身を任せて、投げ出した腕に握られたままのスマホを呆然と見やる。

息を吐くようになんのためらいもなく神宮寺は嘘をついた。

（どうして……）

喉の奥から何かがせり上がる。目の前が真っ暗になるような感覚がして、瑠衣は手のひらで目元を覆《おお》って天井《てんじょう》を向いた。そうでもしないと涙が溢《あふ》れてしまいそうだったのだ。

「お客さま？」

その時、顔を覆《おお》って黙り込む瑠衣を心配したのかウェイターが声をかけてくる。瑠衣は咄嗟《とっさ》に「なんでもありません」と答えると急いで支払いを済ませ、逃げるようにホテルを後にした。神宮寺と女性がいる場所にこれ以上、一秒だっていたくなかったのだ。

それから自宅までどう帰ったのか記憶は曖昧《あいまい》だ。気づけば瑠衣は玄関に立っていて、ふらふらとした足取りでリビングのソファまで向かう。慣れ親しんだ自分だけの空間にいるのを自覚した途端、張り詰めていた緊張の糸がぷつりと切れた。

「っ……」

頬を一筋の涙が流れる。泣きたくないのにそれは次から次へと溢《あふ》れ出た。

「なんでよ……」

本当はラウンジで電話を切った時からずっと泣きたかった。だがそうしなかったのは、瑠衣はもう図書室で泣きじゃくっていた十代の子供ではなく、社会に揉まれて必死に足を踏ん張っている二十九歳の大人だからだ。

『どんなことでもいい、腹の中に抱えてるものを全部ぶちまけろ。泣くのを我慢するな。——全部、聞くから』

『なら俺に甘えればいい。泣きたくなったり、辛くなったらいつでも俺を呼べ。すぐに飛んでいくから』

『俺はお前の味方だ』

あの時、瑠衣は大人になって初めて泣ける場所を見つけたと思った。けれど、もしかしたらそれを失うことになるかもしれない。

今頃、神宮寺と女性が何をしているかなんて考えたくもない。それでもまだ希望を捨て切れなかった。溢《あふ》れるほどの涙を流しながらもスマホを握りしめているのは、「電話する」と彼が言ったからだ。

(信じたい)

何か特別な理由があって嘘をついたのだと思いたかった。

それなのに。

一時間、二時間……日付が変わっても、電話は鳴らなかった。


「ん……」

うっすらと目を開ける。真っ先に視界に飛び込んできたのは、投げ出した手に握りしめるスマホだった。その光景に昨日の記憶が一気に呼び起こされる。

昨夜は神宮寺からの連絡を待ち続けたまま、ソファで寝落ちしてしまったらしい。変な体勢で寝てしまったため、体中がバキバキに凝《こ》っている。

「電話はなし、か」

時刻は既に午後二時を回っていた。最後に時間を確認したのは確か午前三時過ぎだったから、十時間以上寝こけていたことになる。それにもかかわらずスマホに着信通知は残されていない。

その現実にいっそ乾いた笑いが込み上げる。泣きたくても、既に涙は枯れ果てていた。

「……準備しなきゃ」

今日は同窓会。場所は都内のレストランを貸し切って行われる。

受付開始時刻の午後五時まで時間は少しあるが、早めに準備した方がいいだろう。

なんせ昨夜はシャワーを浴びずに寝てしまったのだ。服もメイクも昨日のまま。その上ボロボロに泣いた後だから、きっと今の自分はかなり悲惨な状況になっているはずだ。いつ来るかわからない電話をこれ以上待ってはいられない。

情事後の気怠《けだる》さとは違う、不快さの残る重い体を起こして立ち上がる。

スマホが鳴ったのは、その時だった。

(どうして……)

待っていた時はなんの連絡もなかったのに、諦めた途端にかかってくるのだろう。それでも無視する気にはなれなくて、瑠衣はスマホの画面をタップした。

「……もしもし」

『瑠衣?』

昨日までは彼に名前を呼ばれると不思議と嬉しい気持ちになった。でも今は、簡単に呼んでくれるなと思ってしまう。それくらい、今の瑠衣の心は荒《すさ》んでいた。

「何?」

『昨日は電話をかけ直さなくて悪い。思いの外《ほか》盛り上がって明け方まで飲んでたんだ。そのまま寝落ちして、気づいたら昼過ぎだった。今、ちょうど家に帰ってきたところ』

普段と変わらない口調。だが瑠衣はいつも通りに振る舞うことはとてもできそうになかった。

本当に飲んでいただけなのか、そうでないのかはわからない。しかしどちらにせよ、瑠衣が電話を待ち続けていた間、神宮寺はあの女性と二人きりでいた。楽しく過ごしていたのだ。それを知った今、どうしようもなく惨《みじ》めな気持ちになってしまう。

「昨日は楽しかった?」

この質問に彼は迷いなく『ああ』と肯定する。その答えに瑠衣は自分の中に最後に残っていた薄氷が粉々に崩れ落ちる音を確かに聞いた。

「……嘘つき」

その声はあまりに小さくて神宮寺には聞こえなかったらしい。彼は『そうだ』と明るい声色で切り出した。

『今日、これから会えないか？』

もしも昨日のことがなければ、瑠衣は喜んで頷いていただろう。しかし今は、女と一緒にいながら男と嘘をついたことも、やけに機嫌がよさそうなのも全てが腹立たしい。何よりも、昨夜他の女を抱いたかもしれない手で触れられるかもしれないと思うと、毛が逆立つような怒りを覚える。

その怒りを瑠衣は必死に抑え込む。

（……冷静にならないと）

状況だけを見れば限りなく黒に近いが、浮気が確定したわけではない。もしかしたら嘘をつかなければならない特別な事情があったのかもしれない。だが、たとえそうだとしても、頭に血が上《のぼ》っている今の状態では冷静に話を聞けそうになかった。

それに今日はこれから同窓会がある。だから瑠衣は「無理よ」と断った。

「今日、これから出かける予定があるから」

『どこに行くんだ？』

「高校の同窓会よ」

特に隠すことでもないので正直に伝える。

『は？　欠席するんじゃなかったのか』

直後、電話越しにも神宮寺の機嫌が悪くなったのがわかった。あまりの変わりように呆気に取られつつも、瑠衣は「事情が変わったの」と冷静に返す。

「とにかく、そういうことだから」

『だめだ、行くな』

しかし神宮寺は頑《かたく》なに瑠衣が同窓会に行こうとするのを拒《こば》む。怒りを露《あら》わにした物言いに瑠衣の方も段々と苛々が募《つの》り始める。

「同窓会に行くだけなのにどうして許可が必要なの？　神宮寺には関係ない話でしょ」

『関係あるから言ってるんだよ！』

「っ……！」

思わず耳を塞ぎたくなる声量だった。顔をしかめる瑠衣に神宮寺はなおも言った。

『だいたい、どういう心境の変化だよ。急に参加するなんておかしいだろ。やっぱり元彼が懐《なつ》かしくなったか？』

皮肉混じりの声にかあっと目の前が赤く染まる。今の発言はどう考えても嫉妬からくるものだろう。こんな状況でさえなければ、瑠衣も「嫉妬するほど好かれているのだ」と思えただろう。しかし昨日の今日では、神宮寺自身の後ろめたさから来る言葉だと思わずにはいられない。

「話にならないわ」

『確かにな。もういい、電話じゃ埒《らち》が明かない。今からお前の家に行く』

「いやよ」

『瑠衣！』

「聞こえてるから大きな声を出さないで！」

反射的に瑠衣は大声で言い返した。

過去を振り返ってもこんな風に神宮寺に怒鳴るのはこれが初めてだ。神宮寺も驚いたのか、電話越しに彼が息を呑むのがわかる。しかし瑠衣はもう平静を装《よそお》うのは無理だった。せっかく冷静になろうと思ったのに……時間を置いて話し合おうと思ったのに、もうめちゃくちゃだ。

「とにかく、私は行くから。もう出かけているからうちに来ても無駄よ」

会いたくない気持ちから嘘をつくと、すぐに『なら今どこにいるのか教えろ』と返ってくる。

「教えない。……話があるなら別の日に聞くわ。今会ったとしてもお互い冷静でいられないなら、何を話しても平行線だと思うから。じゃあね」

『待っ――』

最後まで聞くことなく通話を切る。

あんなにも大好きな神宮寺の声を今はこれ以上聞きたくなかった。

その後も神宮寺から幾度となく電話がかかってきたが、瑠衣は最終的にスマホの電源を切ることでそれを拒絶した。

昨夜のことをこのまま済ますつもりも、話し合いをせずに別れを選ぶこともももちろんしない。しかし少なくとも今は、互いに冷静になる時間が必要だ。それにこれから同窓会で、もしかしたら山田も来ているかもしれないのだ。それなのに頭に血が上《のぼ》った状態で会いたくはない。

——今だけ神宮寺のことは忘れよう。

そんなことは無理だとわかりながらも、瑠衣は無理やり彼のことを頭から追いやった。


午後六時前。同窓会会場のレストランを訪れた瑠衣は、入り口で受付を済ませて店内へと入る。

食事は立食形式のようでフロアにはいくつもの円卓がずらりと並んでいた。フロアには既に大勢の人が集まっている。ざっと見ただけでも五十人以上はいるだろうか。確か瑠衣の学年の生徒数は二百人ほどだから、まずまずの出席率といえるだろう。

(山田は?)

入り口付近に立ったままざっと室内を見渡す。けれどぱっと見たところ、懐《なつ》かしいもじゃもじゃ頭はどこにもいない。それを残念に思ったのは一瞬で、すぐにはっとする。

(……あの時と同じわけないじゃない)

最後に別れた時から十年以上経っているのだ。瑠衣が二十九歳の大人の女性になったように、山田もそれだけの時を重ねている。普通に考えれば当時と同じ見た目をしているはずがないのに、当然のように昔の姿で探している自分に心の中で苦笑した。同時に山田に関してはあの日から時間が止まっているのだと改めて思い知る。

「あ……」

辺りを見渡していたその時、一人の男が視界に飛び込んできた。川瀬だ。一番会いたい人は見つからないのに、最もどうでもいい男を見つけてしまったことにうんざりしつつも、卒業式以来の元彼の様子をそれとなく観察する。川瀬は当時と変わらず整った顔立ちをしていた。

でも、それだけだ。神宮寺という恋人を見慣れた瑠衣からすればどうということもない。

特に感慨深い気持ちになるわけでもなく、瑠衣はすぐに視線をずらした。次いで探したのは吉岡だ。急遽参加することになった謝罪とお礼を伝えたかったのだ。幸い吉岡はすぐに見つかったが、幹事である彼の周りには何人もの人が集まっている。

少し時間をおいて話しかけた方がよさそうだ。

「瑠衣！」

その時、不意に名前を呼ばれる。

「翔子《しょうこ》？」

声をかけてきたのは高三の時によくつるんでいた友人の翔子だった。

「そうだよ！　うわあ……久しぶり。卒業式以来だね。元気にしてた？」

「ええ。翔子は？」

私も、と旧友は朗《ほが》らかに笑う。

「瑠衣は何してるのかなってずっと気になってたんだよ。瑠衣、卒業してから誰とも連絡を取ってなかったでしょ？」

全くもってその通りな指摘に瑠衣は苦笑するしかできない。

当時の瑠衣は、川瀬との失恋や山田の一件もあり半ば自暴自棄《じぼうじき》になっていた。

学校公認のカップルだった自覚があるだけに、川瀬との関係を知る同級生と関わりたくないと思ってしまったのだ。大人になった今ならあの男のために交友関係を断つ必要なんてなかったとわかるが、当時の自分はそう思えなかった。子供だったのだと今ならわかる。加えて外部受験したこともあり、翔子を含めた高校時代の友人たちとは、卒業と共に自然と疎遠になっていた。

「……ごめんね」

薄情だった自覚があるため素直に謝れば、翔子は「いいよ」とニコリと笑う。

「そうだ、連絡先交換しよ！　いい？」

「もちろん」

瑠衣はバッグからスマホを取り出してはっとした。電源を切っていることを思い出したのだ。しかしこの流れでそのままにしておくことができるはずもなく、瑠衣は数時間ぶりに電源を入れる。

直後、目を見開いた。着信八件、メッセージ通知十件。いずれも神宮寺からだ。

「瑠衣？」

「あ……なんでもないわ。はい、これが私の連絡先」

動揺する心をなんとか隠して連絡先を交換すると、「今度ゆっくりご飯に行こうね」と約束していったん別れる。しかし一人になっても、瑠衣の視線はスマホに注《そそ》がれたままだ。

（こんなに連絡してくるなんて……）

電源を切っている間にも電話は来ていると思っていたが、予想以上の回数に驚かずにはいられない。戸惑いながらもメッセージを開けば、いずれも折り返しの電話を求める文面ばかりだった。その中の一文を見て、ひゅっと息を呑む。

『さっきは大声を出して悪かった。頼むから同窓会に行く前に連絡をくれ。話がしたい』

まさかの謝罪、そして焦りが滲《にじ》んでいるような文面になぜか妙な胸騒ぎがした。冷却期間が必要だと思っていたが、さすがにこれを見て放置はできない。いったん外に出てかけ直そう。そう思った時だった。

「瑠衣！」

その場を離れようとしていた瑠衣を引き止めたのは、川瀬だった。途端に瑠衣は顔をしかめるが、川瀬はまるで気にしたそぶりもなく瑠衣の前にやってくるなりにやりと笑う。

「久しぶり、まさか瑠衣が来てるなんて思わなかったよ」

「……何？」

この男と会話する気は一切ない。用があるならさっさと言えと態度で示すと、川瀬は笑顔を固まらせて眉をひくつかせる。

「何って、卒業式以来だから声をかけたんだよ」

「そう。でも私は用はないわ」

淡々と伝えれば、途端に川瀬は顔をしかめた。

「……なんだよ、その言い方。もしかして振ったことをいまだに根に持ってるのか？」

見当違いな指摘を瑠衣は鼻で笑い飛ばす。

「まさか。それについてはもう気にしてないわ」

馴れ馴れしく話しかけてくる川瀬はもちろん、先ほどから感じる周囲の視線がわずらわしい。元々付き合っていた者同士の再会が気になる気持ちはわからなくもないが、見せ物になる気はさらさらない。第一、この男に割《さ》く時間は一秒だってもったいないと感じる。

だから瑠衣は一切の遠慮なしに言い切った。

「ただ、平然と私に話しかけてくる面《つら》の皮の厚さに呆れているだけよ」

「なっ……！」

すると、二人のやりとりを聞いていたであろう周囲からクスリと笑い声が漏れた。それに川瀬は一気に顔を赤くすると「相変わらず可愛くない奴だな！」と捨て台詞《ぜりふ》を吐いてその場を去っていく。

その後ろ姿を見送ることなく瑠衣はため息をつく。

(なんなのよ、もう)

気を取り直して神宮寺に連絡しようとするが、今度は別の参加者に話しかけられた。

「三雲さん」

振り返ると、いつからそこにいたのか、幹事の吉岡が立っていた。

「吉岡君」

彼は瑠衣の前に立つと「久しぶり」となぜかクスクスと笑う。

「どうしたの？」

「いや、ごめん。電話で『川瀬が来ても問題ない』って言ってたのは本当だったんだなと思ってさ。

いやあ、でも今のやりとりを聞いてててスッキリしたよ。同じ男としてあいつがしたことはどうかと思ってたから。さっきの三雲さん、かっこよかったよ」

悪役を成敗するヒーローみたいだった、と次いで言われた言葉に少しだけ恥ずかしくなる。

「……からかわないで。それより、欠席で返信したのに急に参加するなんて言ってごめんなさい。人数の調整とか大変だったでしょう？」

「全然。むしろ来てくれてよかったよ。それより、あの時は参加者について答えられなくてごめん。もしかして今日は誰かに会いたくて参加した？」

「ええと……実はそうなの」

「誰？」

意を決して瑠衣は言った。

「山田なんだけど……」

「どの山田？」

「……実は下の名前はわからなくて」

「わからない？」

吉岡が驚くのも当然だ。会いたいと言いながら名前を知らないなんておかしいと自分でも思う。でも当時の瑠衣にとって山田は山田だったのだ。これに対して不審がることなく「どんな特徴？」と聞いてくれるあたり、吉岡が慕《した》われる理由がわかるような気がした。

「高三の時に転校してきた山田なんだけど……」

「ああ！」

吉岡の反応に期待したのは一瞬だった。次いで発せられた「山田は不参加だよ」という返事に瑠衣は傍目《はため》にもわかるほどがっくりと肩を落とす。これに吉岡は不思議そうに目を瞬《またた》かせた。

「あれ、三雲さんと山田に接点ってあったっけ？　クラスも違ったよね」

「えっと……放課後に図書室で会うことが結構あって、その時よく話してたの。それで、懐《なつ》かしくなって……」

「ああ、そういうことか。確かにあいつ、昔から本の虫だったからなあ」

あいつ？　やけに親しげな呼び方に今度は瑠衣が驚く番だった。

「山田と吉岡君って仲がよかったの？」

吉岡は笑顔で頷いた。

「小学校が一緒だったんだ。中学は別だったけど、高三の時に転校してきて再会した。それから今まで家族ぐるみで仲よくしてるよ。ただ、俺たちが親しいのを知ってる奴はほとんどいないんじゃないかな。高三の時はクラスも違ったしね」

次いで彼はなぜか残念そうに苦笑した。

「でも、そっか。三雲さんの会いたい人って山田だったのか……。それなら昨日三雲さんも呼べばよかったな。ちょうど昨日、俺と奥さんと山田の三人で飲んでたんだよ」

奥さん。その響きに彼の左手薬指に視線をやるとプラチナリングが煌《きら》めいていた。

「結婚したのね、おめでとう」

祝福の言葉を口にすると、吉岡は「ありがとう」とくすぐったそうに微笑む。

「奥さんも同級生で、今日も一緒に来てるんだ。後で紹介するよ。三雲さんとクラスは違ったし、多分話したことはないと思うけど」

「ありがとう。でも、同窓会があるのに昨日飲んだの？」

吉岡は苦笑する。

「普通そう思うよな。俺も飲むなら同窓会でいいだろって言ったんだけど、山田の奴、高校時代にあまりいい思い出がないらしくて頑《かたく》なに参加しないって言うんだ。でも俺たちも最近会ってないし、だったら前日に俺の職場で食事をした後に俺の家で飲もうっていうことになってね」

肩をすくめる吉岡に瑠衣は「そうなんだ」と小さく答える。

「山田の連絡先、教えようか？」

「…………」

本当なら「教えて」と即答したかった。それにもかかわらず言えなかったのは「高校時代にいい思い出がない」と聞いてしまったから。山田がそう思うに至った原因には少なからず瑠衣も関係しているだろう。それなのに瑠衣が連絡なんてしたら、彼はいったいどう思うのか。

瑠衣が答えられずにいると、吉岡は「知りたくなったらいつでも言って」と目尻を下げる。

「そういえば、三雲さんは今なんの仕事をしてるの？　ちなみに俺は御影ホテルでコンシェルジュをしてる」

「そうなんだ。私は外資系食品メーカーで営業の仕事をしてるわ」

「へえ。なんていう会社？」

「マイアフーズっていうの。知ってる？」

答えると、なぜか吉岡は息を呑む。

「どうしたの？」

「ええと、山田も今マイアフーズで営業職をしてるって言ってたから……」

「え？」

「いや、でもマイアフーズほどの大企業なら珍しくない……のか？」

瑠衣と吉岡は互いに顔を見合わせる。双方共に困惑の色を隠せない。

（山田がマイアフーズで働いてる？）

しかも瑠衣と同じ営業職？　その話が事実であれば灯台下暗《もと》しもいいところだ。だが瑠衣は山田の姿を社内で見たことはない。それとも気づいていないだけでどこかですれ違っていたのだろうか。

同じ営業職であれば、研修等で鉢合わせている可能性も大いにありえる。

——思っていたよりもずっと近くに山田がいるのかもしれない。

そう思うと途端に落ち着かない気分になった。

「ちなみにどこの支社で働いてるかは知ってる？」

「確か、東京支社って言ってたかな」

——今、なんて。

「……も」

「三雲さん？」

「私も、東京支社なの」

「え……？」

（どういうこと？）

当然ながら同じ部署の社員は全員名前と顔を把握している。だが山田なんて男は存在しない。

一方はいると口にし、一方はいないと確信している。まるで正反対の主張に狐に摘まれているようだ。その時、吉岡ははっとしたように「もしかして」と呟いた。

「三雲さん、山田の苗字が変わったのを知らない？　俺なんかは昔の名残《なごり》で『山田』って呼んでるからすっかり忘れてたけど、山田、高校卒業した後に母親が再婚して苗字が変わったんだよ」

「苗字が？」

返す言葉を失っていると、「実！」と軽やかな声が瑠衣の耳に届く。声の主である女性は吉岡の隣に並ぶと、瑠衣を見るなりぱあっと顔を輝かせた。

「もしかして三雲さん？」

驚きつつも頷くと女性は「やっぱり！」といっそう笑みを深める。

「久しぶりだね、私のこと覚えてる？」

「皆川《みながわ》さん……よね？」

クラスは違ったが委員会で一緒だった記憶がある。これに女性は「覚えていてくれたんだ」と嬉しそうに頷き「今は吉岡なの」と続けて言った。確かに彼女の左手薬指には吉岡と揃いの指輪が煌《きら》めいている。並び立つ二人を見て微笑ましい気分になりかけた、その時だった。

　確か、彼女の名前は――

「里美」

吉岡が呼んだ妻の名は、瑠衣の頭に浮かんだものと同じだった。

この瞬間、電流に貫かれたような衝撃が体を走った。直後、ばらばらに散りばめられていたパズルのピースが頭の中で一気に一つの絵になっていく。

「ねえ、山田の今の苗字って……」

言いかけたその時、突如としてフロアにざわめきが走った。何事かと思えば、参加者の視線が一様に入り口へと向いている。瑠衣もそちらに目を向けて、絶句した。

（どうして――）

その人は自身に注《そそ》がれる視線など欠片《かけら》も気に留めず、ある一点を――瑠衣だけを見つめて向かってくる。そして、目の前でぴたりと足を止めた。

「神宮寺……」

――どうしてここにいるの？

本来であれば自然と浮かぶであろうその問い。しかしその答えは既に瑠衣の中にあった。そしてその答え合わせをしたのは本人ではなく吉岡だった。

「山田⁉」

吉岡はぎょっとしたように神宮寺を見る。

「どうしたんだよ、欠席予定だって言ってたのに」

「参加するわけじゃない、瑠衣を迎えに来たんだ」

「瑠衣って……」

会場中の視線が瑠衣たちに集まっているのがわかる。そんな中、神宮寺は周囲の視線から瑠衣を守るように無言で瑠衣の肩を引き寄せた。彼は周囲には一瞥《いちべつ》もくれずに吉岡夫妻だけを見る。

「二人とも悪い。事情は後できちんと説明するから、今日はこれで帰るよ」

「あ、ああ」

「ごめんな」

言うなり神宮寺は瑠衣の肩を抱いたまま歩き始める。

彼は最後まで周囲には一瞥《いちべつ》もくれなかった。


店を出ると途端に冷たい風が素肌に吹き付ける。思わず身を縮めるほどの冷たさに肩を丸めると、すかさず神宮寺は自分が首に巻いていたマフラーを瑠衣の首に巻きつけた。しかしわざとらしいほど視線を合わそうとしない。

「あのっ……！」

咄嗟《とっさ》に口を開くが、神宮寺は無言のまま瑠衣の手を取って歩き始める。

どこに向かっているのか、そもそもなぜこんな状況になっているのか、さまざまなことが一気に押し寄せてとても理解が追いつかない。それでも今、この場で聞かなければいけないことが一つだけある。既に答えはわかっていても、どうしても本人の口から聞きたかった。

「山田、なの……？」

一歩先を歩く神宮寺がぴたりと足を止める。一拍の後に返ってきたのは腹の底から出たような大きなため息だった。

「――ああもう」

神宮寺は片手で自らの髪の毛をかき乱す。そしてようやく瑠衣の方に顔を向けた。その表情に瑠衣は目を丸くする。こちらを見るその目元はうっすらと赤らんでいた。

「……こんな形で知らせるつもりはなかった」

遠回しの肯定に瑠衣は今度こそ何も言えなくなる。神宮寺が山田だった――その事実を改めて認識した途端、ふっと体から力が抜けた。驚きすぎて腰が抜けてしまったのだ。

「瑠衣!?」

座り込みそうになる瑠衣を神宮寺はすかさず抱き留める。彼は瑠衣の腰にしっかり手を回して、

「大丈夫か？」と心配そうに瑠衣の顔を覗き込んだ。

「ごめん……なんだか気が抜けちゃって」

山田が神宮寺で、神宮寺が山田で……だめだ、頭では理解していてもすぐには納得できない。

だって外見も性格も何もかもが変わりすぎている。

「本当に山田なのよね？」

「……十年前まではな」

「お母さんが再婚して『神宮寺』になった？」

「吉岡に聞いたのか？」

「……うん」

そこで再び沈黙が満ちる。神宮寺を前にこんなにも気まずい気持ちになったのは初めてだ。

多分、二十九年間の人生でこんなにも驚いたことはないと思う。人間、想像を遥《はる》かに超える出来事に遭遇すると立っているのも難しいのだと初めて知った。

「神宮寺は、初めから私に気づいてたのよね」

「ああ」

「……どうして話してくれなかったの？」

東京支社に異動してきて二年以上。話すタイミングはいくらでもあったはずだ。けれど今の今まで神宮寺は隠し続けた。

恋人関係になってもなお黙っていたのにはどんな理由があるのか。

その問いに神宮寺は覚悟を決めたような真剣な面持ちで瑠衣を見つめた。

彼は「話さなければいけないことがたくさんあるな」と苦笑すると、そっと瑠衣の頬に手を這《は》わせた。

「……外は冷える。今日は俺の家に帰ろう。全部、話すから」

泣くのを我慢しているような儚《はかな》げな笑みに瑠衣はたまらず息を呑んだ。

8

高三の春。山田竜樹は、両親の離婚をきっかけに転校した。

受験期の転校生なんて珍しい上に、引っ込み思案な性格も相まって、新しい学校に馴染むことは早々に諦めた。元々人付き合いは得意ではなかったし、外部受験することを決めている以上この学校の生徒とはたった一年の付き合いでしかない。それに、幸いにも小学生の時に親しくしていた幼《おさな》馴染《なじみ》とも再会できたから、それだけで十分だった。

それでも面倒なことはあった。

生まれつきの癖っ毛にど近眼、人見知り故《ゆえ》に相手の目を見るのも苦手。

そんな自分をクラスメイトたちは何かといじってきた。

妙なあだ名をつけたり、陰で笑ったりするくらいなら別に構わない。そんなのは相手にしなければいいだけだ。だが、そんな自分の態度が気に障《さわ》ったのだろう。

ある日教室で本を読んでいると、クラスの男子生徒に眼鏡と本を取り上げられた。

これには困った。視力が極端に低いため、眼鏡がないと途端に何もできなくなるからだ。しかしいくら「返せ」と言ったところで調子に乗った奴らは楽しがるばかり。

いよいよ困り果てていたその時、浮ついた空気を一変させる声が耳に届いた。

「ねえ。何してるの？」

凛《りん》とした声が通った瞬間、教室中がしんと静まり返るのがわかった。

「それ、あなたの眼鏡じゃないよね。早く返しなよ」

怒るでも責めるでもない。抑揚のない淡々としたその声に、眼鏡を持っていた生徒は「あ、うん……」と気圧されたように答えると、眼鏡を机の上に置いた。

戻ってきたそれをかけた山田が最初に見たのは、先ほどまでニヤニヤと意地の悪い笑みを浮かべていたクラスメイトが居心地悪そうに体を小さくしている姿。

その奥、教室のドアの前には一人の女子生徒が立っていた。

彼女を見た時、一目で周囲との違いを感じた。

腰まで伸びた艶《つや》のある黒髪は絹糸のよう。すらりと伸びた長い手足は真っ白で、背筋は凛《りん》と伸びている。美人なんて言葉が陳腐《ちんぷ》に思えるほど綺麗な人だった。

勝気にも見えるぱっちりとした二重は吸い込まれそうなほどに大きい。芸能人が紛れ込んでいると言われても信じてしまいそうなほどの、圧倒的な美貌。

自分を見つめる視線に気づいたのだろう。彼女は眼鏡をかけて瞠目《どうもく》する山田を見ると、ふわりと表情を和《やわ》らげ、去っていった。

ただ、それだけ。

直接会話したわけでも、自己紹介をしたわけでもない。むしろからかわれているところを助けられたなんてみっともないことこの上ない状況だ。それにもかかわらず彼女の笑顔に魅入られた。

ほんの一瞬彼女が見せた花が綻《ほころ》ぶような笑顔に心を奪われたのだ。

この時、山田は生まれて初めての恋をした。

相手は名前もクラスも知らない女子生徒。しかしその正体をすぐに知ることになる。

彼女は校内でも知らない人がいないほどの有名人だった。

名前は三雲瑠衣。生徒会長も務める彼女はとても成績優秀でテスト結果は常に一桁台。運動神経も抜群で、時々助っ人として各部の大会に出ては活躍しているという。

そんな彼女はいつだってたくさんの友人に囲まれていた。

美人で、優秀で、人望もある。高嶺の花とはきっと彼女のような人を言うのだろう。

そんな瑠衣には当然のように彼氏がいた。相手はバスケ部のエースでやはりイケメン。絵に描いたような美男美女カップルの間に、自分のような男が入り込む隙は当然ながらなかった。

けれどある日、奇跡が起きた。

放課後、図書委員として図書室で書架整理をしている時だった。

「あ、その本借りてもいい？」

涼やかな声にはっと振り返るとそこには瑠衣がいた。初恋の人のまさかの登場に山田は文字通り腰を抜かした。すると当然、瑠衣は驚いた顔をする。

「大丈夫？」

顔が熱い。ただでさえ長い前髪で目元が隠れているのに、瑠衣に見られているのがたまらなく恥ずかしくて顔を上げることができなかった。そんな山田に瑠衣は言った。

「急に話しかけてごめんね」

「えっ……！」

「立てる？」

気遣う言葉と共に差し出されたのは真っ白な手のひらだった。吸い込まれるようにその手を握れば、意外なくらいの力強さで瑠衣は体を起こすのを手伝ってくれる。しかし彼女の手は信じられないくらいにふわふわで柔らかくて、気合を入れなければもう一度腰を抜かしそうだった。

「あ、ありがとう」

礼を言うと、瑠衣は「私が驚かせたのがいけないから」と申し訳なさそうに眉を下げた。その優しい言葉と可憐な表情に、本気で天使かと思った。

「足とか捻《ひね》ってない？」

「……大丈夫」

どもりそうになるのを堪《こら》えて答えると、瑠衣は「よかった」と頬を緩《ゆる》める。一目惚れした時に見たのと同じ微笑みに今度こそ頭がショートした。

「えっと……それで、その本は借りてもいいかな？」

「え!?　ああ、もちろん！」

慌てて手渡すと瑠衣は「ありがとう」とお礼を言って立ち去ろうとする。その華奢《きゃしゃ》な背中を見た瞬間、考えるよりも先に口を開いていた。この際もうなんでもいい。せっかく訪れたこの機会を無駄にするなと本能が叫んでいた。

「その本、僕も好きなんだ」

結果、口から出たのは「だからどうした」と言われても仕方ない言葉。だが瑠衣はそんなこと言わなかった。振り返った彼女は一瞬驚いたように目を瞬《またた》かせると、「私も」とふわりと笑う。

「たまに読みたくなって借りに来るの。でも、面白い本なのにあまり有名じゃないのよね」

「あ……その作者、ただでさえマイナーな上にミステリー作家のイメージが強いから、ラブコメも書いてるってあまり知られてないのかも」

咄嗟《とっさ》に自分の考えを述べてしまうと、瑠衣はなぜか嬉しそうな顔をした。

「本好きなの？」

「自分から図書委員をやるくらいには……」

答えると、瑠衣はいっそう笑みを深める。そして自己紹介をしてくれた。クラスと名前を告げた彼女は、次いで「あなたは？」と問いかける。

「あっ……五組の、山田……」

この日をきっかけに味気ない日常に彩《いろど》りが加わった。

瑠衣は週に数回、放課後になると一人で図書室を訪れる。初めは山田を見ても挨拶《あいさつ》をするだけだったが、時間が経つにつれて会話する回数は少しずつ増えていった。

好きな本、作者、ジャンル。話す内容は全て本ばかりだったのは、それ以外に瑠衣と共有できる話題がなかったからだ。けれど彼女はつまらない顔一つせず、いつだって笑顔を絶やさなかった。

いつしか互いに本の貸し借りもするようになったし、初めは「山田君」呼びだったのが「山田」

呼びになった。最初の自己紹介に失敗したから、瑠衣は自分の下の名前を知らないだろう。

でも、そんなのはどうでもよかった。

図書室で二人で過ごせる、それだけで十分すぎるくらい嬉しかったから。

彼女を知れば知るほど惹かれていった。

それでもこの気持ちを打ち明けるつもりはなかった。

彼女には校内公認の彼氏がいる。好きと言ったところで振られるのは確定していたし、何より告白したことで気まずくなるのが嫌だった。

瑠衣は自分を友人だと思っている。そして、彼女とこうして過ごせるのも卒業までのわずかな時間しかない。ならばその泡沫《うたかた》の時間を大切にしようと思った。

たとえ、どんなに好きで好きでたまらなくとも。

――この気持ちは最後まで隠し通そう。

そう決意して迎えた卒業式の日。瑠衣は、泣いていた。自分の前で笑顔を絶やさなかった彼女が初めて涙を見せた瞬間だった。「振られた」と涙を流す姿を見てたまらなく胸が痛んだ。

同時に強く思った。

――自分なら大切にするのに。

その気持ちが溢《あふ》れて、決壊した。

「好きなんだ。初めて会った時からずっと、君のことが好きだった」

伝えるつもりのなかった想い。でも言わずにはいられなかった。

同時に自覚した。自分は物わかりのいいふりをしていただけだった。本当はこれで終わりになんてしたくない。卒業後も一緒にいたい。恋人という立場が欲しい。

しかし、結果は惨敗。自分は瑠衣を泣かせて、謝罪させて、追い詰めた。その後すぐに追いかけたけれど見つけることはできなかった。

「川瀬、三雲さんと別れたって本当か!?」

「本当だよ。他に付き合ってる女がいるってはっきり言ってやった」

そんな会話を聞いたのは図書室を出て昇降口に向かう最中だった。瑠衣の名前に咄嗟《とっさ》に階段の影に隠れると、廊下の奥から二つの足音が聞こえてきたのだ。

「卒業式に振るとかゲスすぎるだろ。しかも浮気って。三雲さんかわいそー」

「浮気じゃねえよ、今は本命。それに別に可哀想じゃないだろ。あいつ、最後まで涙一つ見せなかったし。可愛げのない奴だよ、ほんと」

その会話を聞いた瞬間、目の前が真っ赤に染まった。誰が聞いているかもわからない廊下で、別れたばかりの彼女の悪口を平気で言う。しかもその人は自分が振られたばかりの相手だ。

燃えるような怒りが込み上げるのがわかった。でも……何もできなかった。

好きな人を馬鹿にされて、何もできなかったのだ。

自信がなかったから。今の自分が何を言ったところで、川瀬たちには何も響かないのがわかっていた。できたのはただ、遠ざかる足音に息を潜《ひそ》めることだけ。

今の自分では傷ついた瑠衣を慰《なぐさ》めることも、川瀬を懲《こ》らしめることもできない。

なんて弱い。なんて情けないのだろう。

——変わりたい。

二度とこんな思いをしないように、強い自分になりたいと心の底から望んだ。

初めての恋、初めての失恋。その経験は山田の内面も外見も根本から大きく変えた。

手始めに鬱陶《うっとう》しい髪をバッサリ切って、染めた。野暮ったい黒縁メガネは手放しコンタクトに変えた。猫背を治して胸を張った。俯《うつむ》く癖をやめて、人の目を見て話すように心がけた。

ジムやプールに通い詰めて、もやしのような体を徹底的に痛めつけ、鍛《きた》え上げた。

そうすること一年。幸いにも元の顔や体の作り自体は悪くなかったのか、それだけで別人のように変わることができた。しかしこれだけでは単に上辺が変わっただけにすぎない。外見の次は内面を徹底的に鍛《きた》え直す必要がある。

母親が再婚して神宮寺姓になったのもこの頃だ。

メガバンクに勤める義父は、自身のアメリカ駐在に母だけではなく自分も誘ってくれた。これに神宮寺は一も二もなく頷いた。情けない自分を変えるのにこれ以上ない機会だと思ったからだ。

慣れない異国の地、耳慣れない外国語、多様な人種。それらは想像以上のストレスを神宮寺に与えたけれど、同時にそれらに耐え、適応する強さを与えてくれた。

日本に戻りたいと思ったことは数えきれないほどあったが、絶対に弱音は吐かなかった。

辛い気持ち以上に変わりたい気持ちの方が強かったからだ。

そんな中、思い出すのは決まって瑠衣のことだった。

おそらくもう二度と会うことはないであろう初恋の人。

最後に見た時、瑠衣は泣いていた。だからこそ今は笑っていてほしいと思う。

自分は、彼女の花開くような笑顔に心を奪われたのだから。

その後も神宮寺は一度も帰国することなく現地の大学を卒業した。

卒業後にマイアフーズに就職したのは偶然だった。だからこそ、三年前に何気なく目にした日本の支社の資料に瑠衣の姿を見つけた時は呼吸が止まった。

写真には他にも何人かの日本人社員が写っていたものの、神宮寺の目に映るのは瑠衣一人。

彼女は高校生の時の面影を残しつつ、とても美しい大人の女性になっていた。

（三雲さん……？）

その日から神宮寺は積極的に動いた。

まずは伝手《つて》という伝手《つて》を使い、現在の瑠衣についての情報を集めた。

その結果、瑠衣はまだ独身でおそらく恋人もいないであろうことを知った時は、奇跡だと思った。

この時ばかりは本気で神の存在を信じたくらいに心は狂喜乱舞した。

とはいえ瑠衣がいつまでも独り身でいるとは限らない。明日には恋人ができる可能性だってある。

そう考えたら居ても立ってもいられず、早々に瑠衣のいる東京支社への異動を希望した。

神宮寺の仕事ぶりを買ってくれていたのか、上司には必死に引き止められたし、同僚にも「考え直せ」と説得された。周囲から見れば本社勤務を自ら辞めて日本の支社に行くなんて正気の沙汰でないと思われるのも無理はない。

実際、このまま本社勤務を続けた場合に得られる給与は、日本に戻った場合の比ではなかった。

それに、帰国して瑠衣と再会できても、初恋が成就する確率は限りなくゼロに近いだろう。

それでも迷いはなかった。

自分にとってこれは最初で最後のチャンスだ。逃せばきっと自分はこの先ずっと後悔する。

長年心の奥で燻《くすぶ》り続けている初恋にピリオドを打つためにも、瑠衣に会いに行った。

再会した瑠衣は写真で見るよりずっと綺麗で可愛らしくて……そして、恋愛に対して冷めた女性になっていた。

微笑み一つで男を落とせるほどの美貌を持ちながら、彼女は不思議なくらい男に興味を持たない。仕事関係の男性とは笑顔で接するのに、ひとたび恋愛が絡むと途端に冷ややかになる。

瑠衣が恋人を望んでいないのはすぐにわかった。

だから二年間、神宮寺は「同僚」のポジションに居続けたのだ。

それが紆余曲折の後にセフレとなり、ついには恋人になることができた。

表彰式の夜、瑠衣に告白された時は天にも昇る気持ちだった。十年越しの初恋が実ったと思うと、泣きたいくらいに嬉しかった。

十年前、自分は瑠衣の心を守れなかった。それどころか失恋直後の彼女をさらに追い詰め、泣かせてしまった。だから今度こそ瑠衣を守ろうと自分自身に誓った。

誰よりも何よりも大切にして、愛し、愛しむ。

真綿に包むように優しく包み込み、ドロドロに甘やかすのだ。

恋人になった瑠衣は最高に可愛くて、愛らしくて、彼女を想う気持ちは日々薄れるどころか増していく。瑠衣と付き合う前の人生になんて戻れないと思うくらい彼女に夢中になった。

大切だった。

愛していた。

幸せなこの時間がこの先もずっと続けばいいと心の底から願った。

だからこそ、自分が高校時代の冴えない山田であると言い出せなかった。

――怖かったのだ。

瑠衣が外見で人を選ぶような人間ではないのはわかっていたし、彼女が自分を愛してくれているのも十分伝わってきたけれど、どうしても「もしも」の場合を考えてしまう。

事実を知った彼女に嫌われたら……振られてしまったら。

そう思うと最後の一歩が踏み出せない。

同時に言えずにいることが心苦しかった。騙《だま》しているような気持ちはあるのに伝えられない。

ようやく手に入れた恋人という立場を失いたくなかったのだ。

狂おしいほどに、愛しているから。

◇

同窓会を抜け出して帰宅した二人はソファに向き合って座った。神宮寺は離れていた間の出来事をぽつりぽつりと話してくれた。そしてその内容を聞き終えた今、瑠衣は何も言えずにいる。

彼の語る全てが衝撃的すぎて、言葉が出てこなかったのだ。

(彼が変わったのは、私のためだった……?)

身も心も大切にされている自覚はあった。でも自分は彼の愛の重さを見誤っていた。

山田は――いいや、神宮寺は、手酷く振った瑠衣を恨むどころか、守れなかったと悔いて、強くなろうと変わった。瑠衣のために住む国を変えた。瑠衣が彼への気持ちを自覚する遥《はる》か昔から、神宮寺は想ってくれていた。

――ああ、もう。

なんて優しい人なのだろう。

なんて愛の深い人なのだろう。

嬉しさ、驚き、愛おしさ……ありとあらゆる感情が押し寄せて、胸が詰まって言葉が出ない。何か言わなければいけないと思うのに、喉の奥がきゅっと詰まって呼吸するのがやっとだった。

話をする間も、そして今も、神宮寺は一度も瑠衣の方を見なかった。

まるで審判を待つ罪人のようにじっと俯《うつむ》き床を見ている。

神宮寺のこんなにも弱々しい姿を見るのは初めてだった。

瑠衣の知る彼はいつだって自信に満ち溢《あふ》れていたから。しかし今こうして俯《うつむ》く姿を見ていると、かつての山田の姿が自然と重なった。

彼がこんな姿を見せているのは、きっと怖いから。

自分が山田だと隠していたのを咎《とが》められると思っているから。

(そんなことしないのに)

怒る理由なんて一つもありはしない。

だって、今の瑠衣は泣きたいくらいに喜んでいるのだから。

「……何か、言ってくれ」

下を向いたまま、震える声で神宮寺は言った。

「同窓会に行くなと行ったのは、川瀬に会ってほしくなかったからだ。瑠衣に限って浮気なんてありえないとわかっていても、お前と元彼が会うのが嫌だった。……嫉妬したんだ」

意外な告白にはっとする瑠衣に、神宮寺は続ける。

「昨日のことについては俺にも落ち度がある。でも、誓って瑠衣に顔向けできないようなことはしてない。『男と飲む』と言ったのは、余計な心配をさせなくなかったからだ。吉岡がまだ仕事中だから、先に里美と待ち合わせをしてレストランに向かった。三人で食事した後は、吉岡の家で朝まで飲んでいた。嘘だと思うなら吉岡夫妻に聞いてくれてもいい。それでも信用できないなら、位置共有アプリでもGPSアプリでもなんでも入れてくれていい」

「待って、そんなことしなくても……」

思わぬ話の展開に目を丸くする瑠衣の前で、神宮寺はようやく顔を上げる。その瞳は不安そうに揺れていた。

「許してもらえるならどんなことでもする。だから、別れるなんて――」

「ま、待って！　別れるって、なんのこと？」

「……怒ってるんだろ？」

ずっと黙っているから、と指摘された瑠衣は慌てて「違うわ！」と否定する。

「昨日のことは……悲しかったし、少しだけ疑ったわ。でも事情を聞きもしないで急に別れを切り出したりしない。ただ、お互い落ち着いた方がいいと思っただけ。それに私が同窓会に行きたかったのは……山田に謝りたかったからなの」

「俺に？」

「……私なんかを好きと言ってくれたのに、八つ当たりで酷い態度を取ってしまったから」

ごめんなさい、と十年越しの謝罪をすると、神宮寺は唖然としたような顔をした。

「瑠衣が謝ることなんて何もないだろ？　むしろ、黙っていた俺を許せるのか？」

「それこそ許す許さない以前の話よ。山田に対して申し訳ないと思いこそすれ、怒ったことなんて一度もないもの」

二人は互いの顔を見つめ合う。そしてどちらともなく苦笑した。同じことで思い悩んでいたのだとわかったからだ。張り詰めていた空気がふっと和《やわ》らぐのを感じる。

「隣に座っても？」

苦笑混じりの問いにこくんと頷くと、向かい側にいた神宮寺が空《あ》いていた瑠衣の隣に座る。

触れ合う肩の温もりがたまらなく愛おしくて、瑠衣は逞《たくま》しい肩にこてんと首を載せた。

「……どうして今日まで気づかなかったんだろう」

整形したわけでもないのに、と自分の鈍さにため息をつくと、神宮寺はくっくと笑う。

「気づかなくて当然だよ。俺もばれたくなくて徹底的に隠していたし、自分で言うのもなんだけど本当に変わったしな。特に高校生の時は今と違ってずっと俯《うつむ》いていて、人の顔もろくに見られなかったから。でも、今は違う。――瑠衣」

神宮寺は瑠衣をじっと見つめて、口を開いた。

「これからも変わらず俺の恋人でいてくれるか?」

揺れる瞳を瑠衣はまっすぐ見つめ返す。そして迷うことなく即答した。

「お願いされても別れてあげないわ」

彼の過去の告白を聞いて、瑠衣は自分に対する想いの強さを知った。

恋人でもない女のために住む国を変えるなんて、第三者からすれば異常だと思われるかもしれない。

その感情はもはや執愛《しゅうあい》に近いのだろう。しかし瑠衣は微塵《みじん》も嫌だとか、怖いなんて思わなかった。

ただひたすらに嬉しかった。

それほどまでに身も心も彼に囚《とら》われている。

何よりも、こんなにも愛してくれる人をどうして手放せるだろう。別れられるだろう。

(好き)

ただ、それだけを思う。

彼は溺《おぼ》れそうなほどの愛を注《そそ》いでくれる。ならば次は瑠衣の番だ。

「竜樹」

あえて名前で呼べば、彼は「ん？」と柔らかく笑む。

「一つ、お願いがあるの」

「何？」

「一緒に暮らさない？」

目を丸くしてこちらを見つめる恋人に向けて瑠衣はふわりと微笑んだ。

「……結婚を前提に」

以前、彼に言われた時は即答できなかった。

驚いたのもあるし、そこまで覚悟が定まっていなかったのもある。でも今は自分でも不思議なくらいに結婚を意識することができた。

とはいえ、もう少し恋人期間を満喫したい気持ちがあるから、まずは同棲から始めたい。

そう伝えると、神宮寺は心の底から嬉しそうに顔を綻《ほころ》ばせる。

「もちろん、喜んで」

今にも泣きそうなその姿にどうしようもないほどの愛おしさが込み上げ、たまらず瑠衣は彼の胸に飛び込んだ。背中に回してぎゅっとしがみつくと、彼の腕もまた瑠衣の背中に回された。

愛しい人の鼓動、温もり、包み込む腕の感触。

それらを感じながら、瑠衣は幸せを噛み締めた。

エピローグ

季節は春。

瑠衣と神宮寺は、桜吹雪《ふぶき》の舞い散る中を手を繋いで歩いていた。そんな二人の左手薬指には、揃いの指輪が嵌《は》められている。

『入籍しないか』

二度目のプロポーズをされたのは、神宮寺のマンションに移り住んで間もなくの頃だった。

休日の麗《うら》らかな午後。リビングのソファで隣り合って座り、共通の趣味である読書を各々《おのおの》楽しんでいる時にさらりと言われた言葉に瑠衣がはっと顔を上げると、神宮寺は言った。

『同棲を始めたばかりで気が早いと思うかもしれない。でも、やっぱり俺は瑠衣と夫婦になりたいんだ』

だから、と。彼は真剣な眼差しを瑠衣に向けた。

『俺と結婚してくれますか？』

突然のプロポーズに驚きはしたものの、答えはもちろんイエス。喜びと感動で瞳を潤《うる》ませながら頷くと、神宮寺もまたとろけるように甘く、優しく微笑んだ。

その後二人で話し合った結果、結婚式や新婚旅行はいずれ行うとして、まずは入籍することに決めた。

それからの日々は瞬《またた》く間に過ぎていった。

両家の顔合わせに式場見学、会社への報告等をほとんど一ヶ月で済ませることになったのだ。

両家の両親や会社の人間は口々に「スピード婚だ」と驚いていたし、実際瑠衣もその通りだと思う。だが神宮寺だけは違ったようで、「これでも十分待った方だ」と憚《はばか》りもなく言った時はつい笑ってしまった。

そして二人はつい先ほど婚姻届を提出してきたばかりだ。すでに共に暮らしているためか、結婚した実感はまだあまりない。それでも今の瑠衣は間違いなく幸せだった。

これから先の長い人生を、愛する人の妻として共に生きることができるのだから。

手を取り合いながら、二人はピンク色の花びらが舞い踊る中を歩く。

（綺麗……）

もう何年もの間、瑠衣は桜の季節が少しだけ苦手だった。

春は出会いと別れの季節だというけれど、卒業式の記憶が残る瑠衣にとってはどうしても後者のイメージが強いからだ。

でも今はそうは思わない。空中をひらひらと舞う姿をただ純粋に美しいと思えた。

今の瑠衣にとって、桜は幸せの象徴となった。

これから先、春を迎えるたびに瑠衣は今日この日のことを思い出すだろう。愛する人と家族になったことを思い出しては、温かい気持ちになるだろう。

「瑠衣」

ぴたりと足を止めた神宮寺は、瑠衣の前髪にそっと触れる。

「花びらがついてた」

柔らかく微笑む眼差しはとても穏やかで、優しくて。瑠衣は「ありがとう」と礼を言うと、甘えるように夫の肩にそっと頭を寄せる。すると彼はくすくすと小さく笑った。

「どうした？」

「……幸せだな、と思って」

するとすぐに「俺も同じことを考えてた」と瑠衣の髪に触れるだけのキスをする。

「でも、まだまだこれからだ」

「え？」

意外な言葉に顔を上げれば、彼は愛おしい存在を見つめるようにすっと目を細める。

「これからはもっと幸せになろう」

――家族として、一緒に。

愛に満ちた言葉、眼差し、温もり。

それらを一身に感じながら、二人はキスをした。

カラダからはじめる
Dekiai Kekkon
溺愛結婚
婚約破棄されたら
極上スパダリに捕まりました
大好評連載中!
(毎月第3木曜日更新)
漫画
秋月綾
原作
結祈みのり
傷心OLを
待っていたのは
甘すぎる
新婚生活!?
大人気ラブストーリーが
待望のコミカライズ!!
今すぐ婚約者を 忘れろとは言わない
でも今 君に触れてるのは 俺だよ
俺以外の事なんて 考えるな
俺は君と結婚したいんだ
君は これ以上ないほど 頑張ってるよ
ETERNITY WEBMANGA
エタニティWEB漫画!
他にも人気漫画が多数連載中!!
無料で読み放題!
今すぐアクセス!

〜大人のための恋愛小説レーベル〜

ETERNITY
エタニティブックス

叶わぬ恋の相手が夫に——？

愛執婚
〜内気な令嬢は身代わりの夫に恋をする〜

ETERNITY エタニティブックス Rouge

エタニティブックス・赤

結祈《ゆうき》みのり

装丁イラスト／白崎小夜

密かに婚約者の駆け落ちを手伝い、結婚が白紙となった名家の令嬢・美琴《みこと》。厳しい祖父に抗えず、新たにお見合いをすることになるが、その相手は元婚約者の弟・拓海《たくみ》だった。彼に嫌われていると自覚している美琴は、何とか結婚を回避しようとするものの、彼には譲れない野心があるらしく、強引に結婚が決まってしまい——初恋相手とのすれ違いラブストーリー。

※エタニティブックスは大人の女性のための恋愛小説レーベルです。ロゴマークの色で性描写の有無を判断することができます（赤・一定以上の性描写あり、ロゼ・性描写あり、白・性描写なし）。

詳しくは公式サイトにてご確認ください。
https://eternity.alphapolis.co.jp/

この作品に対する皆様のご意見・ご感想をお待ちしております。
おハガキ・お手紙は以下の宛先にお送りください。

【宛先】
〒150-6008 東京都渋谷区恵比寿 4-20-3 恵比寿ｶﾞｰﾃﾞﾝﾌﾟﾚｲｽﾀﾜｰ 8F
（株）アルファポリス　書籍感想係

メールフォームでのご意見・ご感想は右のＱＲコードから、
あるいは以下のワードで検索をかけてください。

アルファポリス　書籍の感想　検索

ご感想はこちらから

ライバル同僚《どうりょう》の甘《あま》くふしだらな溺愛《できあい》

結祈みのり（ゆうき みのり）

2023年 11月 25日初版発行

編集－本山由美・森 順子
編集長－倉持真理
発行者－梶本雄介
発行所－株式会社アルファポリス
〒150-6008 東京都渋谷区恵比寿4-20-3 恵比寿ｶﾞｰﾃﾞﾝﾌﾟﾚｲｽﾀﾜｰ8F
TEL 03-6277-1601（営業）　03-6277-1602（編集）
URL https://www.alphapolis.co.jp/
発売元－株式会社星雲社（共同出版社・流通責任出版社）
〒112-0005 東京都文京区水道1-3-30
TEL 03-3868-3275
装丁イラスト－天路ゆうつづ
装丁デザイン－AFTERGLOW
（レーベルフォーマットデザイン—ansyyqdesign）
印刷－中央精版印刷株式会社

価格はカバーに表示されてあります。
落丁乱丁の場合はアルファポリスまでご連絡ください。
送料は小社負担でお取り替えします。

ISBN978-4-434-32918-0 C0093